中国作家看世博

文匯出版社

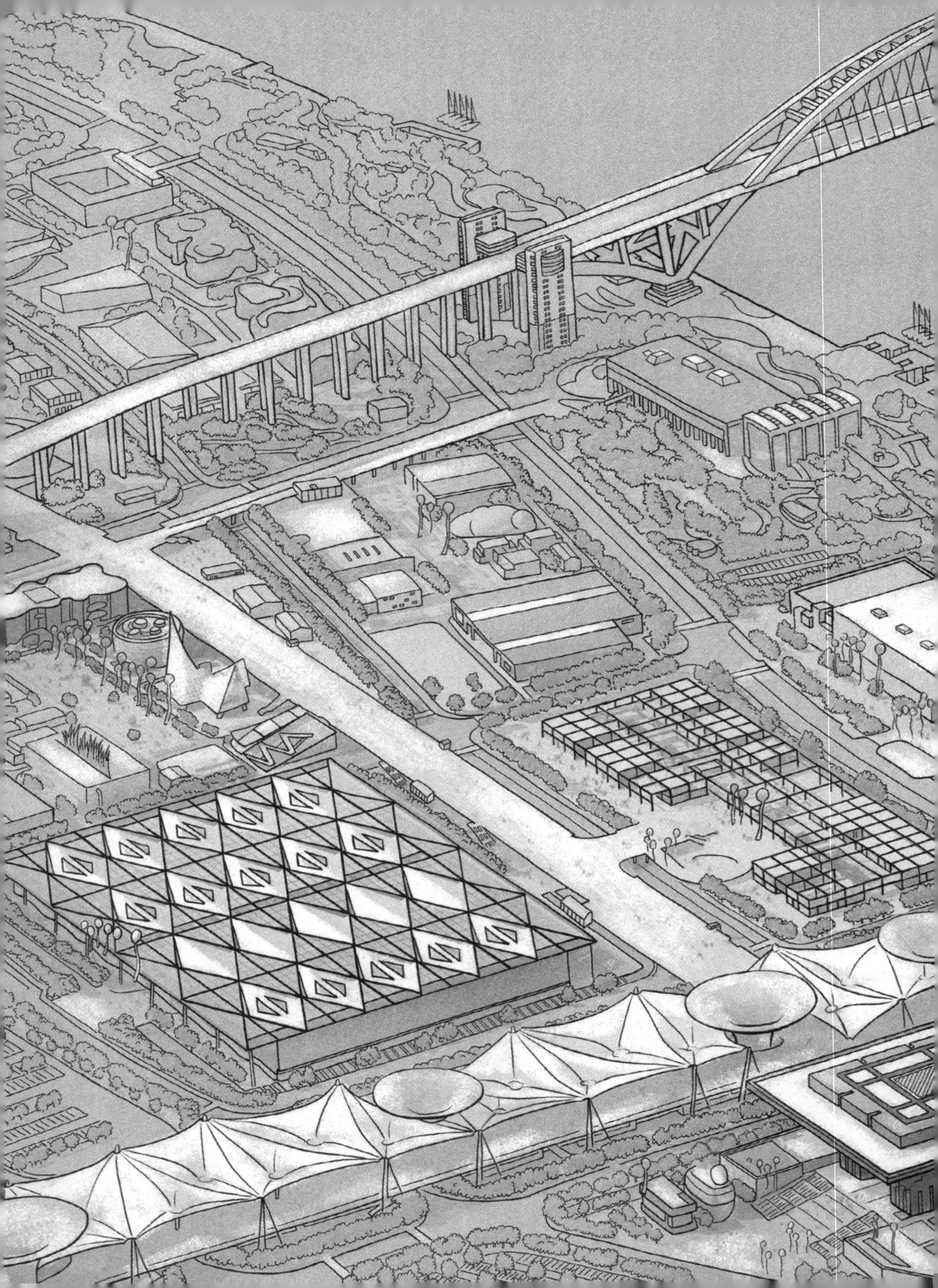

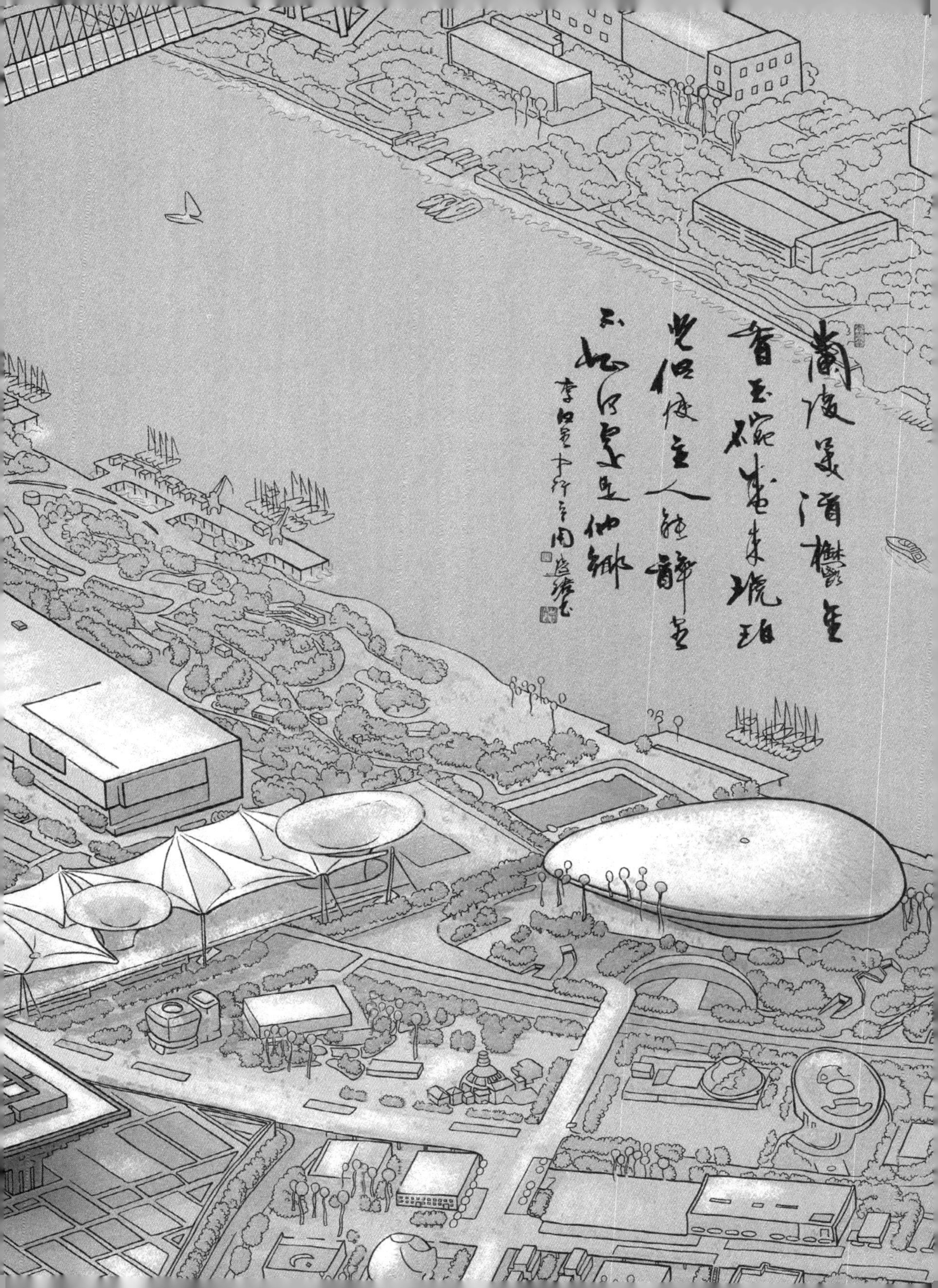
蘭陵美酒鬱金香
玉碗盛來琥珀光
但使主人能醉客
不知何處是他鄉

序

面对文化交融碰撞的年代

孙颙

2004年冬天，天寒地冻的时节，我们到北美去旅行，为一套英文版的《文化中国》丛书做市场推广。那时候，中国申办奥运会成功已经有三年，申办世博会成功也过云了两个年头，世界公众对中国的兴趣正逐渐浓郁起来。不过，坦率地说，北美的普通人，对中国的了解，非但有限，而且还相当扭曲。因为他们那里的电视台与报刊，很少真实地报道今日中国的生活。

时任中国驻美大使的杨洁篪先生参加了我们的活动。他讲的一段话，让我至今记忆犹新。话的大意是：中美建交已经三十多年，我们在经济方面的交流做了很多，成绩显著，但是，文化方面的交流，做得非常少，成功的更加少。现在应该努力去做。

听那番话时，觉得真是十分有战略眼光的见解；同时，他提出的又是高难度的目标任务。

2008年夏日，北京奥运会精彩的开幕式震撼世界的一刻，中国的文化，古老且新生的文明，终于获得了历史性的大机遇：与数十亿地球人的心灵直接交流、碰撞。具体分析张艺谋导演创意的种种得失，已显得不很重要，关键是巨大的帷幕已经拉开，神秘逐渐消解，中国人的刚毅与和善，开始被各色人种广泛地认同。

奥运会的主题毕竟是体育竞技。当比赛全面展开，人们的目光被激烈的竞争所深深吸引，文化的话题自然渐渐退出。今年，我们有幸再次邀请各国朋友光临，参加2010年的中国上海世博会，情况发生了显著的变化。一百八十多天的盛会，几乎所有的参展者与观展者，获得最为深刻印象的，便是感叹品尝了丰富多元的文化大餐！视野广阔的余秋雨先生，曾经担忧世博会“文化缺失”；我想，即使他现在对世博会的文化内涵依旧存有种种批评，“缺失”的忧虑则应该淡去了。尖锐而敏感的王蒙先生，更是以“我们走向世界，世界走向我们”的简练表述，阐发了世博会对于中外文化互动的意义，使我们怦然心动。

世界博览会的发展轨迹，已经有众多的出版物予以介绍。一百六十多年的历史，说不尽的令人高山仰止的辉煌。进化到本届上海世博会，各国人士不约而同的感觉，乃文化的展示、文化的创意、文化的关怀，占据了最为重要的位置。其原因大可分析。不是决定人类生存基础的经济与商业不再要紧，也不是决定人类发展前途的科技停滞不前。不，它们当然是性命攸关的头等大事。由于交通和通讯的现代化，特别是网络的全球性连接，经济贸易的实现与科技发明的交流，已经不必等待世博会举办的黄道节日，几乎可以随时随地达到预期目的。文化则稍稍不同。语言的障碍、审美价值的区别以及意识形态上的众多差异，使得文化交流上的不畅通成为常见现象。几年前，在一次中外文化对话会上，我有一个简短的演讲，标题是“文明的误解源于缺乏交流”，我感到这个观点是站得住的。现在世界上的种种冲突，部分是为利益所激发，部分则是由于冲突的各方互相的隔绝与不理解。因此，世界博览会可以成为一座理想的舞台，交流、谅解和彼此学习的舞台。各国、各地区、各民族把自己的智慧与美丽集中于一地和平地展示，可谓哲人们畅想的“世界大同”喜剧的预演，受到广泛欢迎是必然的道理。

这样的博览会，在某个国家进行，对全世界知晓该国的文化，以及该国人民深刻体验世界的先进文明，其作用当然特别突出，其文化交融碰撞的成果也必然特别丰富。于是，2010 年上海世博会，既是中国智者的百年之梦，更是中国强盛之路的新起点。

中国作家敏锐地察觉到这一历史机遇，并且意识到作为民族脉搏承载者的职责。中国作家不但积极参与世博会主题演绎与文化活动的策划，积极陪伴世界各国文化人参观展览，而且以自己的思考和观察写下内容浩瀚的文字，作为这一伟大事件的现场见证。收入本书的文章，仅是其中的一部分。我们既可读到像王蒙、王安忆等中国一流作家的随笔，也可读到刚刚步入文坛的新秀的散文，几十位作者间的年龄差距可达半个世纪之宽。几代中国作家为同一事件直抒胸臆，这本身也是一大盛事。

生命繁衍不衰的秘密，在于基因的传递和因时应运而生的突变；文化昌盛不衰的秘密与此相近。多元、传承、交融、碰撞、变易，是文化进化中互为补充的活跃形式。

2010 年上海世界博览会，对于中国五千年文化现代性的重要意义，我们会看得越来越清晰。

目 录

走向世界与走向我们

王蒙

有一些说法，细抠起来不无趣味，例如走向世界。改革开放以来，这个说法很流行。然而中国什么时候走出过世界吗？可能走出世界吗？那么情况似乎是，中国与世界之间不是全无问题。

2008 奥运会的口号叫人放心了一些，同一个世界，同一个梦想；说明中国正在与世界建立一种更加正面的关系。

可不是吗，我们对于世界的记忆当中有太多的龃龉与耻辱，太多的经验更适合成为噩梦的素材。

不同了，毕竟不同了，一百多年过去，六十余年过去，现在终于可以比较明朗、比较大步与大度地走向世界与邀请世界走向我们了。继 2008 北京奥运会与残奥会以后，2010 年的上海世博会，正在向上海、向中国走来，正在获得上海与中国的欢呼。

我们在上海的城区地图上，可以见到中国地名的浓缩。东北角上，你可以读到阜新、松花江、苏家屯，而桂林路等等自然要在城区的南面去找。到了 2010 年呢，各个国家与许多重要城市的名字，也都会出现在上海世博会上——那将是一个属于世界的盛会。

上海自 1843 年开埠以来，本身就吸纳和包容了各种文化。她是东西交汇，南北贯通的一个水陆大码头，也是中西、新旧文化的大熔炉，所谓“海纳百川”是也。而西方诸多文字中的“文明”一词，据说都源自拉丁文的“Civitas”（意为“城市”），也许并非偶然。城市兼收并蓄、包罗万象、浓缩集中、不断交流碰撞与更新的特性，大大促进了人类社会的发展。为此，上海世博提出“城市，让生活更美好”的口号，在我看来，它是人类的经验也是人类的诉求，更是一种通向未来的眼光。

被列强的炮舰打开了大门以后，有一段时间，而且不仅是在中国，城市常常以罪恶、地狱、魔窟的观感出现在我们与第三世界的许多国家人民的想象里以至经验里。在经济飞速发展的今天，人们的城市生活也越来越面临一系列挑战：高密度的城市生活模式引发空间冲突、文化摩擦、资源短缺和环境污染。我期望世博会能抓住发展中暴露出的种种问题，予以重视，共议前景愿景，提供一个思考的平台。如同联合国人居组织 1996 年发布的《伊斯坦布尔宣言》强调的那样：“我们的城市必须成为人类能够过上有尊严的、健康、安全、幸福和充满希望的美满生活的地方。”

和谐而温暖。中华文化推崇人际之和、天人之和、身心之和。同时“和谐”也曾见诸西方先贤的理想。数百年来，人们对“和谐城市”模式的探讨，从来没有停止过。从“乌托邦”，到 18 世纪的“理想城市”，再到“田园都市”，一系列的理论、主张和模型无不在探索如何建立城市在空间上、秩序上、精神生活和物质吐纳上的平衡与和谐。2010 年的上海世博会，应该为这样的探讨提供新的灵感和视角。有许多目标，虽不一定马上都能够实现，但那也总比没有目标，可以前行得更清澈更美好。

我们喜爱与从事文学活动的人，习惯于以田园牧歌来歌唱我们的地球与人间生活，也喜欢得机会就骂骂拥挤着大楼的、车水马龙的城市，还要为农村田园的被压缩而时不时地伤感。这样的牧歌乃至挽歌肯定还会继续唱下去，同时，我们也不无可能学会谱写新的城市交响曲，不怕它还有噪音，不怕它还要面对咒骂，我们的交响曲应该可以帮助城市缔造自己的人文理想，寻找自己的罗曼蒂克，体验与传达人类的新关注与新期待。

那些个曾经让我们目眩神迷的城市，伦敦、纽约、巴黎、罗马、莫斯科、东京与柏林、孟买与加尔各答、开罗与伊斯坦布尔、里约热内卢与德黑兰，正在向中国走来，向上海走来，我国的各兄弟城市，也将在上海聚集，我们期待着这历史性的时刻。

什么样的生活更幸福

王安忆

世博会即将来临，是国际社会交给上海的喜庆日子，同时也交给上海一份试卷，这份试卷的奇妙在于，由我们自己出题，然后由我们自己回答，要求却是明确的，那就是要给人类生活的精神增添新的内容。我们定的题目是“城市，让生活更美好”，我以为这是一个好题目，却也是一道难题。历史走到21世纪，工业革命，科学技术发展，生产关系不断进步，财富积累、从实体膨胀到虚体，人类文明似乎已经无所不能，许多神话和寓言变成现实，梦想成真。速度和效率几乎提高到无限，时间和空间的可能性都将被穷尽，当我们克服了惯性，沉静下来，也许会有一丝茫然，幸福究竟是什么？感谢世博会给予行动中的人们一个思考的时刻，审视我们的目标和理想，检验初衷，重新提出幸福的观念。各民族的古老传说里，当主人公经历坎坷，努力奋斗，再加上好运气，终于化险为夷，或者苦尽甘来，抑或是有情人终成眷属，最末的一句话总归是——从此，他们就过着幸福的生活。现在，许多原始的困苦不再成为困苦，于是，幸福这个原始的词汇也变得模糊了，那么，就让我们追根溯源，寻找存在于生活中的那个最基本的价值。

人类在文明的历程中，逐渐从漫游到定居，又从涣散聚集起来，这个聚集的地方就叫“城市”。机器的发明减轻繁重的体力劳动，贸易调配各种需求，社会分工则平衡人们能力的差异，使得各尽其能，各取所需。城市给予了生存平等的可能性。我的职业是写作小说，所以习惯在小说以及其他的虚构艺术中寻找社会生活的材料。老舍先生笔下的骆驼祥子，是一个农民，失去了父母和几亩薄地，怎么失去的？老舍没有说，那个时代，无非是灾荒和兵祸，于是，来到北京，到北京干什么？拉人力车，凭一身好力气，单打独挑，尚能活下去；茅盾的“林家铺子”，在江南小镇上，面对四乡八野的低消费，农业的萧条使得这微量的消费都压缩了，巨大资本进入，从根本上颠覆了小本经营，终于倒闭，破产的林老板去了哪里？茅盾先生没有说，我想大概是去上海，上海地场大，需求也大，出路也就多；巴金的《家》，新青年觉慧，抱了满腔的热望，要去拯救上世纪初腐烂的社会，结果连身边至亲的人都救不了，甚至于他自己的那一份小小的爱情都没有保住，失望的觉慧离开了那个铜墙铁壁的家，乘船溯流而上，小说写道：“这水只是不停地向前面流去，它会把他载到一个未知的大城市去。”这城市叫什么名字，作者没有说，但是，我们都知道，巴金先生来到了上海；鲁迅先生的小说《伤逝》，子君和涓生的自由结合，是发生在北京吧！他们那个同居的小家安在了吉兆胡同里，市井坊间虽然不免有闲话，可到底也不能过于干涉，最后的失败，是败在涓生自身的颓唐，他担负不起鲁迅先生对爱情的期望；多年之后，《青春之歌》里，林道静和余永泽也是在北京同居，一套中国式的小公寓，遗憾的是，由于政见不同，他们没有将这新式爱情坚持到底……我想说的是，城市的生产结构和生活方式，使得人们有能力走出传统伦理的秩序，放弃一切物质和精神的遗产，独立生存。换一句话说，城市是一个相对公平的空间，不仅是强者，弱者也可在一定程度获取和实现自身的价值。

我们可略微回顾一下女性地位的转变——1900 年，美国纽约成立“国际女装工人工会”，为女工主张权利，是国际“三八”妇女节的起源。这一个初级的男女平等条约产生的背景，就是工业化，女性与男性不同量级的体力，在机器上消弭了差异。我曾经在上海的民俗资料里读到过一首当年缫丝女工民谣：“栀子花，朵朵开，大场朝南到上海，上海朝南到外滩，缫丝女工好打扮，刘海发，短袖衫，粉红裤子肉色袜，蝴蝶鞋子一双蓝，左手戴着金戒指，右手提着小饭篮，……”可以见出自食其力的女性是如何自得的面貌，对比另一首华北平原乡间民谣：“小白菜，地里黄，三两岁上没了娘，跟着爹爹还好过，只怕爹爹娶后娘……”没有经济能力的女性又是何其可怜。社会的现代化可说是随城市发展而进行，女性受启蒙受教育，在这个不单纯依凭体力的世界焕发出各种潜能，越来越具备与男性竞争的条件。

再有，残障人的权益。这一个群体需要在高度合作的结构中，方能够自立然后体现尊严。2007 年，上海曾经承办过特殊奥林匹克运动会，开幕式上有一个节目，是以诸多人体连成一道血肉长城，两名脑瘫残障者分别从两端攀上“长城”，向前攀爬，跋涉中，身下的“城墙”屡屡伸出手臂，扶助他们，推动他们，不让倒下，众志成城，终于到达顶峰。这可视作一个象征，象征着协作，互动，能量相加然后重新分配，达到全部启用。以此推论，年老，体衰，疾患，竞争不力而失败，各种弱势群体都可能也应该拥有生存的保障。而城市是可较大限度集中社会资源，合理进行配置，让每个人不仅是在理论上，而且在实际中共享这同一个世界，同一个梦想。我以为，这就是城市的科学精神和人道意义，我们的主题“城市，让生活更美好”，应该是将这精神和意义发扬光大。

我曾经参加过世博中国馆的主题讨论，有一个有趣而令人感动的事实，那就是各种方案和建议，无论出发和角度，形式和手段有怎样的不同，可是，就好像千条江河归大海，当描述城市的理想的时候，不约而同，都刻画着民生安乐民计兴隆的景象，一个小康社会的具体生动的景象。不由想起在纪念邓小平生辰的日子里，读到和看到的这位国家领导人的家庭生活画面，那是如何温暖和合的居家的气息，含饴弄孙，天伦之乐。关于小康社会的奋斗目标，大约就来自这位老人对生活和人生的认识。他经历过残酷的战争，激荡的政治斗争，有过亲人离散的遭际，在晚年享受着快乐的家庭生活，他最懂得什么才是幸福。在这时时处处都发生着很炫的事情的时代里，人们并没有丧失清醒，还保持着朴素的幸福的观念，这是事情的发轫之初，它决定着我们的未来方向。还是要感谢世博会，它给我们一个机会，梳理人类文明走过的道路，检验目的，再次提醒我们，什么是我们真正要的。世博会是一个世界的大节日，主宾双方都将极尽努力和热情，献上最美好的礼品，万物汇集，竞相交流，凡此种种，都是为了一个目标，就是让生活更美好。

上海世博会的文化构想

余秋雨

一

我对世博会的关注，是从批评开始的。

2000 年，我对当年汉诺威世博会的中国馆提出了严厉批评。后来，我又批评了 2005 年爱知世博会的中国馆。我在批评汉诺威中国馆的时候，上海还没有申请到世博会的主办权，因此，我的批评不是着眼于世博会，而是出于更加重大的思虑。

当时，我正在对中华文明和世界文明进行着大规模的对比性考察。先是历险四万公里考察几千年前与中华文明同时存世的人类其他古文明遗址，进行充满悲怆的古代比较，走的是北非、中东、南亚一路。这条路，现在已经走不通了。紧接着，我又实地考察了欧洲 96 座城市，进行充满反思的近代比较。

重重比较，使我越来越强烈地感觉到，我们以前对中华文明和世界文明的理解，从内容到形式都是极其简陋的。我们总是惰性地沿用一些陈旧的理念、故事、物像，以为已经可以完成表述。其实，这与中华文明和世界文明自古到今的实际发生情况，有很大的差距。这种差距，正是来自于我们凝固化的文化思维模式。

正这么担忧着，我的考察路程恰巧到了德国的汉诺威，碰到了世博会。而且，我得知一个惊人的消息，在世博会开幕之前，传媒对汉诺威市的民众进行问卷调查，题目是：在参展的155个国家、17个国际组织的场馆中，你最想看哪一个国家的？报纸公布的调查的结果，第一是他们自己的国家馆德国馆，第二就是中国馆。

这个调查结果让我既激动又紧张，因为我知道，这反映了很多欧洲人对于了解中华文明的巨大饥渴，我们能够让这种饥渴稍稍得到满足吗？

开幕那天我看到中国馆的实际情况和当地市民的失望眼神，我已多次说过，这里就不重复了。但是，其中有一些情景反映了我们最容易犯的老毛病，我还要再提醒几句。那个中国馆的门上是京剧脸谱的喷涂，外墙是万里长城的喷涂，作为整个展厅的归结是一个针灸人体模型。我看了其他那么多场馆，没有一个像我们这样，完全用一种陈旧图像把自己封闭住的。脸谱是对脸的封闭，城墙是对土地的封闭，模型是对活体的封闭。那么，哪儿去找生动活泼地融入世界的当代中国人呢？找不到。千不该万不该，那个馆还花力气布置了一个中国人登上月球的场景，借用的又是外国人登上月球的照片，只是在登月者胸前改挂了CHINA的标牌。而且，那些脸又是被航天服封闭的。

由此我觉得，现在一些西方人对中国有各种各样的误会，一半是出于他们偏见式的传播，一半则来自于我们自己误导式的传播。

2005年爱知世博会上的中国馆，占据的面积是120个参展国场馆中最大的，与汉诺威的中国馆相比有了一些进步，但是，结果仍然令人伤心。世博会大门口有一块牌子每时每刻告示每个馆门口需要排队等候的时间，我看过几次，后来每次经过中国馆的牌子，都不敢抬头再看。这个馆的毛病，还是历史、历史、历史。整个大厅墙上黑糊糊的全是有关中国历史的浮雕大汇集，连我这么一个长期研究中国历史的人都没有精力和兴趣去一一辨认。放在墙下面地上的，则是各种各样的老式家具和古董。尽管偶尔也有民族音乐表演，但整个说来，是一片堆积而成的暮气沉沉。这与2005年中国迅猛发展的现实，简直有天壤之别，而我们很多人却错误地认为，这就是“文化”。其实，所有的馆都应该站在今天向未来作出回答，而不能用遥远的昨天来安慰今天。

我讲述那两届世博会中国馆的教训，并不是要来反衬正在筹备中的2010年上海世博会的优秀。恰恰相反，我认为那两次的教训不应该仅仅责怪某个制作团队，而是暴露了我们习惯性的文化思维，因此即使攀上了新的平台，也应该警惕。

二

对于2010上海世博会，我一点儿也不担心它的总体布局、国际规模、资金来源、经费管理、景观设计、生态环保、交通条件，更不担心它的接待能力、协调水平、服务系统，对于届时上海市民的整体素质、志愿者的表现，更有非常乐观的预期。而且，我坚信这次世博会上的“最佳城市实践区”、“网上世博”等等亮点，将会光彩夺目。

当然也有不少担心。最担心的是一条：在巨大的财经支持、国际支持、技术支持下的人文疲软和人文失落。

与其他方面的成败不同，人文疲软和人文失落没有具体数据验证，甚至也找不到明确的评论话语，只让人隐隐地怅然于心头。然而，这正是我们最需要提防的。

我仔细地研究了上两届世博会中国馆的教训，发现一个有趣的规律：造成失落的主要原因是害怕失落。

由于害怕失落，就上上下下用蛮劲，但是，人文精神怎么可能用蛮劲捕捉得住呢？这就像组织人力拿着铁网去捕捉朝霞和秋色，徒劳无功。

由于害怕失落，我们会一次次地收罗专家学者的所谓“集体智慧”，一层层地演绎主题，开起了一个个有关“中国元素”和国际观念的研讨会，积累了大量的话语资源，以为这就不会失落了。结果，拿出来的东西枯燥乏味，反而大大失落了。

因此，我要向筹办上海世博会的朋友们建议，从现在开始，筹备工作的各个方面都应该越来越加紧节奏，唯独在演绎主题、讨论文化、集中智慧等方面要放松心情。我已经感觉到，在这些方面再紧张下去，就要坏事了。

我们不妨先从演绎主题的问题谈起。

如果我们习惯于从重重图表、层层衍生中来判断运营的可靠性，这种心理定势一旦传染到人文领域，就会出现奇怪的状况。

例如，这次2010上海世博会的三题是“城市，让生活更美好”。这本来已经足够，而且各国场馆的设计也不必把它当作套子，只要搭上一点边就可以了。但是按照我们的思维习惯，或许会觉得这样的主题还太空洞、太自由，因此会花很多力气来设定“二度主题”、“三度主题”，而且每一度主题还要派生出甲、乙、丙、丁，一、二、三、四。我们思维程序一般是这样的：在“城市”的总帽子下，应该延伸到“中国城市”；讲到中国城市，应该归功于中国智慧；那么中国智慧又是什么呢？当然又必须去寻找出几项基本特征了，如“厚德载物”、“刚健有为”之类；这些基本特征又太抽象，因此又必须一点点细化……到这一步，其实已经变成一场越陷越深的概念挣扎，既与“城市”的主题离得很远，也很难再进行形象表现。要表现，即使让形象大师出场，也只是概念图解了。

因此，我们一定要摆脱这种困境，重新返回起点性的简明，返回创造性的自由。

我们应该明白，在任何文化创意活动中，抽象概念常常是桎梏。丢弃还来不及呢，为什么再去打造？歌德说，“理论总是灰色的，而生活之树常青”。平日我们在做学术研究的时候，有时避免不了那些抽象概念，却也要力争快速超越，但办世博会毕竟不是做学术研究，何苦要跳到里边去呢？

抽象概念每设置一层，就必然会剥夺一层创意的活跃性，渐渐只能越抽越干，到最后就成了上两届世博会上出现的沉重教训。

我看历届世博会，凡是做得精彩的场馆和仪式，一定不是主题的“演绎”。所谓主题，就像在地上划了一个粗疏的大圈，许诺大家骑着不同的马在上面自由地奔驰和舞蹈，而不是要大家坐在那里围绕着它来说文解字、咬文嚼字。例如，汉诺威世博会的主题是“人类·自然·科技”，但是德国馆却把“所有的德国名人都是未完成的雕塑”这样一个有趣景象放在最引人注目的大厅，由于设计惊人，广受好评。法国馆更是用“法兰西走在十字路口”的自嘲，给人留下深刻印象。这些设计，都与主题若即若离，却显得自由自在，一派潇洒。

依我看，2010上海世博会的“城市”主题必定会超浓度地体现。试想，让中国繁华的一个城市的中心区域来办这届世博会，还不“城市”？又有一个让世界各国的天才们各自呈现的“最佳城市实践区”，还不“城市”？因此，不要再为“主题”苦恼了。

也不要为“中国元素”而过多苦恼。请放心，这届世博会在中国举行，由中国主办，又处于全世界都关注中国的时代，中国元素只会太多，而不会太少。去年世界特奥会在上海举办，我出任文化总顾问和艺术总顾问，曾花不少时间解除美国的总导演和总设计的困惑。他们问：要舞龙舞狮吗？要八卦图吗？要京剧脸谱吗？要《茉莉花》吗？要五十六个民族各自的符号吗？我说：“这一些，都不要特别考虑。中国人能参与全世界的人道主义事业，就已经满足。”结果大家看到了，中国元素还是处处渗透出来，完全不必担忧。更何况，今年北京奥运会上中国元素已经表现得非常充分，我们更不能做大同小异的摹拟。在这一点上，我们一定要把心态放松下来。

三

世博会，是世界各国的一次特殊聚会。世博会文化，历来以全人类的思维为主轴，具有充分的世界性。在我的印象中，世博会文化的世界性，大致可以分为以下三个阶段：

第一阶段，着意于世界工业创新产品的呈现和推广。电报、电话、电影、打字机、无线电等等，都是从世博会走向世界的，这种推广，没有国界；

第二阶段，与第一阶段部分重叠，已经不满足于有形创新产品的推广，而是越来越偏重于世界共同信念的整合，例如在民族战争、世界大战的漩涡中呼唤着国际观念、反战观念、和平观念；

第三阶段，从 1970 年大阪世博会开始，更是大幅度地摆脱对于每个国家已有成果的呈现，而是承担起了思考人类未来的责任。因此，主题也就上升为“人类的进步与和谐”、“人类·自然·科技”、“自然的睿智”等等，而且经由太空观念而落到了环保观念。直到今天，面向未来的人与自然的关系，仍然是目前和今后世博会的基本思维导向。

在以上过程可以看出，我们如果过多地着眼于自己国家的历史回顾，那实在是背离了世博会的精神走向。上两届世博会上中国馆的毛病，主要也出在这里。这次，我们不能在自己的家门口再度脱轨。

我的基本想法是——

一，如果说，奥运会是从体能上呈现了世界性，那么，世博会是从智能上呈现了世界性。智能的呈现要比体能的呈现更精细、更周密、更完整，因此世博会构成了一种独立的文化。上海 2010 年世博会的文化思维，应该是世博会文化的一个重要组成部分，而不是另起炉灶；

二，如果说，世博会一百多年来在第一阶段还以呈现已有成果为主，那么，这种“已有成果”也是指最近几年的新创造。世博会文化只在乎创新，而不在乎历史。因此，巴黎举办世博会时就敢于以一个铜铁的艾菲尔铁塔与历史对峙，和历史逗乐。上海 2010 年世博会，一定要立足创新，伸发创意，这才能进入世博会文化的主航道上来，也有利于更新我们的文化思维模式；

三，世博会文化在近三十余年来已全盘地转向对人类未来的思考，因此，我们在2010年作为东道主要向全世界呈现的，主要也应该是中国人愿意为人类未来承担的责任。如果老是说我们的祖先多么厉害，那么，作为辉煌的巴比伦文明的后代，伊拉克更有资格这么说。把我们的目光从过去移向未来吧，而且由得意转为忧思，因为我们承担着太多的责任。

难忘的开幕式

钱文忠

2010 年 4 月 30 日，举世瞩目的中国 2010 年上海世博会在黄浦江畔的世博园区，以一场令人叹为观止的美妙的开幕式正式揭开了帷幕。我有幸受邀出席了开幕式，成为这一旷世盛典的见证。这必将成为我生命中美好的记忆。

现代传媒无远弗届。我相信，通过电视和网络，无数的观众都会有身临其境的感受。在接受新华社记者采访时，我这样说道：“如果说北京奥运会开幕式展示了中国的崛起和强盛，展示了中国文化的独特性，上海世博会的开幕式则更多的是显示了中国文化自信的另一面：包容、接纳、欢乐、分享。”“分享、欢乐，相信全世界都从中感受到了中国的姿态。上海世博会的舞台也是全世界共同的舞台。”

上海世博会开幕式的理念是“简洁、唯美”，强调艺术性和仪式感的圆融统一、高科技与原生态的交相辉映，中国文化和西方艺术获得了完美的交融和和谐的体现。我用了“绚烂归于平淡”来概括开幕式给我的印象。“绚烂”无需辞费。这里所讲的“平淡”，当然绝对不是没有特色之谓，而是以一份平常心，展示出今天的中国在首次于发展中国家举办的世博会这样的全球盛会面前，所秉持的那一份淡定与从容。这才是真正的自信。

然而，让我感触最深的却是三个也许是小小的细节。开幕式的主持者，中共中央政治局委员、上海市委书记俞正声“恭请”胡锦涛主席宣布世博会开幕。在重大而正式的官方典礼中，这是我第一次听见“恭请”这样的用词。我以为，短短的一声“恭请”，传达出的不仅是庄重典雅，更是对中华传统文化的深沉体认。用词的准确考究，难道不正是营造仪式感的题中应有之义吗？

来自青海玉树地震灾区的两位藏族儿童也出现在了开幕式的舞台上。和以往不同的是，他们的出现并没有带来哀伤悲戚的气氛。他们和不同国家、不同肤色的孩子牵手相拥，在不同国家、不同肤色的手臂的举托下，他们摆脱了灾难的阴霾，幸福地欢笑。人类在面对各种问题、各种灾难的时候，更需要的难道不正是坚强乐观、守望相助吗？

转场以后的烟花表演场面恢弘、运思巧妙、绚丽斑斓。事先不少人持有这样的疑问：比北京奥运会开幕式规模更大的烟花表演固然极具视觉震撼力，可是，又如何才能处理好和上海世博会的主要关注点低碳、减排之间的冲突与矛盾呢？就我在现场的感受而言，几乎没有闻到燃放烟花通常必定会产生出来的刺鼻气味。这就说明，按照最大限度地降低烟气、减少残渣的要求特殊设计制造的上海世博会烟花，也取得了非凡的成功。同时，这难道不也正是对本届世博会主题“城市，让生活更美好”的最佳实践和演绎吗？

这是一场成功的开幕式，这是一场难忘的开幕式。

难忘世博“小白菜”

贺捷生

一

暑热的七月，参观完世博园的主要场馆，我的心里如同在这样酷热季节吹进一阵又一阵清凉的风。

我为我们伟大祖国的历史性进步而兴奋，我为我们的国家和人民得到世界的尊重而自豪。同样，我也为我们伟大的人民在世界各国人民所展示的礼仪和笑容倍感高兴。世界给中国一个平台，中国还世界以未来和希望。从操着全球各地不同口音的赞叹中，我读出了各国友人对中国的羡慕。

然而，朋友，我告诉你，看完世博会，让我印象更深的，让我想得更多的，都是世博会上那些身着青衣白裤的千千万万的志愿者，上海人亲切地称他们为“小白菜”。

或许是作为对一个老同志的照顾，作为 VIP 的参访者待遇，每到一馆，走的是绿色通道，享受的是各馆长的躬身接待，但这一切都未能引发我更多的兴趣，我总是想利用各种机会，走近那些带着纯真、透着朝气的“小白菜”。在我看来，他们才是解读中国的真正名片，代表的是明天和希望。

记得是1990年的1月1日，为了迎接新年的到来，《人民日报》发表了元旦社论“满怀信心迎接九十年代”，伴随九十年代改革开放的更加深入，人们拭目以待地盼望着更加和谐幸福的生活。就在这一年，一个不大为人注意的数字，却成为今天我们这个社会的主体，这一年，2342万幼小的新生命诞生了。这就是经常被社会和媒体称谓的“90后”。今天，当我们徜徉在壮观美丽的世博园时，那些身着青衣白裤的“小白菜”，相当一部分属于这个年代出生的人。

许多年来，不论是在大学的讲台上，还是针对青少年的传统教育座谈会上，我都念念不忘地给他们讲述我所知道的红色历史，讲述老一辈艰苦创业的不易。说实话，我之所以愿意不厌其烦地讲述昨天，不是我作为一个走过长征的老人有怀旧情结，是因为每当在电视荧屏上看到手摇荧光棒、发着光怪离奇尖叫的少男少女时，我都有种担心。每当看到那些在万人瞩目的电视直播镜头前，以能上台与主持人接吻拥抱为荣的女孩子们，我都有一种莫名的危机感。我常想，我们具有光荣历史的传统是否在他们这儿将要断档了呢？这“荧光棒”一族将来能守好我们的红色江山吗？这种担心忧虑也常常伴随着失望。因为这些“荧光棒”们所发出的阴阴之光，让人对未来表示质疑。正是带着这种心绪，我以别样心情走进了世博园。说是为了看各国特色的新建筑，其实更主要的，是想透过世博这个窗口，观察90后的孩子们的成长状态。

二

利用参观间隙，我设法与“小白菜”们接触，我想与他们作一个心对心的交流。我第一个要说的是我身边的一棵“小白菜”，大家都叫他小邹，他是一个20岁的男孩，是一个双耳失聪的残疾人，一个典型的出生于1990年的“小白菜”，然而，他却未能穿小白菜的服装，因为他双耳失聪，在选拔时被淘汰，然而他却有为人羡慕的一流的摄影技术，为了接待我这样一个他们心目中的“老革命”，经接待方与有关方面协商，又有有关领导机关出面，批准他，特意让他为我们一行一路摄像。

别看小伙子双耳失聪，但动作却十分机敏，在涌动的人流里，他总能占领最好的角度，拍摄最高质量的影像。我们一行虽然不负重任何东西，但在40度的高温下早已是汗流浃背，而他背负着摄像器材，还要伴随着我们跑前跑后，其劳累之苦可想而知。遗憾的是，三天时间忙着马不停蹄地参观，却未能细细询问身边这位“小白菜”叫什么名字，只知道他是某军工研究所刚招收的一名青工。

在中国船舶馆，还有一位不穿“小白菜”服装的志愿者。这就是世博园闻名的“老船长”，在“小白菜”的队伍里，他是最年长的一位，已经65岁，早年曾是中国第一艘万吨远洋货轮的船长。他是自愿报名加入到“小白菜”这样的一个几乎纯粹青年人的队伍的，主办方认为，有这样一位“老船长”当中国船舶馆的解说员，可以回答观众任何一个疑难问题，比专职讲解员还要全面。而他自己说：我以65岁高龄每天十二个小时为观众解说，不为别的，是为了祖国的荣誉，为了更好地和

80后、90后的孩子们交朋友。这样一位与我年纪相差不太多的老船长，在我们参观结束后还不断地发信息来，他说，和青年交朋友，关注明天，将是我们这一代老人的重任。后来，我们变成了朋友。他就是胡月祥。

许许多多关于“小白菜”的故事，每天都让我从内心感到振奋。在中国馆里，有一个长着巴掌脸、大眼睛的江南美女，只记得她叫陈伊玲，观众评价她，她的脸上总是挂着8颗牙齿的完美笑容。这是一个典型的世博标准笑容，也吸引了我的关注，细做询问才知，姑娘上岗前曾接受过专门的空乘培训，她说：“老师的要求非常严格，为了达到露8颗牙齿的完美笑容，除了按老师要求做笑容操外，每天还要对着镜子咬一根筷子训练，这样嘴巴自然就咧开了。”对于爱美且怜惜自己的青春少女，面对这几近严厉的训练，她们毫无怨言。她们说，要以严酷的要求向世界展示中国之美，展示中国人的微笑。

三

在世博园里，还有一批来自香港的“小白菜”格外引人注目，据香港志愿者的代表讲，这些来自香港的志愿者是从1000位报名者中层层筛选出来的。他们60%是在校生，25%是上班族，其他全是退休者。来上海前，他们不仅要过一层层的面试关，还要将普通话和英语都能流利表达。正式上岗前，还必须与上海本地志愿者进行一对一的组合。对祖国的认同，对大家庭的认同，使这批志愿者以一流的工作水平赢得了组委会的高度评价。香港“小白菜”的加入为上海世博会的志愿者服务增添了一抹亮色，这就像那一句温馨的口号：“世界在你眼前，我们在你身边。”

在世博园的 2 号门的入口处，一位 19 岁的名叫陆雪婷的姑娘一边给我们指路，一边向我们介绍他的工作：“我们一天一般要工作十二小时以上，如果引导和解说不停留的话，每天要走 60 公里以上的路。很多观众第一次来上海，有时还需要帮他们认真设计一个日程图来。”陆雪婷作为一名大学在校生，具有很强的英语表达能力，她说自己很愿意给外国人解说，因为每当看到有那么多外国人朝世博园涌来，心里总有一种说不出的自豪和激动，她说：我丝毫没有崇洋媚外的意思，我是觉得我们足不出沪，便可以见到世界各国的朋友，这让我们真正感到全球化的含义。

足不出沪，便可感受世界，这位聪慧美丽的复旦姑娘一句话简单的概括，让我眼前一亮，我突然觉得，这些以往在我眼里的孩子们，原来并非像我担忧的是纯粹利己主义和消费主义的一代，他们一样具有自己的理想情怀和向往高尚的内心世界，在全球化和网络化的双重冲击下，他们有着更为开阔的视角和人生态度，他们有着属于这个时代那种积极向上的精神。

四

“小白菜”，让我重新认识青年的同时，我也开始认识自己，当我们以不再习惯的眼光审视青年人的一举一动，似乎对他们这也看不惯那也不顺眼时，我们自己是否还缺少对他们的理解，缺乏深入了解和沟通呢？我忽然觉得，融合和理解，只会有助于我们将光荣传统和红色基因的顺利传承，在当前这个社会，显得是那样重要。

当然，“小白菜”们毕竟是万千青年中选出来的拔尖者，不论思想或个人素质，都该属于优秀一群的代表。在对他们的世博表现表示欣慰的同时，我同样也期待着“小白菜”的精神，即他们那样爱祖国，爱人民，爱社会的品质，在一代青年中发扬光大，成为新一代的我们的全社会品格，这才是世博会真正的更重要的收获。

游客的心灵之旅

于丹

一座城市对人有没有吸引力，关键在于它能不能让人的心灵有归属感

我对上海感情很深，因为我奶奶家在上海，她家原来就在徐家汇的老弄堂里。从小我就习惯吃上海的零食、上海的菜，所以一到上海来，我常要点菜泡饭，因为那是奶奶家饭菜的味道。

一座城市对人有没有吸引力，关键在于它能不能让人的心灵有归属感。我之所以喜欢上海，是喜欢上海这座城市气质上的包容，以及它的典雅。在这个匆忙的时代中，它不失精致，给我们一种内心的抚慰。

2010 年，是世博年。中国 2010 上海世博会，这是中国人，将在上海为世界承办的一次博览会，它将会迎来整个世界的检阅。全世界将在上海这座城市展示出伟大的理由，而这些伟大将再次成就上海这座包容伟大的城市。

每一个人解读一座城市，都会有不同的感受。我喜欢宋代大文学家苏东坡说的一句话，叫做“此心安处是吾乡”。一个人在世界上游历很多地方之后，寻寻觅觅，他真正要找的是哪里呢？是一处故乡。什么地方是故乡呢？也许不是他的祖籍所在地，也不是他的出生地，而是苏东坡说的“此心安处”。

一颗心可以安顿的地方，就叫作故乡。

今天的上海是一座移民城市，越来越多的人愿意到这里来，因为它的接纳，因为它的包容，因为它给了人们成为自己的机会。北京与上海，有一点是相通的，就是它们都正在以自己博大的气象，从传统的市民社会转型成移民社会，从本土的功能型城市转型成国际前沿都市。所以，从这个意义上来讲，就算我在祖籍上、血缘上跟上海没有瓜葛，我也会把上海当作我的一处故乡。因为，在上海你会发现，一个人激越的一面，会在这个城市紧张的节奏中得到一种体现，而一个人内心的那种悠闲、安适，也可以在街头巷尾得到他自己的抒发和寄托。

上海的开放、创新、包容和多元是一种现代气质，而这种现代气质使得它的历史在今天的生活方式中得以充分地体现

我心中的上海是一个把历史熔铸在现代生活方式中的地方。

大家可能会有这样的感觉，我们去过很多著名的城市，往往在那些城市里，历史是历史，现在是现在。我们总是在一个地方缅怀古迹，我们总是在一个地方凭吊沧桑，我们几乎看得到这个地方所有的历史，但是它的现在呢？跟历史往往会形成断层。

上海之所以幸运，就是因为它的历史比较短。从鸦片战争之后，

上海的这种文明才真正从本土文化中得以拓展，那种宁静的气质开始出现了一种风云激荡的多元性。上海的开放、创新、包容和多元是一种现代气质，而这种现代气质使得它的历史在今天的生活方式中得以充分地体现。

为什么说上海的历史正在铸就今天的生活方式？我想，中国很难有一座城市能像上海这样淋漓尽致地呈现它的异彩纷呈。比如上海的建筑，我们通常说看一次上海的建筑，就像是参观了万国建筑博览会。参加世博会仅仅是看那些展厅、展馆吗？如果大家漫步在上海的街头，你会发现从传统弄堂里的那种吊脚楼到外面的花园洋房，再到老上海的别墅，一直到西式的教堂，各式各样的建筑在上海其实都被保留着，上海并没有因为它的急速发展而失落传统。

我在上海住过很多老公馆，在这些地方我想我能触摸到那些历史遗留下来的纹路，我能够嗅到那些潮湿的、带着呼吸的历史，我甚至还能够感受到那些人物生命的体温。这些地方遗留下来的是什么呢？那就是使人能够回忆起来一个城市它的气质的那些理由。

在上海的建筑里，我们既能看到那些豪华的五星级，但同时，走进弄堂里，那些老建筑还在，那些石库门中的生活还在。建筑是什么？它其实是生活的载体，如果建筑仅仅是一处房子，失去了其中那种鲜活的生活，那么它就仅仅是房子而已。

但是，上海的建筑是载体。

包容是把自己作为一个烧杯，让各种元素形成化合反应之后，创新成一种全然不同于其他城市的气质，而得以在全球被识别，这就是上海的未来。

再来看上海的音乐。

提起上海的音乐，大家可能会从最传统的江南紫竹调，想到上世纪 30 年代老上海舞厅里那种标志性的爵士乐，那些萨克斯，那些竹管风琴，一直想到在今天的上海舞台上我们可以聆听到的各式各样的音乐。这就是上海声音的造型，它并没有因为西洋音乐的进入而让紫竹调销声匿迹，它也没有固执地执著于江南的管弦丝竹而失去它开放的舞台。

多种乐器形成的那种杂糅的格局，有时候就是天籁。因为大自然并不会因为松风和泉水的声音而忽略小鸟的啼鸣，也不会因为有了人类创作的音乐就让这一切天籁宁静下去。所以，上海的这种声音造型是立体的，也是多元的。

再有就是上海的各式各样的休闲和饮食。

我特别喜欢到一个个弄堂里去吃上海的早餐，然后品尝上海的家常菜。在一家小小的厅堂里面，烫一下刚刚采下来的青菜，再炒一个油爆虾，或者是油焖笋。所有这些你都会觉得它是那种地地道道的市井生活，蕴含着一种市井的热情。但是，同时上海又是一个西式生活方式在中国普及得最早的地方，各式各样的西餐馆、各式各样的咖啡馆，在这里都能找到。

所以，上海是一个什么样的地方呢？它的口味就像它的文化思想一样，那些爱吃百叶结烧肉和菜泡饭的人，会在这里找到正宗的厅堂，而那些爱吃牛排或者是喜欢喝研磨咖啡的人，在这里也能够找到自己的去处。上海的这种开放、包容，所有这些元素，不是物理式的整合累加，而是形成一种化合反应，使之融合为自己的一种全新的、不可替代的风标。

上海有太多太多感性的、外在的，能够使人感知的、与众不同的气质。

从某种意义上来讲，上海的气质其实比北京还要强烈。北京因为是皇城文化延续下来的传统，它大气、包容，而且它又作为首都，你会觉得它更多地呈现为一种接纳和开放。但是，本土的那种老北京的东西，我们现在感受的时候，可能不像老上海的东西这么强烈了。

我眼中的上海，它所有的历史性的包容，只为了一个理由，就是使它能够有一个更有创建性的未来。包容本身不是目的，包容是把自己作为一个烧杯，让各种元素形成化合反应之后，创新成一种全然不同于其他城市的气质，使自己终于成为特立独行的自己，而得以在全球被识别，这就是上海的未来。

这种气质的成全，一个重要的门槛就是2010年的世博会。我们原来所认知的上海，是这样一个从容的、典雅的，在历史氤氲的文化气质中缓步行来的城市，在2010年，它又会怎样打开自己？

也许，我们平庸、枯燥、乏味的日子已经太久了，所以人们更渴望生命中的邂逅。邂逅一个地方，也许它就能够完成对你整个生命系统的唤醒。

上海精神的魂魄，还在于它文化的成全。

想到上海，我们会想起上世纪初上海的教育、媒体、文化和艺术；会想起鲁迅、茅盾、夏衍、曹禺、巴金这一连串光芒万丈的名字；会想起上海那些曾经与好莱坞不相上下的优秀老电影和那些电影演员；会想起上海报业的传统，那样一种对知识分子良知的坚持和对于民主的憧憬、向往以及抗争；会想起上海的教育，那样一种中西合璧，特别是把西方教育思想、文化理念引入中国。

上海是一个港口，它也是一个巨大的文化窗口。

上海的文化在今天将会铸就我们什么样的魂魄？世博会离我们越来越近了，上海还要做哪些准备？我们的世博场馆都快要准备好了，我们的精神也同步准备好了吗？我们的接待设施是一流的，我们的软件和服务意识是否也能真正实现一流？世博期间上海将迎来7000万游客，我们将在他们面前展现出一个怎样的上海呢？

这些问题让我想到一家世界著名媒体搞过的一个调查，他们请一些女性选择心目中最浪漫的一个词，大家可能没有想到，这些女性选得最多的是一个表达起来非常中国的词，叫做“邂逅”。什么是邂逅呢？它是一种不经意间的遇见，这种遇见对你是有触发的，唤醒了你内心的惊奇，让你蓦然之间笼罩在一种浪漫神奇的光芒之中，那样的一种幸福的感受，就是邂逅。也许，我们平庸、枯燥、乏味的日子已经太久了，所以人们更渴望生命中的邂逅。邂逅一个地方，也许它就能够完成对你整个生命系统的唤醒。

怎样让游客与上海有一次美好的邂逅，也许这是我们在此时应更多思考的。

一个人到一个地方游历，其实可分为三个层次，第一个层次是遇见一处风景；比这再高的层次是遇见一种生活方式；而最高的层次则是遇见一个全新的自己。

先来说第一种，遇见一个地方、一处风景。像探险之旅、幸福之旅、夕阳红之旅、蜜月之旅……这些我们熟悉的各种“之旅”，往往是给大家在行程、餐饮、住宿上安排得很周到，特别是应该看的景点大致是不会漏掉的。比如说，在旅途中，人们会被安排着“遇见”一棵古树、一座古寺、一块山石，然后人往景点前一站，“吧嗒”照一张相。回来以后，洗出照片来，就代表我去过这个地方了。但是缺了什么呢？往往缺失的是心灵的游历。

所谓真正去过一个地方，应该是一种经历。大家到上海来，我们要保障的第一个层次就是让大家邂逅一些全然不同的风景。上海有很多灵秀的水乡，比如说朱家角保持着那么美好的原生态，当你在小船上吃一包笋丝或者一包青豆，悠然地看着风景，听着“咿咿呀呀”的摇桨声，你会觉得时空的界限模糊了。当你坐在水岸楼头，望着水波，也许还依稀能够看见上世纪 30 年代电影里的那些生活，那些风景。

但同时，上海又是这样一个有着精彩历史的城市，它的风景应该是有底蕴的，它的风景应该是有人的背景在里面的。比如说，现在隐蔽在上海大街小巷里的那些旧公馆，它们背后潜藏着多少故事。我们走进一座公馆，在浮动着尘埃的光线中，听着老地板吱吱呀呀的响动，你的耳旁是否听到了四大名旦的唱腔？你的眼前是否浮现出了老上海当年的那种繁华？如果你的这些记忆被唤醒了，那就是赋予了你一种生活。

什么是遇见一种生活方式？就是让你感觉到你不是一个过客，而是可以在这里居住一段并沉浸其中的一个人

人的生活方式是在景观中被唤起的，这就是我要说的第二个层次，邂逅一种生活方式。

今天当我们提起上海人，很多人会觉得上海人是非常有地域气质的人。上海人是有自己方式的，那么，什么是上海人的生活方式呢？

举个例子，有一次我到上海参加活动，负责接待的同志非常周到，在饭店早早就点好了餐，但到了上海，我就是想吃菜泡饭，他们就请服务员加了一个菜泡饭。服务员写好单子走了，过了没有两分钟，餐厅领班，一个很职业化的小伙子特意过来跟我们讲，说对不起，要和你们讲一下，本来你们已经点了面条作为主食，你们人也不多，可现在又加了菜泡饭，会不会是点重复了，量有些大，怕你们吃不完。然后接待我的同志赶紧跟人家讲，这个菜泡饭一定要加的。他说好的，我们马上去加。

当时我很感慨，我觉得这就是上海人的方式。同样的热情，北京人跟上海人的做法一定不一样。北京人的热情是，如果这个时候你再点一个北京炸酱面，或是北京烤鸭的话，他不会想你是几个人吃，是不是太多，他会觉得很高兴，因为你点的是我们这里的特色。但上海人有上海人做事的方式，就是职业化。我很喜欢上海人的这种方式，就像我开玩笑说，在北京打车，你可能一上车师傅非常的热情，先跟你聊 10 分钟国际政治，然后再问，“去哪儿啊？ ”上海的师傅则不同，你上车后，他先要告诉你到你要去的地方可能有三种走法，走高架桥会怎么样，走下面会怎么样，哪条路会比较绕但不堵，哪条路可能会塞车，然后问你选择哪一条。

北京人很热情，上海人也很热情，但是你体会到的方式一定是不同的。所以，我会说到一个地方你会遇见一种生活方式。北京和上海都是大都市，但是在服务意识上它们所体现出的细节不一样。我在北京会觉得舒服，因为我多年生活在北京，北京人的方式我很适应。但是，我在上海同样会觉得舒服，因为它很国际化，也很人性化。什么是遇见一种生活方式呢？就是让你感觉到你在这里不是一个过客，而是可以在这里居住一段并沉浸于其中的一个人。

所以，在上海，如果我有一大帮朋友晚上想聚一聚热闹一下，我们可以一起去新天地，如果有一两位很要好的朋友想要私下聊天，我们可以去衡山路。上海可以让你选择的地方太多了，它是对象化的，它与人有默契。你总可以选到那么一处在此刻准确安顿你心情的地方。

上海可不可以给中国、给世界另一个承诺——在上海的生活方式中，让人们能够遇见一个全新的自己

如果说还有比生活方式让我更为期待、更为渴望的，就是在造访一地时遇见自己。

每个人终其一生，在匆匆的流光中要完成的寻觅究竟是什么？你是在寻找一份职业吗？你是在寻找一位爱人吗？你是在寻找一群朋友吗？还是你在寻找自己的一个终老之所，一处真正可以安顿的栖居地呢？所有这些寻找，都有一个深刻的理由，就是在所有遇见中遇见真正的自己。

一个人喜欢某一杯茶，喜欢某一首歌，喜欢某一朵云和某一个午后的阳光，其实都是因为它准确地击中了你。在一个地方最好的感受是终于遇见了自己，而上海应该是这样一个可以让你遇见自己的地方。

我一直有一个梦想，就是希望自己能够临水而居。从小我就特别喜欢水，可是在北方，我一直没有找到有我喜欢的秀水的地方。为什么我会那么喜欢朱家角？为什么我会那么喜欢黄浦江？是因为它们给了我一种流动，给了我一种滋润。

如果一个人没有失去生命的水分，他在这个世界上就会有很多欢

心的理由。上海是这样一个有水滋养着的城市，这里的水是滋润的，是多元的，有江，有海，有天上降下来的水，还有那些如水的文化。

一个人一定不会在某种僵硬的文化中突然发现自己。只有当文化是柔软的、流动的时候，它才具备了和不同人相对应的那种可能性。上海这种如水的文化，会让人有一种深刻的唤醒，它会让你安静下来，倾听身体里血液哗啦啦流过的感动，它从来不是那种高高在上的训诫说教，它也从来不是那种醍醐灌顶式的道理，而是一种潜在于举手投足之中的，如水波，如岩峰，如偶尔的丝竹，不经意之间的经过掠过，你就会有感动。

世博期间将有几千万游客来到上海，他们仅仅是来看在上海所呈现的一个个世博展馆吗？其实，更多的时候，他们是在上海生活。他们能不在上海居住吗？他们能不在上海吃饭吗？他们能不接触上海的公共交通吗？

上海前所未有的机遇就在这里。有那么多外乡人、外国人将在上海生活一段时间或者更长时间。在这段时间里，除了让人们能够在世博展馆中领略世界各国的精彩文化，上海可不可以给中国、给世界另一个承诺——在上海的生活方式中，让人们能够遇见一个全新的自己。

一个人怎样能够在遇见自己的时候，对一个城市产生那种水乳交融的默契，我想这是人们对于上海世博会更高的期待

我们到过的很多地方，都会给人一种欢心烂漫，让你觉得在这个

地方，激发了生命中的某种可能，它让你更坚定，更自信，有一种更从容的力量，使你能够坚定地走下去。

大约是在十几年前，我第一次去丽江。那时候的丽江还没有被过度开发，还没有现在这么浓的商业气息，更没有今天的丽江带给我的惆怅。

当地的朋友把我领进了老城里的一家酒店，朋友跟服务员说他要307房间，那是一个很普通的标准间，条件不是很好，大概连现在三星级酒店的水准都没有。朋友还特意帮我拉上窗帘，中间却留了些宽度没有全拉上，他说，我给你弄好的一切你都不要动。我当时觉得很神秘。

第二天早晨，我突然醒了，一睁眼，一瞬间我的眼睛被灼疼了，一个巨大的火把就在我的眼前，透过窗帘保留的缝隙，刚好看见晨光燃烧中的玉龙雪山。一座雪白雪白的山，被早晨金黄色的太阳燃成了一个巨大的火把，在你睁眼的一瞬间，蓦然烫伤了你所有的神经，然后你就会情不自禁地光着脚跳下床去，“哇”地在那个房间里兴奋地叫起来。那种感受，可能到七老八十的时候一想起来，还会有那种初恋般的心动。

人生会有很多际遇，一个地方也许会让你一生铭心刻骨。我之所以爱那个城市，是因为它离自然如此之近，玉龙雪山就在你的眼前，1600年的传统就在你的脚下，普洱茶氤氲的茶香泛起的时候，你能触摸到一幅完整的生活图景。

第二天晚上，一位纳西族小伙子带着我在丽江游游荡荡，我们要赶着去听纳西古乐，所以走得很快。结果在四方街窄窄的街道上，我们前面有三位胖胖的纳西族大妈，就在那里闲逛，她们三个人晃过来晃过去，这路就被堵死了。我们俩就在后面左一下，右一下，怎么也穿不过去。那位年轻人就走过去用纳西语跟老大妈说了句话，意思是要借过一下。

胖胖的大妈在夕阳中站住了，回头笑笑说了一句话，年轻人就站住了。然后他跟我讲，你知道这位大妈说什么吗？她说，小伙子，人啊反正从生下来都是在往同一个地方去，快走也是去，慢走也是去，你干吗不慢慢地走呢？

这就是我爱那里的理由。你会觉得在那里，慢得有理，因为你活的是过程。在那里，玉龙雪山不老；在那里，河水悠然流动。后来，我就慢下来了，一小时，两小时，我坐在那里，看流光从流水中匆匆而过，不追问意义和价值。我们一定要用各式各样的意义和价值把生命填满吗？丽江，那时给了我一种奢华。这种原生态的文化，让我遇见了那样一个悠闲的自己。

一个人怎样能够在遇见自己的时候，对一个城市产生那种水乳交融的默契，我想这是大家对于上海世博会更高的期待。

怎样使城市独特的文化气质得以展现与表达呢？概括地说，就是在硬件上我们要呈现最国际的，在软件上我们要呈现最民族的，甚至是最地方的

有人问我，什么是宣传上海的最佳城市形象？

我想，上海应该是一个具备诸多可能性的城市，它能够让你在最独特的生活方式中遇见自己。上海不是一个表面会给你很多惊喜的地方，也许在这方面它不如丽江，比不上拉萨，超不过乌鲁木齐。但是，上海会给你一种深层的感动与触发，给你一种隽永的回味。

到上海来，不是说去吃新疆的大盘鸡，或者是品尝辣辣的炒辣条子，而是品咂坐在老公馆里喝咖啡的生活，是在爵士乐中完成的一种缓慢的苏醒，它能让你透过历史的尘埃，看见一个陌生的自己正缓缓走来。

上海的光阴会给人一种深刻的发现和感动。在我看来，对自己的发现与唤醒，是这个城市最迷人的地方。

那么怎样才能完成这样一个过程呢？怎样才能使这个城市独特的文化气质得以展现与表达呢？概括地说，就是在硬件上我们要呈现最国际的，在软件上我们要呈现最民族的，甚至是最地方的。

如何去完成这种呈现呢？我认为有的时候要有差异化，这种差异化就是我们的硬件和软件离得要远一点。

首先来说，硬件一定要非常国际化。因为工作原因，我住过上海的很多家酒店，这些酒店的服务设施都很人性化，它们不会为追求奢华而忽略一些细节。在上海的酒店房间里，会为客人准备各式各样的咖啡、茶包、饮料，不会说只给你一种选择。

上海是很注重细节的，当然不要为形式而形式，而要有服务的内容。比如说，有一次我来上海参加活动，会场很好，服务员都很漂亮，她们穿着统一的旗袍，脚上是白色的高跟鞋。但是那个会场铺的是老地板，也许在那个会场，如果让那些上海弄堂里的小姑娘穿着更保暖的中式小袄，脚上换上平底软布鞋，轻轻地走来，轻轻地走去，会比穿着华丽的白高跟鞋更适合，服务质量也会更好。

上海要以什么样的姿态去面对世界？我想我们应该以对世界尊重的方式去呈现。什么是真正的服务？以人家的方式给人最舒服的

生活，这就是真正的服务

什么是国际化？真正国际化的标准是从人性与效果出发，而不是做表面文章。我在很多别的地方讲学的时候，他们对我都非常热情。但是，有些热情让我很害怕，比如说喝白酒，人家拿起酒来就说，于老师，别的什么都不说了，都在酒里。我想那你还不如说呢，都在酒里怎么办呢？那我喝不喝啊？真是害怕啊。

这一点，上海做得很好，在上海是不会被灌酒的。也就是说，每一个人都有相对自主的空间，你可以选择喝浅淡的清茶，你也可以选择喝一点老酒，或是红酒。这就是一种自由而宽松的文化。

在硬件上，我们要呈现国际化的标准，有一点就是不要强迫，你表现出来的应是一种尊重。我在读博士的时候，外教是一位美国人，他很年轻，非常活泼，我们都特别喜欢他。有一年岁末，我们要举办联欢会，就邀请他跟我们一起联欢。他说好啊，很高兴。结果真正到联欢会那天，他生气了，他对我们说，你们为什么要强迫我演节目？我来与大家联欢是因为我愿意这样做，但你们怎么搞一个联欢会还强迫我演节目，还印上了节目单呢？

在我们中国人看来，联欢会都要有节目单，都要事先要说好谁唱歌，谁演小品，这是我们的方式，但这不是人家的方式。上海要以什么样的姿态去面对世界？我想我们应该以对世界尊重的方式去呈现。什么是真正的服务？以人家的方式给人最舒服的生活，这就是真正的服务。

有一个很有意思的小故事，说有一对渔民夫妇，两个人相亲相爱，一辈子没有红过脸，没有吵过架。太太非常贤惠，每天都从她先生打回来的鱼里挑一条最大的最完整的，斩去头尾，特别精心地烹饪中段，今天红烧，明天清蒸，装在大盘子里给丈夫吃，而自己就在厨房里简单地把剩下的鱼头鱼尾烧一烧，吃过就算了。

几十年过去了，有一天，老先生在黄昏暮色中深深地叹了口气，他对太太说，这一辈子我也没对你提过什么要求，我现在要是不提就有点晚了，你看你什么时候能给我做个红烧鱼头吃？他说，我从小就爱吃鱼头，我也不知道为什么自打娶了你以后，就再也没吃着过鱼头了呢？

太太一听眼泪就下来了，她说我做姑娘的时候就认为鱼肉是世界上最好吃的东西，所以一辈子都把最好吃的给你一个人吃了，我自己在厨房里吃了一辈子我最不想吃的鱼头。

这个故事大家听了都会笑，但是它很深刻，我们每个人想一想，是不是都给自己很在乎、很喜欢的人办错过事，或者买错过礼物。为什么会这样？这个故事告诉我们，世界上最大的悲哀不是没有爱，而是固执地以自己的方式去爱别人。

所以，上海要以一种善解人意的方式去呈现它的爱，以一种尊重和了解的方式去给予它的爱。因为上海要面对的是世界，我们要接待的是世界各国、中国各地的朋友，我们应该给大家最大的尊重。

有一个成语，叫“宾至如归”。你别看就四个字，这四个字的标准却很难达到。宾，就是做客的人，归，就是回家的人。家是什么地方？家是进了门，脱掉高跟鞋，随时脚就能伸进拖鞋里的地方。比如说有的五星级酒店，奢华得不得了，然后进到房间以后，就是找不着拖鞋，让你穿着高跟鞋从门厅一直走到卧室，打开衣柜一看没有，床头柜里也没有，然后再走出来找，找了十几分钟后，给前台打电话说，对不起，你们这屋子里怎么没有拖鞋呢？客房经理彬彬有礼地回答说，我们这个拖鞋是放在门口壁橱里的，这个壁橱是镶嵌在墙壁里的，这个地方您看一拉开，这个墙是能够打开的。这是逼着人要拿出“潜伏”那样的劲头啊。我现在就习惯于进了酒店后，先敲敲墙，看看哪是空心的，看看是不是里面藏着拖鞋呢。

所以，不是说一个酒店奢华，它就一定能让人有归家的感觉。最好的服务是让人觉得便捷，让人消耗的成本最低，而不仅仅是看着漂亮或是看着奢华。国际化的标准往往是最人性化的，人性化的标准往往是差异的和自由的。

要呈现一个城市的气质和文化，需要给来到这里的人提供一种生活方式，让他们得以介入，以城市的包容和接纳去实现他们的认同

那么，在世人面前上海应该呈现出什么样的内涵呢？所谓的内涵就是要把上海的多元性呈现出来，让大家不是简单地感觉到来这里是观光的，而是在体会这里的生活方式。

现在一些国家的旅游方式跟我们的不一样，它给你的更多的是体验，而不是游览。前段时间，我云参加法兰克福书展，忙过之后，当地朋友带我去了离法兰克福不到一小时车程的一个酒庄。深秋的时候，新酿的葡萄酒刚好上市。我在那里来来回回走的时候，发现一个细节很好玩，就是当地的姑娘们都穿着巴伐利亚似的那种大的连衣裙，头上裹着头巾，非常鲜艳，一个个笑容灿烂地站在萧瑟的秋风里卖酒。她们卖的是刚酿的酒，没有多精致的杯子，也没有什么酒馆，就是把酒装在普

通的塑料杯里。刚酿的葡萄酒是什么颜色呢？是很浑浊的那种带一点乳白色，再带一点浅黄色。那酒特别甜，一大塑料杯一欧元。三步五步就是一个卖酒摊，我不知道这酒后劲很大，就一路上高兴地这儿喝一杯，那儿喝一杯。后来就醉醺醺地登上了回国的飞机。

我在那个小镇呆的时间很短，但是很陶醉，为什么呢？因为它的生活方式不需要你付出很高的时间成本，不需要你走进一家酒馆或者咖啡店，不需要你静静地坐下来，铺好餐布，然后在那里等待美酒。在那个小镇，你无非就是一边走着路，一边丢下一个个一欧元，然后抄起酒杯就走。喝着喝着喝完了，就直接把杯子丢进垃圾桶就行了。然后不远处又出现了个卖酒的，因为是彩色葡萄酿的酒，酒的颜色有些不一样，你就这样走着喝着，喝着走着。

这是什么呢？这就是体验。冬天去日本，如果到北海道那边很冷的地方，哪怕你在那里只能停留一天半天，当地的朋友也一定会邀请你去泡温泉，而且一定是去露天的、天上飘着雪花的、好多人一起泡的那种温泉。我们以前往往有一个误区，总是觉得高级的、昂贵的就是最好的。可现在我发现，成本最低往往是人们最接受、最喜爱的方式。

日本北海道那些露天的温泉，真是比中国很多地方的温泉都要简陋得多。有一次，我在里面裹着毛巾，哆哆嗦嗦地赤脚踩在冰雪上，后来跟我一起的人说，就听着我一个人本来在那儿大声地唱着歌，可到了温泉池的旁边，歌声戛然而止，咕咚一声，我就没声音了。再看我，正努力从池子里往外挣扎着。因为我本以为它那里的池子应该和我们国内的温泉池一样，都有台阶的，可人家那池子没有台阶，所以一步就折了进去。我说这个地方太生猛了，怎么没台阶呢？日本朋友说，我们日本的温泉池都没有台阶，也没有你那么下来的呀。池子里有一些大木桶，里面放着清酒，大家把桶推过来推过去，天上飘着雪花，大家唱着歌。这是什么呢？这就是生活方式。尽管它简陋了些，但是它会让你喜欢，因为这个世界上所有的精致最后都是趋同的，而简陋却有巨大的差异。

所以，有的时候要呈现一座城市的气质和文化，需要给来到这里的人提供一种生活方式，让他们得以介入，以城市的包容和接纳去实现他们的认同。

文化可以用最简单的方式去呈现，也就是说我们千万别因为中国的文化太深厚，就去给人家讲甲骨文。有时候我们用最简单的方式去讲文化，往往使人心悦诚服，而且让人记忆深刻

我还曾经被问到这样一个问题，怎样让来参加世博会的外国年轻游客更好地了解中国文化？这个问题很好，因为世界的未来属于年轻人，中国对世界的影响也在于年轻人。怎么样能让大家理解呢？就是去呈现那些最民族的、最本土的、最简单的，同时又是他们最易于提取的生活方式。不要矫情，不要太绕。

我是研究传播学的，在传播学上有一个简单定理叫“KISS”原则，“KISS”原则什么意思呢？就是keep it simple,stupid，大家听起来这个标准很可笑吧，“保持它又简单又傻傻笨笨的样子”。简单和那种近乎笨笨的样子，是人最容易提取的，也就是说简单地直接地给予就可以了，不要绕，千万不要太复杂。

年轻人喜欢复杂吗？其实复杂是一种中年以后才可以消受的奢侈

的方式。年轻人还来不及复杂，他们也没有复杂的资本，他的时间和金钱都容不得复杂，所以就给他们提供一种最朴素、最直接、最低廉的自助式的消费，那就是最好的，比如说分布在世界各地的青年旅馆。

与年轻人打交道，还要学会用最简单的话解释一些最深刻的道理。在欧洲我接受过很多媒体的采访，他们有时候会问我很抽象很深刻的问题，比如说，我们是一个天主教国家，而你们中国儒家这些在我们看来都不是宗教，难道你们都没有宗教信仰？你们中国文化跟我们的文化最大的区别是什么？你们的信仰又在哪里呢？

这问题很大吧。我回答他，中国人的宗教在伦理，你们的宗教是敬神的，因为你们从小就体会着对神倾诉，而我们说“出门亲兄弟，上阵父子兵”，我们是信任伦理大家庭的。比如说，我们面前有一杯水，如果不小心“啪”地打翻了杯子，你肯定本能地说，“Oh！ My God！”（我的神啊！）我们说什么呢，我会说，“唉哟！我的妈呀！”中国人呼爹喊妈就跟你们喊神是一样的，这件事如果让一个西方人喊妈，就跟中国人喊神一样，是很别扭的，因为它不是从你的土壤里长出来的习惯。这就是文化。

有的时候，文化可以用一种最简单的方式去诠释。比如说建筑，西方的建筑多是单体式的指向天空的，中国的建筑则多是平的，需要很大的园林，很多的建筑。这种群体的、低矮的、向大地去膜拜的，就是中国的伦理建筑。而那种单体的、指向天空的、挣脱地心引力的，就是西方的形式。

再比如，芭蕾舞跟京剧有什么区别？芭蕾舞大托举，一个舞蹈演员可能伸展向不同的方向，你觉得他一直是要挣脱地心引力，去崇尚那种永恒的自由。但你看看京剧，拉身膀、跑圆场、兰花指，一切都是圆润的，向着大地的，它不是挣脱的。

这就是文化。文化可以用最简单的方式去呈现，也就是说我们千万别因为中国的文化太深厚，就去给人家讲甲骨文。有时候我们用最简单的方式去讲文化，往往使人心悦诚服，而且让人记忆深刻。这种方式也是让世界、让年轻的外国旅游者了解中国文化的一种方式。

我信任上海这座城市，这是一座让我怀有深情的城市，这是一座让我怀有憧憬与期待的城市。上海自身的文化是多元的、包容的，它所呈现出来的文化的化合反应，让它拥有一种智慧，拥有一种胸襟，去给世界一个承诺——让大家来了解中国。

上海世博会，要完成的不仅仅是留给游客们的一次美好的印象之旅，它要成就的更是人们的心灵之旅，它要让人们得以在灵魂长空中完成一次奢侈的游历，以一种从容的方式与自己相逢。

这不仅是一个外在形象的承诺，还是一次内在的激发，这种激发是上海呈现给中国、呈现给世界的一道景观，同时，也将是全中国、全世界对上海的一次回馈。

（本文原载2010年1月22日《解放日报》周末版，记者尹欣整理）

世博，我能否静静地品味你

何建明

上海世博会，万众瞩目。国内外人纷纷前往，媒体几乎天天在报道参观的人数达到多少万，令无数人更加心驰神往。

我也一样。

但是，就像前年北京举办奥运会一样，国人都想到现场来参观开幕式或闭幕式，或者到现场看一场比赛，不过这种可能性毕竟只有少数人才能实现，这种机会只能是少数人的，上海世博会肯定也是这种情况。计划中的半年内要有 7 千万人到现场参观，他们仍然是幸运的少数人，当然他们也有些“不幸”，因为看一次世博会，他们用于排队和等待的时间实际比参观的时间要长出一两倍，这实在是一种无奈和痛苦。

于是当有人问去不去世博会时，我便这样回答：我想一个人独自去参观。然而这是不可能的事。可为什么这样的世界性建筑与文化的大盛会不能让我们充分地感受它的美与丰富呢？

我有些想不通，非常非常痛苦地想着这个问题：既然世博会百年一次来到某一个国家，既然它有那么多丰富而神奇美妙的东西值得我们去参观，为什么它就不能让我们细细地去感受它的真正魅力所在呢？

我不知道组织者能不能想一些办法让参观者获得更多、更深刻和更难忘的享受，而不是作一次遗憾甚至是痛苦的“赶集”。

200多个国家和地区各自拿出能够代表本民族和本地区文化与物质的精华到世博会上，这种物形文化的展示是人类文明结晶的盛会，珍惜它和了解它、吃透它，是多么好的机会。组织者应当努力想出一些办法，让所有去参观的人们获得真正的世博享受。然而我可以断定，以日均三五十万客流量、看一个主题馆需要排三五个小时的情况看，参观者绝对不可能获得这种享受、感受和品味的美妙。对一样绝妙的东西，尤其是对一种光芒四射的文化，假如没有了享受、感受和品味的可能时，伟大的盛会其实就减损了它一半的光芒。

相反，理想中的参观世博会，应该是你想怎么看就怎么看；你想停留多少时间就多少时间；你想静静站在某一个馆前就只管静静站着；你想在空中俯视就给你插上翅膀；你想仰视就给你留下一片空地……我知道这是做不到的事，但为什么我们不能认真想想如何实现这种可能呢？为什么不能在实现这种可能的过程中逼着我们自己前进一步呢？

门票数字和纪念品销售额不可能代表举办世博会的真正意义，世博会的真正意义在于我们是否通过这样一次盛会，学习和体验到了别的国家和别的民族的先进文化与国家精神，而文化和精神需要慢慢地吮吸、渗透，用心灵和智慧去了解与感受。

所以，我仍然还想一个人去独自游荡上海世博会，哪怕是在高空中，或者在很晚很晚的深夜……因为那样我可以慢慢地参观、细细地品味、美美地享受每一个馆体，每一件馆物，以及构成每一片馆体的材料或图案所泛现出的灵魂与内容——如果不能，那么我也想停留在长长的参观队伍的后面，去聆听孩子在触摸非洲馆内的大象模型时所发出的惊喜；如果不能，那么我也想站在拥挤的人群中间，去观赏那些从墨西哥馆出来的男人们戴着大草帽在女朋友面前做鬼脸的表情；如果不能，那么我也想退至闭馆前的一个角落，与澳大利亚馆的黄发女志愿者分享她的又一天收获……

事在人为。既然智慧的人类能在一个时间里把全世界最美妙的东西搬到了一起，那么我们一定有能力去让这些东西的全部光芒分享给所有想享受它的人们——关键在于我们是不是真正吃透了世博会的内涵，是不是真正吃透了以人为本的内涵。

文明就是在否定“不可能”中进步的。

世博会是浓缩的世界

叶永烈

天天在倒计时，终于迎来上海世博会前 10 天，乘着预展的机会，来到了世博园。对于我来说，这已经是第二次来到世博园。今年 2 月 4 日，受世博局之邀，我曾经来到这里。那时候各个场馆正在施工中，从脚手架的空隙中甫露美丽的面容，仿佛犹抱琵琶半遮面。这一回，虽说许多场馆尚忙于内部布展，但是千姿百态、五颜六色的各国展馆外貌，已如出水芙蓉，呈现在我的面前。

带了三架照相机，还带了录音机，我“全副武装”上了出租车，告知司机去浦东后滩。司机茫然。我拿出世博园地图给他看，这才明白。他说，他的车子几乎没有去过这个地方。我告诉他，从今天起，你恐怕要经常载客到那里了，那里是世博会 8 号门。我预料世博园东北角中国馆所在的 A 区游客最多，特地选择了从西南角的后滩入园。没想到，后滩也人山人海。还好，一溜几十道安检门同时启用，虽说安检比机场还严格，但是花费半个多小时，我就像乘地铁那样把门票塞进闸机，顺利进入园区了。

世博会是感受世界脉动、观察多彩世界的多功能平台。尤其是世博会办在家门口，机会难得。我打算多次去上海世博会。这次是“漫游之旅”，即走马观花，领略世界各国展馆外貌。从8号门进去，按照对角线斜穿整个园区。进门后第一个展馆就是美国馆。接着我在C区寻访欧洲馆、美洲馆、非洲馆，然后进入B区走访亚洲馆、澳洲馆，最后到达A区的中国馆以及其他亚洲馆。那天我背着相机起码步行了10公里，走访了80多个国家的展馆，而在中国馆内则遍访各省馆。在这次总体漫游之后，我将花费几天时间“下马赏花”，细细遍访各馆。

世博会是浓缩的世界，是真正意义上的地球村，也是建筑艺术的万花筒。世博会上的各国展馆，百花齐放，充分反映世界文化的多元性，令人目不暇接。最醒目、最壮观当然是中国馆。在各国场馆里，中国馆是唯一永久性建筑。红色的“东方之冠”的造型，既富有中国民族特色，又显得庄重大方。以紫罗兰色充气膜作为屋顶的日本馆，金色尖顶的泰国馆，像一艘远航而至的巨轮（名曰“月亮船”）的沙特阿拉伯馆，矗立着能够迅速泄去热带暴雨的“A”型屋顶的马来西亚馆……争艳斗丽，各放异彩。

漫步世博会，如同漫步世界。世界富有多样性。我注意到，各种各样的外墙，也充分体现各国“文化元素”：捷克馆的白色外墙上，粘着一个个黑色“圆饼”。打听了一下，方知那是用硬橡胶做的冰球，因为捷克队屡屡在国际冰球比赛中夺冠。波兰馆的外墙，则是镂空成波兰民间剪纸图案，富有民族特色。尤其是到了夜间，灯光从镂空处照射出来，更加凸现剪纸的效果。西班牙馆也很吸引眼球，看上去像藤条篮子似的，其实内部是钢化玻璃结构，外面装饰了8524块藤条板，以表现古朴的气氛。越南馆的外墙呈咖啡色，走近一看，是用一根根紫竹“武装”起来的，反映越南竹林特色。澳大利亚馆的外墙红棕色，是用很多块生锈的钢板装饰，而墙脚则堆放着一圈铁矿石，那是在显示澳大利亚富有的铁矿。最具创意的是英国馆，看上去如同刺毛球或者蒲公英，那是用6万多只纤细透明的亚克力管组成的。亚克力有机玻璃灯管，在夜间射出鲜艳的彩色光芒，组成不断变幻的图案，可谓美轮美奂，精彩绝伦。

在中国馆里，我细细走访31个省市、自治区馆。北京馆以椭圆形的国家大剧院造型为外貌，而大门则是典型的北京宫殿大红门。上海馆则以石库门体现“海派”建筑风格。山西馆一望而知是乔家大院式的典型山西民居，而以太原钢厂生产的环保粉煤灰砖装饰外墙。湖南馆出奇制胜，用一个巨大的数学符号∞造型象征博大。蓝色的吉林馆看上去如同一片冰雪世界。橙黄色的广东馆则以南方“金色骑楼”亮相。天津馆以天津著名的“洋楼”——利顺德大酒店的造型为外观，展现天津作为中西交流的历史城市的特色……

参观世博会预展，我如同匆匆一瞥丰盛的世纪大餐。接下去，我要从历史、人文、科技、艺术的角度去一次次细细品尝，领悟世博会的博大精深。

我爱生命阳光馆

张海迪

生命阳光馆终于敞开了大门，以盛开的鲜花迎接来到这里的每一位朋友。世博会举办159年以来还是第一次设立了残疾人馆。这是对生命的尊重，也体现了国家对残疾人兄弟姐妹的人文关怀。如同其他主题馆一样，生命阳光馆也是气势恢宏，构造巧妙，给人无限遐想。我觉得生命阳光馆不仅仅是一个展馆，更是一扇向世界敞开的窗口，阳光会从这里照耀残疾人的心灵。

很多人都读过美国作家海伦·凯勒的散文集《假如给我三天光明》，但人们也许不知道，海伦·凯勒参观过1893年芝加哥世博会，这是在她生活中的重要事件。她在书中写道：我用手指去触摸每一样展品，触摸这些人类勤劳智慧的结晶。我小时候的许多幻想都变成了美妙的现实，这在我的心灵上留下了最美好的回忆。在此，我也希望2010年上海世博会给更多的残疾人兄弟姐妹留下美好的回忆。

在我们这个地球上有60多亿人口，其中有6亿多残疾人，中国就有8300多万残疾人。这个庞大的数字包含着非常复杂的内容。残疾人这个词汇叠加着无数的痛苦和不幸，也蕴含着美好的梦想，还有不屈的抗争。但无论是健全还是残疾，生命都是宝贵的，都应该享有平等的生活。而生命阳光馆就是一个展示残疾人未来美好生活的地方。

生命阳光馆的美丽超出了我们的想象。日本花卉设计者让整个展厅垂满鲜花，形成一个巨大的空中花园，并且用高科技让那些花朵绚丽多彩，常年盛开。更重要的是，这里展示着残疾人生活的美好前景，比如先进的高科技辅助器具，语音计算机、多功能轮椅等。也许人们会对这里的智能空间感兴趣，比如模拟残疾人的生活居室，自动厨房、自动浴室。还有能帮助残疾人的机器人。人们可以看到，尽管身体残疾会让我们遇到各种障碍，但是人总是能够克服困难的。

人类在进步，科学在发展，各种高科技手段为残疾人的日常生活提供了越来越多的便利和可能性，生命阳光馆会让人们看到，城市，让生活更美好，也会让城市的残疾人生活更美好。将来我们会让所有的残疾人，无论在城市还是在乡村，都能过上理想的生活。科学技术的突飞猛进一定能给残疾人带来更多的欣喜。

在生命阳光馆，人们一定会感受到温暖和友爱，我们在全国招募了优秀的志愿者，他们会为每一位参观者提供最好的服务。那里还有人类忠诚的好朋友导盲犬和看护犬，它们也会欢迎大家。

作家王蒙曾写道，所有的日子都来吧！在这里我要说——所有的朋友都来吧！看中国，看上海，看世博，看看生命阳光馆！

残疾人朋友来到世博会心里一定会盛满感动，因为整个世博园区建造了 50 处无障碍设施，有无障碍厕所、低位电话机、低位饮水机、无障碍停车位。还有无障碍坡道、轮椅租赁、无障碍寄存等服务。场馆内有无障碍标志，低位服务问讯台和无障碍休息区，并且所有活动演出场地都有无障碍座位。这一切体现着世博会的人文关怀，体现着对生命的尊重。相信这次世博会留给我们的将是最美好的回忆！

愿爱的阳光洒在每个人的心上！

世博的灯光

叶辛

世博的灯光，铺展在黄浦江的两岸，辉煌灿烂，绚丽夺目。

卢浦大桥像一道彩虹，让世博场馆所有的灯光，浦东的和浦西的，都有了一个宏大的背景。无论你站在浦西和浦东场馆的哪一个位置，都能看到这一道变幻着色彩闪烁着光芒的彩虹。这个时候会发现，世博的灯光是立体的，是层层叠叠的，是五彩缤纷的。停下来，或者干脆就在随处可以休憩的位置上坐定，仰脸望去，世博炫目的灯光编织起来的，是一个透明而巨大的宫殿，各种肤色、各种服饰的游客们在这个宫殿的阶梯上、回廊里、弧形的拱道上、江岸边穿行着，移动着，似蹒跚散步，又恰如翩翩起舞。是灯光的缘故吧，从低处往高处望去，会感到楼廊上的男女都在悬空行走。这种感觉是很奇妙的，让人顿觉自己也置身在五光十色的水晶宫里。这会儿，你在高处也好，你在低处也好，自然会由衷地感到，世博的灯光很美，灯光里的人影很美，灯光营造出的氛围很美。每一个人都在欣赏世博的夜景，每一个人也成了夜景中的一部分。

置身于世博的灯光里，我不由得会想到我和上海这座城市的关系，和这个世界的关系，以及城市发展的足迹。正是带着这一念头，我走进了以“永远的新天地”为主题的上海馆，该馆风格简约，外观朴素，气氛却十分浓烈。想着该和同样是直辖市的天津作个对比，我又走进了灯光辉映的天津馆，这是以天津小洋楼造型为元素的设计理念，既表现了天津的魅力海滨，又展示了生态和谐的新区。我还走进了我的第二故乡贵州馆，哦，以“醉·美·贵州·避暑天堂”为主题的展馆，外形大气磅礴，正门的苗家少女的银质头饰作为大胆的夸张，又撷取了风雨桥、鼓楼、木楼等贵州特有的视觉元素，可谓风格独特。

置身于世博的灯光里，我又兴致勃勃地走进了曾经出访过的巴基斯坦、斯里兰卡、瑞典等三国的展馆。之所以选择这三个馆，一是想重温自己走马观花般访问时的感受，二是想了解自访问以来这些国家又有了哪些变化，三是灯光照耀下，这三个展馆门前的队伍已经不是很长。巴基斯坦馆的设计理念来源于拉合尔古堡，可在馆内展示的，除了浓郁的伊斯兰风格之外，它还呈现了传统与现代、文化与历史交织的风情。在我看过的几十个国家馆中，巴基斯坦馆是出售小纪念品最多的一个展馆。斯里兰卡是我 26 年前访问过的岛国，一进展馆除了见到那些铜雕饰品外，我一眼见到了两个在现场加工宝石的工匠，展台上放置着加工宝石的手工器械，他俩正专心致志地加工着手中的宝石，竟吸引了很多游客的目光。斯里兰卡正在经历从传统到现代的转变，展馆的主题，向人们展示的，也正是这一点。瑞典馆从外观到三层展馆，都闪烁着别出新意的“创意之光”。它那建筑外墙乍一看遍布着象征城市的网络，如果把它平铺开来，原来就是一张斯德哥尔摩市中心的地图。最让我们欣喜的是，瑞典著名的文学童话人物“长袜子皮皮”，也是瑞典馆的导游之一。

置身于世博的灯光里，所有的游客都能感受到中国主题馆东方之冠无处不在的雄姿，无论你拿没拿到进入场馆的预约券，其实你都已经认识了它，贴近了它，真切地看到了它。和中国馆同样引人注目的，是不少中外游客流连忘返的世博轴，这一地上两层地下两层的半敞开式建筑，从园区的主入口一直延伸至黄浦江边的庆典广场上。在夜晚，世博轴上六个巨型圆锥状的“阳光谷”，变幻着五彩的灯光，那张开的大喇叭口，从40米高的空中把新鲜空气“采集”后输送到地下两层的空间里，既缓解了地下空间的压抑感，又实现了节能，更是每天晚上亮丽的景观。到了白天，阳光谷还能充分地吸纳阳光哩。和世博轴、中国主题馆可以媲美的，还有世博文化中心、世博会博物馆、世博公园。

我还要特别提到的，世博令人目不暇接的灯光是有温度的。要想知道此时此刻世博园区里是多少温度吗？只要抬起头来，就能看到一个巨大无比的温度计，清晰地标出是19摄氏度还是23摄氏度。原来这是根据世博园区百年老厂房的烟囱改造而成的。可谓匠心独运。

在东京的银座，我看到过灯红酒绿的夜景，在纽约的时报广场，我见过腾跃闪烁的霓虹灯，在巴黎的香榭丽舍大街上，我欣赏过街市中的彩灯……现在我要说，世博的灯光，要比这一切著名景点里的夜景更美丽、璀璨，更具规模。

世博的灯光，美轮美奂的灯光。

城市的未来，就是人类的未来

黄亚洲

这是一幅像山脉一样连绵不绝的持续的图景：全世界的城市都携着她们的线条、氧气、绿色、理念、梦想，争先恐后，列队于南浦大桥东埦。

她们穿着各自的民族服装，选择世界的东方，开始舞蹈。她们的每一曲舞蹈编程，都直指未来。

未来是重要的，未来没有白色、黄色、黑色、棕色之分。未来是我们共同的精神家园，虽然它的外表一般呈现为物质。

我自然知道，城市的未来，就是人类的未来。

城市不再是城堡，上面没有城垛和射击孔，现在的城市已经是摇篮和诗歌的概念。城市推崇和谐、纯朴、精致、阳光、清新和舒展，城市越来越有湿润的泥土和水的气息，在未来的城市里将同时安放城市和乡村。

陶渊明将在城市里采菊东篱，堂·吉诃德或许在市中心游戏风车。

“人性、低碳、自然”的城市发展模式，自会在更高的层次上，将我们带入“中无杂树，芳草鲜美，落英缤纷”的桃花源境界。

桃花源境界与“生态科技、光健康、太阳能、绿色节能理念”，并不相悖，甚至是同一个概念。人类将在更高的层次上，友善地相逢自己。

“同一个梦想”，不仅仅是中国奥运的口号。我拥有的，与你拥有的，与他拥有的，是同一个梦境。

当然，城市除了拥有清纯的风与云朵，拥有舞姿相同的蜻蜓与蝴蝶，也将拥有自己浓郁的历史文化印记。

我们将在城市里，穿越世界上色泽不同的各个大洲。

那些与我们已经很遥远的宫殿、祭坛、洞窟、皇家园林、竞技场、图腾柱，甚至金字塔，都会以一种崭新的方式，在未来等待着我们，或全部，或局部，或冰山一角，或仅仅是一种图案，一种纹饰。

为此，我愿意对我们的“中国馆”表示我的欣赏。她有中国气派，同时也能够表达更为重要的健康和前瞻；她有瞩目的红色，同时也体现绿色，她的屋顶布满了中国大地的山川和植物，这样的图案几乎就是图腾，足以使一个饱经忧患的古老民族放心地“宜居”。

我也对许多民族的富于想象力的展示感到惊异。

当我们走进外墙像鱼鳞一样排列的西班牙“藤条篮子”，接连穿过 “从自然到城市”、“从我们父母的城市到现在”、“从我们现在的城市到我们下一代的城市”的三大空间，我们的步履会忽然像藤条一样坚韧与从容；

当我们登上阿曼的“阿拉伯帆船”，依次拜访阿曼古城、沙漠之城、山川之城、海岸之城和以及未来的蓝色城市，并且最后乘坐“魔毯”离开这块使人浮想联翩的土地，我们就已经知道我们的梦境不再遥远。

当我们钻入那个来自日本的巨大的“紫色蚕宝宝”，沿着遣唐使、鉴真东渡的足迹悄步前行，感受“像生命体一样会呼吸的环保建筑”，我们的脑海中，刹那间会有“和”与“信”的旋律缓缓响起。

这是一种整体的展览。历史的指向性非常明确。

我们自己跟自己握手的时候，感受到了空前未有的自信。

我真的为黄浦江上2010年的汽笛感到骄傲。在这样嘹亮的集结号里，出现了许多城市和许多土地，东海上吹来的风翻卷着这里的各种肤色的旗帜，但是请注意，这并不是“鸦片战争”之后的上海风景。

上海在展示自己的历史，人类在展示自己的未来，文化在展示自己的远景，诗歌在展示自己的深度。

作为一名诗人，作为新诗里的一粒小小的标点，此刻，我坐在中国馆门前的台阶上，喝一口矿泉水，并且闭眼遐想，是的，我愿意为一篇正在被全人类激情朗诵的史诗，添加一个令人回味的小小的停顿。

鸟瞰地平线

赵丽宏

前几天，乘夜班飞机回上海，在浦东机场着陆。飞机抵达前，从机窗俯瞰，只见地面灯海璀璨，令人目眩。我发现，飞机竟然从市区上空飞过，黄浦江两岸，密集的楼房和蛛网般的街道犹如水晶砌成。这是我第一次从空中鸟瞰我生活了大半辈子的城区，那些熟悉的地方，竟然那么神秘，那么陌生。

“世博会！世博会”前后座位上的乘客忽然发出一阵惊呼。

地平线上，出现一片炫目的灯光，这是地上的星云，是人间的彩霞，是烂漫盛开的光之花，是奔流飞动的七彩瀑布。被灯火勾勒出来的世博会园区，神奇如梦幻世界。我看见了中国馆，就像一顶红色桂冠，是园区中的一个瞩目的制高点。也看见了世博轴，那些云一般的顶篷，喷泉一般的灯束，交汇成一条斑斓光带，贯穿园区，连接着黄浦江。来自世界各地的展馆，星罗棋布。我想看一眼英国馆，它应该像一朵晶莹闪烁的巨大蒲公英；想看一眼西班牙馆，它是一个造型奇特的藤编大筐；也想看看沙特阿拉伯馆，那是一艘月亮船，一个空中花园……然而不容我仔细辨认，那些斑斓光影已从机窗下一掠而过，不夜之城的大地正不断逼近。

机舱里，人们在轻声赞叹。我的思绪，却如电影蒙太奇镜头，回溯到二十四年的一个深夜。二十四年前，我住在浦东，就在如今的世博园区旁边。那时，周围还是一片荒凉的景象。那天深夜，两岁的儿子突然发高烧，我和妻子要送儿子去医院看急诊，然而深夜没有公交车，也要不到出租车，我只能骑自行车，让妻子抱着儿子坐在后面，赶去几公里外的医院。从医院看完急诊，还是骑车回家，那辆旧自行车，承载着一家三口的重量，吱呀作声，缓行在无人的公路上。经过一个十字路口时，突然咔嚓一声，自行车折断了中轴，人仰车翻，我们全家摔倒在马路中间，儿子惊惶的哭声回荡在夜空中……当年我们摔倒的那个十字路口，如今正是世博园区的门口，就在那条华光四射的世博轴起点处！

二十四年那个昏暗惊恐的深夜，仿佛仍在眼前，而眼前早已是一个光明的世界。中国的世博会，马上要向全世界敞开胸怀，就在这片我曾经生活过的土地上。二十四年前，住在浦东的人有谁想到过这里会成为世博会园区？当年浦东被认为是上海偏僻的“西伯利亚”，繁华的浦西和浦东之间，只有一条过江隧道，在黄浦江上造桥，也被人认为是难以实现的梦想。如今，宽广的大道，正从天上，从地下，从水中，围绕着世博园区向四面八方辐射，连通上海，连通中国，连通全世界。昔日的寂寥闭塞和今天的繁盛通达，反差是如此强烈。世博会，改变着这片土地，改变着这个城市，也将改变很多人的命运。抚今追昔，有一种神奇的感觉，时空在交错，思绪在回旋，想象之翼在天地间翩然翻飞。

一百年前，一个生活在浦东的上海作家曾经写过一部幻想小说，书名为《新中国》。他在小说中幻想一百年后在浦东举办万国博览会，他在小说中写道：人们“把地中掘空，筑成了隧道，安放了铁轨，日夜点着电灯，电车就在里头飞行不绝。”而黄浦江上的大桥，更让小说的主人公惊讶："一座很大的铁桥，跨着黄浦，直筑到对岸浦东。"这位作家作这些幻想的时候，中国是一头东方睡狮，积贫积弱，被世界列强欺凌。那时的世博会上，中国的商人拖着长辫子，形单影只，陪伴他们的，只有古老的瓷器、丝绸和酒。面对西方世界先进的发明创造，中国人只能瞠目结舌。世博会，似乎永远是发达国家炫耀富强的舞台。今天，世博会终于要在中国展开大幕，一百年前那位作家的幻想，今天都已经成为现实，而且远远超越他当年的幻想。

夜空下的世博会，是一片彩色的灯海，给人一种缤纷而神秘的印象。世博会到底是什么？这是人类文化的大联欢，是人类文明的交谊舞。世博会是面向未来的，是人类对理想生活的憧憬和追寻。上海世博会的主题，是"城市，让生活更美好"。这个主题，并非我们已知的客观现实的总结，而是一种理想。城市如何让生活更美好？这正是上海世博会要回答的问题。在来自世界各地的展馆中，在那些彩色的屋顶下，在那些神秘的灯光里，答案即将斑斓纷呈地展开。

飞机即将落地，远方的地平线上，灯火如云霞浮动，仿佛正在酝酿着一轮即将升腾的旭日。

乐活着

秦文君

世博期间乐活的事情之一，是来了一拨又一拨朋友。前几周接待来自美国的朋友，接着又见了来自西班牙和瑞典的朋友，上周是来自香港的几拨朋友，都是几年不见了，相谈到夜深也不厌倦。夜里回家听先生说刚来了北方亲戚，乐乐活活的 3 家人，在上海租下房子暂住，游罢世博，顺带着还要游遍周边的江南水乡。这让我忽然惦起我远在北京的表妹，她们一家去年就说要来看世博的，于是赶紧联络，好巧，她们已经“潜伏”在上海，此刻正在世博会看夜景呢，问下来才知是体谅我的忙碌，想悄悄地来去。

表妹一家连续三天逛世博，是披星戴月的那种，居然去了几十个场馆。我去世博会，每次都直奔三两个馆，看充分了在园里品美食，然后打道回府，所以去了多次，也不指望看很多场馆。

比较难忘的有瑞典馆，我去那里参加“追随阿斯特利德·林格伦的足迹”——瑞典与中国当代儿童文学主题论坛，和瑞典作家一起谈各自的创作，聚会中有上海世博会瑞典参展委员会总代表安莉女士和林格伦纪念奖主任艾瑞克·提图森，还有中瑞儿童文学的学者专家，甚至高龄的任大星先生也和夫人一起前来参加文学聚会。后来我和刘绪源，三周生在展馆的顶楼俯身看门口上演的儿童音乐剧《长袜子皮皮》，这样的顽童体验也是久违了。那扎着两根硬梆梆翘辫子的皮皮用夸张的歌舞逗乐了大家。长袜子皮皮是阿斯特丽德·林格伦笔下的童话人物，这个长满雀斑、特立独行的9岁女孩看似无比叛逆，可是心里无时无刻不渴望着家庭之爱，朋友之爱，这是作品最牵动人心之处。我还喜欢瑞典馆里高高荡起的秋千，钻在布袋里一股脑儿出溜下去的滑梯，看看也能乐活起来，在无拘无束的童年里我们就常常这么皮皮般地表现自己的能耐，享受美好时光。

我还分外喜欢波兰馆，好像也说不出大的理由，就是受细节的影响，受直觉的感召，我喜欢波兰馆的“外貌”，那表面布满镂空花纹，仿若民间剪纸，看一眼就心生好感，多有个性，视觉多舒服呵，它还具有多个表面，一方面构成折叠的“剪纸板”，另一方面又构成有趣的几何形状的内表，空间灵动，我在波兰馆里坐了好久，等着阳光透过缝隙进入大厅，想象着夜间，色彩变幻的光线穿过剪纸图案营造出明暗错落，阴晴圆缺的迷人感觉，也看播放反映波兰城市生活的影片，看波兰龙在幕墙上微笑，活跃地如鱼儿穿梭。

我同样喜欢法国馆，它如此感性，有漂浮于水面般的浪漫：溪流在法式庭院流淌，小型喷泉构成水上花园，微微舒展的倾斜坡道，法国老电影的片断，现代法国的图像，它的主题好像是故意藏在花园里，长廊中、名画内，让人通过味觉、视觉、触觉、嗅觉、听觉，体验到舒畅，自由，浪漫，美丽的呼吸。

也因为如此美好的观感，那天从法国馆出来，先生提议去看世博演出《马可波罗——最后的使命》，说编导由法国巴黎歌剧院明星演员、编舞约瑟·马丁内兹担当，皮尔·卡丹亲任服饰和舞美设计指导。我欣然答应。当时只想知道他们怎样以古典芭蕾的形式，描绘马可·波罗在护送公主远嫁波斯途中所经历的艰险和奇闻，展现中国古代、印度、波斯等神秘国度的异域风情，倾诉遗憾的爱情故事。

在演出现场，说真的，我没有想到演出会给人如此多源源不断的惊喜。且不说音乐，编舞，灯光效果，单说那些演出的服装和布景，奇幻而雅致，如此华丽，波斯女仆、蛇女的服装充满异域风情，精美到有魔幻的感觉。我特别喜欢舞中的阔阔真公主的婚纱，美到华贵，美到让观者也有飘飘欲仙之感。后来才听说，那些戏服的代价，除了超级的设计，价格真是不菲，仅“忽必烈”一套行头，价值上万元。不过这霓虹华服，这华美绚烂的舞台，让我记忆起那些全民穿深灰色的荒唐时代，不过，那黑暗的现实在美的面前霎那间又变得恍如隔世。

令人惊叹的还有年轻的演员，那天担纲主演是上海芭蕾舞团的季萍萍、吴虎生，他们活力四射，还有，在整台演出中，几乎每一个演员的表演极其出色。散场的时候，我听到四周的观众们都在小声赞扬着那些年轻演员，那些在上海的清爽的夜空里轻轻传开的真诚的嗓音更让我乐活着。

一号门的微笑

褚水敖

微笑与世界的关系，我以前没有认真思考过。因为不断见到世博会一号门的微笑，我开始认真思考微笑的世界和世界的微笑。

世博会的水陆进出口通道总共十三处，即一号门至十三号门。一号门在浦西交通要道鲁班路与龙华东路的交口，紧挨着卢浦大桥的引桥。世博会的十三处大门当然无不重要，但一号门毕竟雄踞为首，她特殊的重要性不言而喻。

我的家就在一号门附近。世博会开幕至今已经一百多天了，这一号门我几乎天天见面。世上许多事物，看多了会腻，一号门却不是。她不但令我百看不厌，而且对我的吸引力与日俱增。只要一有空，我就喜欢来到一号门。伴随着涌动的人流，我常会在这里伫立良久，或在门前来回走动，很有点流连忘返的味道。

万国奇珍，自然在远离或近离一号门的场馆之内，一号门只是一个门而已。她为什么如此吸引我呢？

是因为一号门的微笑，是因为大家也可能早已见过的生动的微笑。说不定大家也像我一样，被这生动的微笑感动过；但也说不定疏忽了，对这生动的微笑不曾留意。

你如果还没有感受过这里的微笑，一定要快来感受；你如果已经欣赏过这里的微笑，不妨再来欣赏。

你最好早一点来，随便哪一个早晨。你来到一号门，在个人通道与团体通道设有蓝色栏杆的口子看一看，再到几个城市志愿者服务站的小房子前转一转。你会看见虽然为时尚早，但各个岗位的准备工作已经开始。都是年轻人，有武警战士，无不着装整齐，一身英气；也有志愿者，都是很潇洒的小伙和靓丽的姑娘。还没有开园，但他们已在为开园忙碌不息。

那魅力毕具的欣悦情景，已开始积极酝酿了。

不久，一辆接一辆满载游客的大巴士或小轿车，驶进一号门附近的停车场。而一批又一批零星的游客，已沿着门前的两条马路兴匆匆走来。就在你不知不觉间，各个岗位的年轻人已经欣然就位。看上去一个个很放松，但可以猜想，他们心里未必轻松。啊！又是新的一天，又是犹如潮水一般涌来的新的客人！而持续了好多天的高温居然肆虐依旧，这可是百年不遇的连续高温呵，毒太阳早又开始示威，而且分外放肆。

第一批游客兴高采烈地来到门口。最先晤面的是服务站的志愿者。几位宛如使者一般的青年，笑容可掬地迎候在游客们跟前。随着他们流漾的微笑，以及同时流漾的汗水，他们不时递给游客们一张张世博导游图，有时候可能是一本本精美的世博旅游手册，还要加上一把把色彩缤纷的椭圆形小扇子呢。

冒着酷热而来的兴致勃勃的游客们，显然被眼前油然而生的热情举动感染，也流着汗微笑了。他们一定觉得周围顿时涌起了凉意，真是很及时，很舒服。朝思暮想的世博会，以前一直存在于他们的想象与期待中。而此刻很及时很舒服的微笑，是属于世博会门面的微笑。现实把一个美丽的开始展现在他们面前。

美丽不仅开始，美丽而且继续。游客们很快又在另一处，迎来了也许更令他们感动开心的微笑。这是在一号门的出入口，接待游客的主要是武警战士。他们或是笔挺地顶着烈日站立，或是热情地为游客验票。一个个大汗淋漓，却又一个个笑意盈盈。

从第一个志愿者服务站到出入口，一路暑热逼人。而志愿者和武警战士的微笑一路不断。随着微笑，酷热似乎消退了，可谓有中生无；清凉似乎产生了，可谓无中生有。

这微笑是自然清新的。这微笑是深情洋溢的。这微笑是发自内心的。这微笑是胜似亲人的。

这真是世界上最美丽最动人的微笑。

我常常因此而感觉世界也在微笑。

微笑者不仅非常热情，而且十分谦虚。我曾经采访过这里志愿者服务站的一位姑娘，想听她讲述关于她们的故事。她笑着说："我们只会笑，不会说故事呀。你应该到世博园去采访一位武警女战士，她执勤的时候太累了，头一晕，磕破了嘴唇，磕破了一颗门牙，另一颗磕破了一半。可她还是照样执勤，少了门牙的微笑同样动人呢！好感动啊！"

说到这里，她忽然不笑了，像是被深深感动着。后来说起别的事，她才又微笑起来。

在一号门，每当我见到他们的微笑，我常会陷入沉思。他们的微笑里，其实蕴藏着连他们自己都未必深知的深意。比如，一号门的志愿者也罢，武警战士也罢，在身居上海的游客面前，他们分明有代表世博会的意味；在来自外地的游客面前，他们不仅有代表世博会的意味，而且有代表上海人民的意味；而在来自世界各国的游客面前，他们又在原来的意味之上加上代表中国人民的意味了！于是我的耳边会响起世博会志愿者之歌《世界》里的一句话："一个微笑一个世界，你的世界是我们的微笑……"啊！沁心的微笑印证着沁心的歌词！

一定是这种深意的驱使吧，在世博会举行到今天的一百多个日日夜夜，世界上最美丽最动人的微笑一直流动在一号门。可以断定，这微笑将会继续流动，直到世博会闭幕的那一天。

一号门之外的世博会另外十二处大门，我没有去过。但我想，那十二处大门的志愿者与武警战士，虽然是与一号门不同的另一批年轻人，但日夜挂在他们脸上的微笑，一定是一般无二的。岂止是这些大门，我曾经在世博园内到处转悠，特别注意各种服务人员的神态。他们脸上的表情，也是一片微笑的世界呢！

上海世博会场馆里的各种奇丽璀璨，也许会使所有参观过的中外游客毕生铭记；而一号门的微笑，以及世博会内外无处不在的微笑，可能更会让他们始终萦怀，永远难忘吧。

2010．8．18

到处是黄金

闵师林

一

这里曾经冷冷清清，当其他馆熙熙攘攘，人山人海时，这里几乎可用鸦雀无声来形容了。

五月，世博会开幕伊始，我来到了这里，城市最佳实践区，这拗口而且还颇费猜测的称呼，倘若不是有高人指点，我大约无暇也无心光顾这一区域。

在沪上生态家的门口，竟发觉一位建科院的老友等候着。原来他是这个馆的具体负责人。老友用热诚叩开了我的心扉，我走进沪上生态家，就被具有浓郁上海风情又不乏技术亮点的各类展示和实物所深深吸引。有些技术，以前也曾领略，但如此集中于一体，并凝练而又平易近人的展示，本身就是一种艺术。

15 万块老石库门的门砖，有的还编了号码，就镶嵌在建筑物的一些重要部位，骄傲而又不显赫，固守着一种应有的地位。老虎窗，山墙，里弄等上海住宅的元素，与生态环保的爬藤绿化，透水铺地，景观水体和自然通风等融为一体，巧妙睿智，令人驻足惊叹。

老友娓娓道来：PC 预制式多功能阳台、BIPV 非晶硅薄膜光伏发电系统、自然通风强化技术、夏热冬冷气候适应性围护结构、天然采光和室内 LED 照明、燃料电池家庭能源中心、固废再生轻质内隔墙、生活垃圾资源区、家用机器人服务系统、智能集成管理和家庭远程医疗等，十大亮点，诠释世博主题，演绎现代最新理念。

我感叹，这幢楼拥有多少黄金呀！是的，是黄金！熠熠闪亮着，却少有人认知。默默存在着，竟未有更多人发掘。这分明是一幢弥足珍贵的黄金屋，现代化的黄金王国呀！

后来又走了许多案例馆。观者稀落，倒可以看得从容和惬意。还信手拈来几首小诗，这里摘录一首，从中可见一斑。

《贝丁顿零碳小区》贝丁顿 / 她是真正的主角 / 抓住了所有人的眼球 / 她一定不是明星 / 在世界舞台上作秀 // 建筑是零碳的 / 内饰是零碳的 / 家具也是零碳的 / 连电器也可以是零碳的 / 在零碳的田园 / 你尽管可以苦思冥想 / 紧皱眉头 // 我到零碳餐厅小憩了 / 点了一杯饮料 / 叫零碳啤酒 / 呵呵，清香爽口！（注：贝丁顿小区是世界第一个零二氧化碳排放社区。）

再后来，听说，城市最佳实践区也时兴排队了，也足见黄金总会有闪光的一天！俗了点，却很贴切！

二

世博会尚未启幕，很多热心人开始担忧了：酷暑时节，烈日当空，如织的游客如何抵御热浪阵阵？一天数十万人涌入，这如厕的难堪是否会频频出现？偌大的世博场馆，还要穿越浦东浦西，交通组织也许只是一种梦幻了？

种种疑问都抛向媒体，世博局和政府各部门。而4月20日，犹如滑铁卢战役，又让世博局面临巨大的压力和责难，也让许多人充满怀疑。

4月20日，世博会演练的第一天。20万人有幸最先浏览世博园。但他们很快失望并且抱怨不断。这名声遐迩的金矿，像突然涌来一批疯狂的掘金者一般，无序、混乱，人满为患。我与同行作为贵宾身份参加演练，被游客推来搡去，被早已预约的展馆拒之门外，被突如其来的暴风雨阻碍了前行，最后提前黯然离开。

这一天，各方媒体竞相报道，有一家海外媒体竟然用黑字体赫然报道：上海人，这回真丢脸了！

我相信，这一时间，不仅是世博局，上海人，还有全中国关心关注更关爱上海世博会的所有人，都不无忧虑，手心里都捏一把汗！

然而，这一次释放问题的真正演练，也是锻炼队伍的一场苛刻的考验、演练和考验，让后来的每一天更加有序。世博会渐入佳境，这丰富的金矿让人们大饱眼福，大开眼界。

多虑了，我们的热心人，世博交通的便捷，场内场外都井然有序，世博园内，舒适而且零碳排放的新能源车：超级电容车，燃料电池汽车、纯电动车和混合电动汽车，像风景一般呈现。水上巴士在黄浦江上划出美丽的涟漪。

世博轴的雨雾降温，送来的不啻是清凉，更是上海人黄金一般的真诚和实诚。

至于如厕，也该是一种享受，毫无拘谨窘迫之处。

世博局局长洪浩先生说：世博会厕所的设置就是一篇论文。男女如厕时间，都精确到以秒计算，从人性化角度，做了最周全的设计。

凡此种种，还有什么可以担忧的呢？

不必杞人忧天，是因为世博人早已经忧患和行动在先。

三

当世人都为这一届世博会的精彩而纷至沓来，而啧啧称叹时，我想起了自己，更想起了创造与守护这金矿的所有的人们。

用一句老话说，我也是与世博会同呼吸、共命运的，从参与组织世博场馆的动迁、世博会配套建设和世博交通管理保障，我也憋了差不多七八年。这七八年，弹指一挥间，却有多少辛酸苦辣。我也从一个青年步入了壮年。心血挥洒在这一片土壤，生我育我的地方，是太大的幸运，无怨无悔！

当年，这里众多善良的居民们，迁徙了，腾出了这片空地。他们恋恋不舍，但最终割舍了小我，选择了大爱。他们是用离开的方式，最为亲近地走向了世博，用离开的方式共同托举了这世博的太阳。

在紧挨着世博馆的上南路上，我碰到了一位熟人。姓穆，是世博动迁户，也是当时居委会的干部。当年，他夜以继日在动迁现场，用真心真情，获得理解和支持。现在，世博平安保障任务又落在他的肩膀上。他黧黑的脸，总是笑眯眯的，说到世博，总是神采飞扬。那眉宇间闪烁着一种兴奋和自豪。

我握着他的手，手，也是热乎乎的。我紧紧攥着，深情地握着，我的泪已充满眼眶。我总是被那些平凡的，却拥有真情实意的人所深深感动！

我在世博会门口也见到了自己的一个部下，当然更是朋友。当年，我把他从一个比较安逸的岗位拽了出来，他还很不情愿。这么些年，无论是世博家园的建设，还是被委以世博园区建设协调的重任，他干得很投入，家顾不上了，人更显老相了，但精神特别得好！他感谢我给了他机会，我说，不，是你创造了机会。是你与许多人一起，终于创造了又一个人间的神话。

是的，我想起了许许多多的人。那些领导为世博殚精竭虑，那些为世博默默奉献的支持者和参与者们，那些居民，那些外来务工者，还有那些活跃在世博现场的"小白菜"们……

是的，我觉得，这里到处是黄金，不仅是建筑精品、科技含量、管理水平，还有人，每一个为世博哪怕做出一点贡献的人，所有的人，他们都具有黄金一般的心灵，他们是真正难能可贵的黄金呀！

四

暖风吹拂，故乡的风湿润和甜蜜。世博会还在精彩地上演着，在这片热土，正绽放美丽。

此刻，我心情激奋。明天，我将暂别这座奇迹频出的城市，奔向遥远的雪山冰川和大漠草原。哦，那里也是开放的一块热土呀！

我忽然感悟：对奋斗者来说，只要创造，就到处会有黄金！黄金绝不吝啬于孜孜以求者。

世博会，不就是这样一种精神的典型体现吗！

祝福世博，祝福祖国，祝福所有黄金般真挚的人们！

从丹麦馆的自行车想起的

孙悦

在世博园里，以“梦幻城市”为主题的丹麦馆给我留下了深刻的印象。它的外形就像两个上下重叠而又倾斜的圆环，这两个圆环其实是两条环形轨道，它们构成了丹麦馆的室内和室外。其中室内轨道通往丹麦馆的底层，分布着展厅、会议室和工作区；室外轨道则连接着世博园的高架步道，包括一条蓝色的自行车道。参观者可以用丹麦人喜爱的环保交通方式——骑自行车来参观丹麦馆，为此馆内还特地配备了250辆自行车。每天都有几百个游客排队等候骑自行车。当初，丹麦馆的设计师尼尔斯希望用骑自行车的方式来传递健康城市生活的主张。而安徒生的故乡欧登塞市递交的“自行车复活”方案，更是入选了上海世博会城市最佳实践区项目的建设案例。

丹麦人出行喜欢骑自行车源自于根深蒂固的环保意识，还有一个原因就是与上个世纪七十年代的能源危机有关。

早在上世纪初，丹麦的自行车还只有富人能骑，因为它很贵。直到第二次世界大战结束后，许多人才买得起自行车。但随着汽车工业的迅猛发展和大量进口的便宜石油，使人们很快抛却了自行车开上了汽车。

而美丽如画的丹麦却是一个能源“先天不足”的国家，在她的境内既没有高山森林，也没有大河奔腾，整个国家所需的石油95%依赖进口。然而第四次中东战争的爆发（1973年10月6日），一下子就把人们拉进了严酷的现实世界中。为了抗议美国和西方国家对以色列的支持，叙利亚当天就切断了输油管，短短几个星期之内，阿拉伯石油输出国大幅提高油价，对西方国家实施石油禁运，整个西方世界就像是被人突然掐住了喉咙。许多家庭不得不关闭暖气，裹着厚厚的衣服来抵御寒冬。加油站外的汽车排成长龙，却无油可加。

正是这场危机，让丹麦人痛定思痛，认识到要在能源方面自给自足，就必须立足本土资源，确立发展可再生能源的国家战略；正是这场危机，让丹麦人反思了对汽车的依赖，自行车逐渐又回归了主流。但在这个回归过程中，科学的规划很重要。比如在哥本哈根市，有专用的自行车道和自行车优先快车道，还有自行车专用桥梁。而各种各样的立体停车库、自行车出租处及如何停车的手册更是设计周到、体贴入微。为了吸引更多市民使用自行车和公共交通，市政建设将地铁站与自行车道像网络一样连接起来，人们乘地铁，出站就能换自行车，而所有的商业新建筑，按规划离轨道交通不能超过500米。许多企业也为骑车上下班的员工提供了很多便利和奖励。

几十年后的今天，早已跻身全球最富裕的工业国家之列的丹麦，却依然拥有令人称羡的自然环境。这一“低碳童话”是如何实现的？他们的理念又能给我们带来哪些启示？

从丹麦馆出来，暮色已经四合了。我站在高架步道上眺望着城市夜色中璀璨耀眼的车流的光影，心情怎么也轻松不起来。我仿佛看见那些汽车排放的尾气在黑暗里鬼魅般弥漫着，仿佛听见那些呛人的烟尘在人类无奈的呼吸中狞笑着。

其实在很长的一段时间里，我们中国才是真正的“自行车王国”。人们骑车上下班，骑车接送小孩上学，骑车买东西、走亲访友……但是随着经济的不断发展，现在的中国已经超越了美国、日本，成为全球最大的新车消费市场了。人们在享受汽车带来的快速、便捷与舒适时，恐怕很少会考虑能源问题和碳排放量问题，尤其是后者。

车辆尾气中不仅仅是二氧化碳，还有臭氧、一氧化碳、氮氧化物和挥发性有机物等对气候造成影响的气体。所幸的是面对拥堵不堪的城市交通和日益污浊的空气质量，我们的环保意识也在不断提高，比如悄然兴起的“自行车运动”。 国际环保组织“绿色和平”公布了一份对北京市民奥运会后环保措施态度的调查结果，北京居民有 22.2% 选择使用自行车、电动自行车和助动车，只有 18.1% 的人希望取消单双号限行，自己开车。还有社区推广节能灯的使用、垃圾的分类处理等等，我们正在迈出可喜的一步，只是希望这个步子再大一点。

上海世博会是历史上首届提出“低碳世博”理念的世博会。漫步世博园区，无论是中国国家馆的低碳展区，还是城市最佳实践区里的 80 多个城市案例；抑或是在园区内平稳行驶的纯电动公交车，无不都在向人们昭示，“低碳”生活已经来到了我们身边。

随着“低碳”被越来越多的人所了解、熟知，打造低碳城市和体验低碳生活也将会被越来越多的人所追求。其实所谓的“低碳”离我们并不遥远，只要从身边的一点一滴小事做起，就完全能够达到。比如将开车上下班改为骑车 + 轨道交通；旅行时尽量多坐火车而少乘飞机；平时减少吃猪肉、牛肉的顿数；冬季调低空调的温度等等。

一个人的力量是微薄的，但大家的力量加起来就会很大。

此地夜夜璀璨如昼

王勉

无数次凝视夜色，总希望能看到诱人的星空。

2010 年 4 月 30 日那个晚上起，黄浦江东岸的那一片夜色竟如此的灿烂辉煌，如此的亮如白昼，如此的大放光明。那是世博园区的不夜之城，是全世界仰望的瑰丽景色。

一

上海世博会开幕式上的惊鸿一瞥，在人们的心中留下了永恒的印记。华彩的灯光将玉带般的黄浦江映照得流光溢彩，漆黑的夜幕仿佛画布，巨大的留白只等灵感的画笔来尽情挥洒。

五彩的烟火伴随着悠扬的音乐声在空中舞出绝美的线条。那大团大团的红色烟火仿佛是国色天香的牡丹，生动地讲述着中国的盛世华章；银白色的烟火好似瀑布冰雨，洋洋洒洒地倾泻下来，就像是流星匆匆划过天际；金色的烟火旋转着升上天空，恰似一轮明月，瞬间照亮了浦江两岸；绿色的烟火则传递着人类顽强不息、奋斗不止的原始强力。突然之间，烟火从东方明珠中喷涌而出，红的、紫的、黄的、绿的，各种色彩的花火将电视塔装扮成了九天的仙子，当真如同诗里说的“火树银花不夜天”。下一刻，烟火又转移到了横跨在江面上的大桥两侧，从南浦大桥和卢浦大桥上倾泻而下的花火瞬间照亮了整个江面，“双桥落彩虹”的奇幻场景得以淋漓尽致地展现出来。烟花伴随着音乐此起彼伏地升入空中，惊艳绽放又稍纵即逝，华丽绚烂的场景映射在现场的瞳孔中，惊艳的感觉也便烙刻在了心中。烟火的美，是“刹那芳华“的完美注脚。在最绚烂的时刻悄然隐去，也许是缺憾的美才更让人难以或忘。

摄影机的镜头记录下了来自世界各国的政要嘉宾在观看世博烟火表演时的情形。专注的眼神、翘起的嘴角以及微微向前探出的身体语言真实地展现出了他们激动的心境。这一刻他们的心情或许是也是百转千回、百感交集的。

与烟花表演相伴相生的则是走在时代前列的水幕激光表演。科技是神来的灵感，它赋予了人们“鬼斧神工”般的创造力。灵动的水难得如此驯服和配合。她时而幻化成振翅欲飞的蝴蝶，一翕一合的舞姿中夹杂着梁祝的音乐，梁山伯与祝英台那传世爱情故事借着虚幻的场景得以尽情展现。她时而又变成了铿锵的音符，在强与弱、疾与缓的碰撞对比之中，将交响乐的精髓用更为直观的形式表现出来。再一转眼，迷蒙的水幕变身为天然的幕布。一幕幕的记录镜头投射其上，世博会的历史和中国的百年进程如同史诗般娓娓道来，深深地触动观众的心弦。强大的科技让梦想变为了现实。整个上海成了巨大的舞台，没有台上台下的界限，亦没有演员与观众的隔阂，舞台上你方唱罢我登场的热闹场景，在上海的各个角落能够“身临其境”般地感受到。

这个夜晚，上海注定一夜无眠。

二

避开了白天人头攒动的景象，入夜的世博展馆以更为绚丽华美的姿态来吸引观众的目光。无数的景观灯星星点点地散布在5.28平方公里的世博园区里，纵横交织成光的网络。人行其中，交错的光影在眼前变幻，好似爱丽丝一样误入了梦境中的国度。

姿态各异的国家馆一改白天庄严肃穆的模样，在微凉的夜风里变得摇曳生姿。灯光映射在外立面上，仿佛为她们披上了一袭华丽的霓裳羽衣。金色的阿联酋馆外形肖似沙漠中起伏连绵的沙丘，设计师用简洁凝练的建筑语言展示出了阿联酋瑰丽奇特的异域风光。夜幕降临，灯光映射其上，金色的沙丘瞬间舞动起来，璀璨而神秘的景致就像是《一千零一夜》的故事一样令人神往。法国馆的外立面被经纬纵横的“线网”所包裹，俨然是悬浮于地面之上的“空中宫殿”。这时的她，美丽尚未完全展现。入夜了，寂静的宫殿沸腾起来了。流光溢彩的“凡尔赛花园”中正上演着霓裳鬓影的舞会。闪烁变幻的灯光便像是华尔兹的旋律，和着节拍，每个人都不由自主地轻舞飞扬起来。以“紫蚕岛”为名的日本馆外围覆盖着超轻的发电膜，以先进的科技，实现节能环保的理念。在静谧的黑夜之中，“紫蚕岛”就如同涌动着生命之光的蚕蛹，幽幽的浅紫色光芒虽然并不艳丽，却为五彩斑斓的世博园夜景增添了一抹清雅别致的色彩。英国馆外覆盖着六万余根向各个方向伸展的“触须”，这也让她赢得了“种子圣殿”的称誉。白天，触须会像光纤那样传导光线来提供内部照明，营造出现代感和震撼力兼具的空间。到了夜晚，触须内置的光源可照亮整个建筑，整个建筑便如同水晶球般晶莹剔透。

中国馆以其独有的中国红色彩和宝鼎造型而成为了本次世博会中最夺人眼球的场馆。“东方之冠，鼎盛中华，天下粮仓，富庶百姓”，中华文化的精神与品质也融入了建筑的骨血之中。漆黑的夜幕将她衬托得越发巍峨宏伟，红与黑的交织，光与影的变换，整个广场亮如白昼，巨大的射灯直照苍穹，夜晚的中国馆以凌然的姿态展现着昂首奋进的时代精神。而这些展馆不过是夜的世博的一个缩影。在园区中漫步，下一个转角随时可能与更大的惊喜不期而遇！

爱好摄影的朋友从开园至今已经数次造访世博园区了。可是他对于夜晚的世博园却仍旧直呼“拍不够”。“明明是一样的建筑，可是打上了灯光以后却显示出截然不同的味道来。就像是熟知的朋友突然间判若两人，这种惊奇会让你产生探究的好奇。夜里的展馆有的像晶莹剔透的水晶宫，有的又像是五光十色的童话王国。这样充满创意的景象是别的地方绝对拍不到的。”在朋友的镜头底下，凝固的世博夜景更像是一幅画，昭示着活色生香的夜的魅力。天上银河灿烂，地上灯火辉煌，好一个不夜的城市。

为了拍到世博园区不为人知的侧面，众多摄影师纷纷选择了用俯拍的方式来记录世博的夜景。广袤的世博园区浓缩在了小小的一方画面之中，灯光、色彩、明暗对比，就像是忽然炸开的调色盘，在镜头中纷乱成一片。星罗棋布的展馆在黑暗中时隐时现，不同色彩的灯光成了区别它们的唯一标准。充满着科技感的华丽场景带给人强烈的不真实之感，就像是迪拜城留给世人的惊叹：好一座不眠不休的“未来城市”！

三

夜色中的世博舞台有着一种别具一格的魅力，变换的光影让平凡的场景变得如梦似幻，舞台上上演的表演也变得更为绚丽多彩。夜深了，广场上的观众却丝毫没有散去的意思，他们愿意与台上的演员一起度过一个有一个的不眠之夜。

世博园区的舞台上每天都上演着来自世界各地的精彩文艺表演。入夜的世博园区，四处张灯结彩，显得璀璨异常。人群和喧嚣都隐在了夜色之后，文艺表演便以一种更唯美的姿态感染着在场的观众。

原汁原味的非洲土风舞、热情洋溢的阿根廷探戈、华丽盛大的法国宫廷舞、热情洋溢的英格兰民族音乐、鼓声点点的朝鲜舞、凝练简洁的日本能剧……世博会的舞台就像是华丽的视觉盛宴，来自于世界各地的艺术家们竭尽全力地展示着民族艺术的精粹。来自于不同国度的艺术家们虽然与我们语言不通，但是美妙的音乐和生动的身体语言却是共通的，它们将饱满的情绪毫无保留地传递给每一位观众，让人不由自主的合拍而舞。

人们常说：艺术无国界。现在想来此话当真不假。远古先民在平凡的劳动生活中渐渐创造出了原始的歌唱与舞蹈。用歌唱来缓解劳动的疲劳，用舞蹈来祈求上天的庇佑。渐渐地，这些艺术形式便被固定下来，经过许多年的传承和发展，成为了本国本民族独具代表性的艺术形式。透过这些代代相传的艺术形式，我们可以窥见这个民族的发展史，同时也可以对他们的地域、气候、人文和习俗有一个全面的了解。

在世博的舞台上，来自于中国的传统艺术表演赢得了观众更多的关注与掌声。咿咿呀呀的昆曲仿佛破空而来，婷婷的身姿和悠长的水袖将缠绵凄婉的感情诠释得淋漓尽致；国粹京剧以一种磅礴大气的姿态出现，京胡声声、鼓点阵阵，精彩的表演叫人移不开眼去；皮影戏曾经渐渐式微，好在艺术家们用自己的坚持将它完好地保留了下来，幕布上的一幕幕精彩的剧情倾注着无数人的心血；少林武术是国际友人的最爱，石破天惊、真刀真枪的功夫让他们惊叹不已……

舞台上的精彩表演在观众的心中留下了难忘的回忆，无形中也丰富了这座城市的精神内涵。“人生若只如初见”。第一眼，上海便用她迷人的夜景征服了世人的心。而世博舞台则让上海的夜变得更为璀璨夺目，邂逅时的惊艳将永不老去。

想念世博

杨少衡

从年初开始想念世博，当时世博的开幕式还在倒计时中。所谓想念想的是接近，世博终于来到中国上海，预想将盛况空前，当然很想有一次亲历。怎么去接近呢？曾经设想过若干时段，每个时段各有优点，也都有难处：开幕式最是吸引人，但是无疑一票难求；暑假期间可以一家人前往，但是该时段天气很热；国庆长假气候最适宜，但是那时候一定人山人海。因此不知如何是好。

我生活在福建福州，世博开幕前福州有一件大事，就是动车开行。先是福温铁路有动车，可以经温州直驱上海，然后福厦铁路动车运行，从厦门也可直达上海。此前福建人前往上海，如果不从天而降，怎么都得花一天时间，因为福建原有的主要铁路线都是东西向的，我们得先跋山涉水，从沿海翻过武夷山脉跑到江西，绕个弯经浙江再到上海。新线路不同，由南向北，基本是沿着东海岸线前进，地势较平，路程最短，开通之后，忽然间福建人觉得上海变得非常近，以往漫长的一段旅途，现在只要区区数小时就可以到达，这种感觉很奇妙。“坐动车，看世博”因之在福建成为一句广告词，为旅行社聚拢了大量人气，也让我为之心动。

世博在我们的想念中开幕了，看到电视里的盛大仪式，镜头里的人流涌动，新闻里的琳琅满目，自然更多了一层向往。之后遇到过几位上海朋友，他们无不开口询问：“什么时候来世博啊？”单位里有个部门组织活动，安排到上海看世博，问我去不去，恰好手头有事，很遗憾不能一往。有亲友张罗找旅行社，用双休日，“坐动车，看世博”，我没太热心，因为一向随遇而安，有愿望通常放在心里想念，付诸行动则免不了左盼右顾，事很多啊，天气热啊，挺麻烦啊，等等。从新闻和朋友的谈论里得知一二信息，让人增加很多想念之外，也有顾虑，感觉世博真是博，那么大的场地，那么多的馆，那么长的队，好像这个也不错，那个也可以，该到哪个馆去排队？不免叹为观止。我对自己的性情很有数，从一开始就估计自己将一直想念世博，但是恐怕只有想念，不一定能去实地接近。

没想到自己跟世博有缘，其缘不止于想念。六月里的一天，单位领导突然给我一个电话，让我赶紧准备，隔日前往上海。做什么呢？与世博相关。世博期间各省都有一个活动周，福建活动周开幕式定于某日举行，让相关部门派人参加。我所在的单位被列为相关部门之一，有若干事项，领导让我一往。机会忽然自天而下，很意外，也十分高兴。

因为是统一行动，没坐动车，是随团降落。团组活动有一好，就是有人打点安排，自己只须办妥自己该办的事，别掉队就行，不必费心张罗。当然也有一个基本限制，就是不能随心所欲，想干嘛干嘛，想看啥看啥，得按一张表行动，几点几分到哪里，几点几分干什么，上哪个车，坐哪个位子，都是事先安排好的。一到上海，拿到那张表我就仔细研究，找到自己所分的组，发觉在活动周开幕式后，我这个组将参观若干馆，有中国馆、加拿大馆、澳大利亚馆及几个主题馆可看，于是越发想念，或称期待。怀着这种期待走进了世博园，参加活动，匆匆浏览，按照表格上的时间穿梭了数个展馆，隔日我又按照该表安排匆匆返回了福州。与世博的邂逅遗憾地短暂，印象却因之格外深，除了“排队、敲章、看电影”，还有其他很多。

我觉得所到的几个馆各有情趣。加拿大馆的自行车很好玩，让人很想一试，于互动中感受环保。澳大利亚馆进门之处的空中表演很好看，里边的电影更特别，三个小孩一台大戏。移动主题馆很有想象力，眼看屏幕手按梦想，想来有趣。中国馆的清明上河图不能不看，看了再也不忘。我们福建馆的土楼和脱胎漆器都极具独特性，在那里照相的人很多。上海馆的电影最让我回味，因为身临其境，银幕和座位提供的动感让人一会儿坐轮船，一会儿坐马车，从有轨电车、自行车直至高铁，短短几分钟时间里体验过上海数百年的发展变迁。所到展馆之外，世博园还给我留下很多感受，不同展馆各具特色的外部造型，千姿百态的游园人群，有很多东西足以让我记住，也让我留下遗憾：一再听说沙特馆排的队最长，很想亲自验证是否排有所值，却无从实现。从报纸上看到日本馆里的机器人能拉提琴，却没有机会去听一听。知道非洲馆里国度众多，走一圈很有游览成就感，可惜未曾满足。在前往上海馆的通道上途经新疆馆，有几位盛装的少数民族姑娘在馆门外欢迎参观，时间不允许只能匆匆掠过。我在我们福建馆里以土楼画面为背景照了张相，请一位游客帮助按的快门，隔天一看这照片走光了，土楼边走来的过客一清二楚，倒是我自己脸面模糊。

因此还得继续想念世博。除了一次匆匆邂逅所留下的鲜明印象，还有其他很多东西可供想念。也许世博总是要让人想念的，因为很难有谁能够穷尽其博。我情不自禁期待着另外一次邂逅，不管天气多热，游人多少，排队再长，有机会还真是希望再往。我认为下一次应当“坐动车，看世博”，感受我们福建人共同的新鲜与奇妙。但是我自知这一回可能真是想念而已，也许直到世博闭幕机会难再，那样的话，我准备想念“后世博”，据说世博之后各展馆的精彩内容将通过碟片发行或在网络上出现，尽管难比身临其境，却也有助于补遂心愿。

我的幸福与记忆花园

徐鲁

上海世博会是一场举世瞩目的“流动的飨宴”，也是展示着人类文明与进步的最新成果的一个绚丽多彩的大花园。我相信，每一个游人都会因为能够亲自踏进这座大花园而感到自豪和幸福。

我在这里记下自己的二三小事，也许算不上是为世博会所做的贡献，却也是我栽植在这座大花园里的几朵记忆的小花。

大自然离我们并不遥远

作为2010年上海世博会湖北场馆策划与设计的专家团队成员之一，我有幸参加过几次策划方案的讨论。每次讨论时，大家都会提出许多具有“湖北元素”的，与水、与大自然、与城市居住、甚至与未来的生存文明相关的奇思妙想。

例如，把江湖连通的概念引进湖北场馆；例如，让湖北特有的古老而美艳的桃花水母的形象重放光彩。

我记得，有一次讨论，我提出了这样一个设想：有没有可能，把整个湖北馆里的空气，置换成采集自绿色的神农架的新鲜空气？

因为神农架被公认为湖北的“天然氧吧”和“绿色储水库”，神农架的空气新鲜清新，富含有利于健康的负氧离子。假如让每一位进入湖北场馆的游人，都能亲身感受到神农架大森林的空气的湿润与鲜美，甚至能隐约听到来自神农架大森林的鸟鸣、风声、林涛声，还有牧童们的叶笛声、当地农家少女的山歌声……就像肖邦音乐里的波兰乡村田野里的声音，像爱德华·格利格的音乐里的挪威大森林里的声音……那不是会使人感到，我们的生活与大自然的距离，其实并不那么遥远？

在讨论会上，我也提出了“搬移空气”在技术上是否具有可行性的问题。当时，我刚刚参观了一个现代风格的艺术装置展览。来自法国的两位青年艺术家，在黎明前的武汉大学珞珈山上，采集了大量的新鲜空气，置放在艺术展厅里，定时向观众释放出来，同时，背景音响里也伴有采集自珞珈山的鸟鸣与风声……那天一整天，我都流连在那个展览厅里。我感到自己确实是置身在珞珈山上的空气和云雾之中。我是熟悉这珞珈山上的空气的味道的，我甚至还嗅出了珞珈山上特有的枫香树和桂花树的气息。

我对参加讨论的专家们说，是这两位法国艺术家的“行为艺术”，给了我这个创意灵感。我认为，这个创意在技术上是可行的。当然，我的这个建议最终没有被采纳。不是因为技术上的原因，而是出于成本上的考虑。但我愿意把这件小事记在这里，做个纪念。

用诗歌发出邀请

2010 年春光明媚的四月天里，我作为中国作家代表团成员之一，应邀前往以色列，参加了第十一届“尼桑国际诗节”。

“尼桑国际诗节”是一个知名度颇高的诗歌节，也是阿拉伯语地区一项富有盛名的、对促进不同种族的和平与文化交流起到了不可估量的作用的文化活动。参加这届诗歌节的有来自中国、俄罗斯、法国、波兰、罗马尼亚、日本、以色列和中东的二十多个国家和地区的诗人。

使我感到自豪的是，在一个被美丽的晚霞笼罩着的小镇上的一个礼堂里，我朗诵了一首献给上海世博会的诗——《蓝色星球之歌》。

我当然是用美丽的汉语朗诵的。朗诵会上，所有诗人的诗也同时被翻译成了阿拉伯语、希伯来语和英语。

我这首诗歌有点长，原本是应约为上海《少年文艺》杂志的“百位作家写世博”活动而创作的。其中有这样一些片段：

黏土的房子，
曾经是我们所有人的家。
陶罐里的泉水，
灌溉过门前的尤加利树。
美丽的大熊星座和小熊星座，
是照耀过我们的灿烂的华灯。
我们用智慧的手指，
触摸过一颗颗金色的种子。

在清澈的山涧和森林边，
我们采集过，
最甘美的
生命的雨露。

雨水丰沛的大地
是母亲的胸怀。
四季呼啸的风声，
是一代代孩子的摇篮曲。
我们在长尾雉鸡啼叫的黎明中醒来。
我们去阳光照耀的大地上播种农作物。
我们在沙沙的玉米林里午睡。
我们去开满牛蒡花的小河边放牧。
暮色降临了，
我们回家。
宝石般的晚星，
带回了所有的羊群和牲畜。
再小的小羊也记得妈妈的气息，
听得见妈妈唤归的声音，
记得回家的每一条小路。

啊，多少万年过去了。
地球在飞转……
星团茫茫，银河荡荡，

飘过了我们午夜的窗户。
谁在按着宇宙的脉息？
谁曾听见过星球的絮语？
一道道光流里有亿万个太阳，
亿万个太阳在照耀着
我们这颗蓝色的星球，
比绿色更绿。
比蓝色更蓝。
像妈妈脸上的
一滴透明的眼泪。
像睡莲叶片上的
一颗发亮的水珠。

………………

世界应该是美好的，
应该像它应有的那样美好，
和平、温暖和富足。
这是我们最后的家园。
这是我们最后的星宿。
这是我们最后的森林和城市。
这是我们最后的江河与湖泊，
这是我们最后的
美丽的地平线和海岸线，
这是茫茫太空中，

我们最后的一座小木屋。

北岛曾如此调侃说：国际诗歌节上的朗诵几乎就是一种“集体猜谜”活动，听众鼓掌，即表示他们全部猜中；而在电闪雷鸣的音乐间隙，诗人们轮流蹿上台去念诗，如炮火中的蚊子……

这个“蹿”字是十分形象的，我这次算是亲眼看到了。一个个说着各自的母语的诗人，确实是兴致勃勃地在“蹿”上“蹿”下的。诗人吉狄马加先生兴致勃勃地“蹿”了两次。我也是这样兴致勃勃地“蹿”上去的。快轮到我上台的时候，我看到，坐在台上主持朗诵的以色列海法大学诗歌教授纳义姆先生，一个劲地朝我做“鬼脸”，意思是说，下一个该你“蹿”了。

事先，我请懂阿拉伯语的朋友给我翻译了两句话，一句是：这是我献给上海世博会的一束玫瑰，也是对在座的各位诗人朋友发出的诗的邀请；另一句是：上海世博会就像海法市举世闻名的“空中花园”一样漂亮。

我把这两句话的阿拉伯语发音用汉字做了发音“标注”，作为我正式朗诵的“招呼语”。事实上，可能是出于礼貌，也可能是谜语被“全部猜中”，我听到了来自台下的鼓掌声。

不久前，我收到一位来自海法大学的女诗人（她可能是纳义姆教授的一个学生）的邮件，说这首诗的阿拉伯文是她翻译的，她想把这首诗发表在她们编辑的一个诗歌刊物上，让我“授权”。我向她表示了我的感谢和荣幸。但她同时发给我的一些她阿拉伯语诗歌，我却没有能力为她翻译成汉语。

孩子们表演的朗诵诗剧

我没有想到，关于这首诗歌的故事还在继续。

从以色列回来不久，我又接到了来自南京市鼓楼区琅琊路小学的一封邀请信。邀请信上说，他们学校的孩子们，从《少年文艺》上看到了我这首献给上海世博会的诗歌，他们在老师的帮助下，把这首诗歌排练成了一个舞台朗诵诗剧，并且代表全校参加了整个南京市的朗诵比赛，荣获了诗歌朗诵金奖。因此，学校希望能邀请我去南京，和孩子们见见面，同时也给他们讲点什么。

我欣然接受了这个邀请。琅琊路小学是全国闻名的南京市最好的一所小学，许多家长都以把孩子送进这所小学为荣。我觉得，能去这所小学也是我的荣幸。

我从琅琊路小学的网站里，看到了参与这首诗歌朗诵的一位小同学徐一楠写的一篇他们朗诵现场的报道：

“2010 年 5 月 20 日，在小红花培训中心，南京市朗诵比赛正在如火如荼地进行。舞台上诗意浓浓，动人的诵读声在舞台回荡。我们琅小的朗诵队，对这次比赛更是期盼已久。我们换上漂亮的演出服，怀着兴奋又紧张的心情走上赛场。我们朗诵的是著名作家徐鲁创作的《蓝色星球之歌——献给 2010 年上海世博会》。我们默默希望能成功地朗诵好这首满怀对人类家园的热爱和激情的诗歌。我们快速在舞台上摆好造型，柔和的蓝色灯光笼罩着我们，在伴奏的音乐声中，我们的表演拉开帷幕。

“我们尽力把声音放出来，但又不是声嘶力竭的呐喊。我们诵出了童真，诵出了诗歌优美的节奏。每一个造型都摆得非常到位。平时刻苦的训练，终于有了回报。我们每一段落的衔接也非常到位和自然，也许声音有些轻柔，但不乏激情，就连脸上的微笑，也那么自然灿烂。当音乐缓缓结束，我们成功完成了比赛，评委们都连连点头……

“……最终，老师们露出了欣慰的笑容，同学们更是高兴得抱成一团……我们获得了最高荣誉——金奖。而我觉得，我们获得的不仅仅是一个金奖，诗歌的诵读带我们走进世博会这个美妙的世界……更让我们高兴的是，我们琅琊路小学被评为‘金陵书香校园’……这真是喜上加喜！”

5月28日，我来到这所小学的孩子们中间。孩子们事先又特意花了不少时间布置舞台，化装、彩排，为我再次表演了这首诗歌的朗诵。他们演绎和朗诵得真是非常感人，使我的眼睛都有些湿润了。孩子们热切的欢迎，使我感到了无限的快乐和幸福。

在观看了他们的表演之后，我给他们一起讨论了有关观察、想象和阅读的话题。事后，我看到有十几位小同学，都在他们学校的网站上发表了这次见面会的报道与印象记。他们把这次活动称为“最富诗意的见面会”。

那位名叫徐一楠的小同学，在她的印象记里写道：“……徐鲁伯伯在热烈的掌声中光临我们校园，和我们做了一场别开生面的座谈会。我们朗诵队又一次倾情朗诵了《蓝色星球之歌》。徐鲁伯伯微笑地欣赏着我们的表演，我们也以最动人的嗓音，回应他的欣赏。少先队代表献上鲜花、为伯伯系上红领巾之后，讲座正式开始……”

王伊人小同学写道：“……《蓝色星球之歌》表演正式开始。这首诗歌语言十分优美细腻，情感纯真感人，令人赞叹。朗诵队的同学声情并茂，在淡淡的音乐声中款款朗诵，好像把我们都带入了上海世博会的现场……”

童忆霏小同学是这样写的：“……朗诵队的同学们先为徐鲁伯伯演出了他为上海世博会所写的一首诗——《蓝色星球之歌》。这首歌表达了所有的人对上海世界世博会的向往之情。这首诗意境优美，蕴含无限的哲理。而且，他居然有如此丰富的想象力，能将滴水比喻成地球母亲脸上的一滴泪珠，能将我们赖以生存的这颗蓝色星球，比喻成我们在茫茫星宿中最后的一座小木屋……”

我想，这份荣幸决不是因为我的诗歌写得有多么好，而是因为，我写的是一首献给上海世博会的赞歌。上海世博会，也是我的幸福与记忆的花园。

世博的读者来信

黄咏梅

自从世博举行以来，这几个月，我收到来自全国各地作者写的关于世博的文章，几乎平均每天都不下三十封。每当我拆开这些充满了激动、兴奋情绪的信封，读着那些“世博观后感”式的文章，我总会感动、振奋。这些文章里，尽管书写了各自的不同经历，但是却无一例外地有着相似的情绪——自豪感。在中国上海，这种情绪，持续弥漫了这么长的一段时间，并没有随着酷暑的炙烤而蔫掉，也没有随着新鲜感的消退而消弭，更没有随着参观者排长龙的麻烦而淡漠。

由于种种原因，截至写作此文之前，我还没能去上海参观世博，但是，这几个月来，我已经通过那一篇篇读者来稿，在纸上阅读了世博会。这些纸上的盛宴，为我在想象中描绘出了每个人的世博。

有一位山东的作者，写他最喜欢的英国馆。他是个植物爱好者和保护者，他最欣赏那些亚克力杆里的各种植物种子，他说英国馆是充满了希望的馆，因为这里充满生命的种子。在来信中，他附上了自己的照片——一个意气风发的陌生中年男人，在英国馆的大“米”字前，咧开嘴乐呵呵地笑着。他的文章最后说，他打算把自己多年来收藏的一些珍稀种子也送到世博来。这位山东大汉貌似大大咧咧，却有着多么细腻的情感啊，对种子的爱，等同于对生命的爱，对生活的爱。从这个意义上看，世博的举行，除了展现各国的现代化风貌之外，更体现了人类对此在的爱，对未来的爱，这爱，是多么博大啊，已经飞越了展馆，飞向了世界。

有一位浙江的小女孩，十一岁，她用一张印着诗意的卡通漫画信笺，给我写了一封信，她说自己跟爸爸妈妈到世博，排了4个小时的队，为了看丹麦馆的小美人鱼。她从小喜欢安徒生童话，这次去世博，主要是为了看美人鱼。在排队的过程中，爸爸妈妈为了怕她被晒生病，轮流用湿毛巾给她擦脸降温，每隔一段时间，就从随身背的“八宝箱”里取出降暑的绿豆水和水果给她吃，她觉得爸爸妈妈好疼爱自己。当她终于站在小美人鱼的雕像前，她忽然觉得小美人鱼好孤独好可怜啊，想起小美人鱼那忧伤的故事，她顿时内心“酸酸的”。小女孩看看自己身边，左边有爸爸，右边有妈妈，感到自己好幸福啊，并由此生出了对爸爸妈妈的感激和爱。小女孩将她们一家三口的照片也寄了来，虽然排了4个小时的队，大人看上去都疲惫了，但是脸上依然挂着满足的笑容。尤其那个爸爸，肩膀上背着一个大包，手里还拎着一只水壶，脖子上呢，还挂着一只米老鼠的小电动风扇，几乎为女儿的世博行做足了准备。那小美人鱼，孤单单地，正羡慕着这人世间的天伦之乐呢。

有一位广州的妇女，来稿写了她在世博的“惊魂”记。她说她带着自己的父母和儿子跟旅行团看世博。没想到，在中国馆的门口，那个一直在等待过程中，只顾玩掌上游戏机的7岁儿子竟然掉队了，找不见了。导游和队友都帮着自己找，眼看着就要轮到他们进中国馆了，怎么办？这个时候，几名年轻的志愿者走过来，了解情况后，就留下来带着她一起找，导游则领着队友先行进馆。志愿者四处寻找，还发动了附近馆的志愿者分散了找。可人那么多，去哪里找啊？她急死了。找了近半个小时后，忽然，她的手机响了，原来是自己的儿子借了志愿者的手机给自己打电话。儿子找到了，可队友们都已经进去参观了，面对这长长的队龙，她犯愁了，难道还要重新排？想到那漫长的时间，她头皮都发麻了。好在，志愿者带着她们，跟工作人员讲清楚了情况，让她们得以从绿色通道进入。她在来稿里说："我们享受了一次绿色待遇。多亏了志愿者的绿色帮助。"

……

这一篇篇"世博观后感"，就好像各式各样不认识的人，派给我一张张入门券，让我进入了他们的内心，跟随着他们的记忆，重新游览了他们每个人心中的世博。所以，我除了在电视、报纸、网络上看到关于世博的种种精彩报道，还得以通过这些陌生作者的来稿来信看到了他们的世博。有文字有图片，有整体的有局部的。这些文字的世博里，有人性的温暖，有伦理的包容，有现代化的思索，有人文的珍视，有科技的惊叹，更重要的是——有中国人的民族自豪感。这是我最为珍惜的一种情绪。在这个人心日益"冷静"的现代化社会里，这种集体自豪感，每每让我感奋，热血沸腾。我是多么需要这样的热血沸腾啊。长时间以来，在这个和平年代，在这个物质日益丰富情感却日益缺失的年代，活着总觉得有些"无所谓"，仿佛很多事情都与我无关，如今，世博的举办，让我深深地感到，其实，在我的内心深处，是多么希望能有这样的"群情激奋"的时刻和机会啊，它像一只只大鼓，以一种集体的形式，以一种骄傲和自豪的姿态，直接击打着我的内心，让我得以踩着它有力的鼓点，心灵起舞。

记得我还收到一篇稿，是一位上海作者写来的。他说他已经五次游世博，每一次都带着不同国籍的友人去看，而每次，他们几乎都会问他同一个问题——中国人怎么能忍受顶着这么高的温度排那么长的队来看世博？这位作者每次都自豪地告诉他们——因为这是在我们自家举办的节日，世博是送给每个人的礼物，来看世博的人们，不仅带来了人气，还带来了人情。

我很欣赏这句回答，我把它刊登在我内心的头条，我觉得，这是阐释世博最精到的一句话。

典藏世博

鱼丽

一

车行曲曲折折，只在杨树浦路、平凉路、兰州路一带，左拐右弯，却笔触细致，勾勒出一幅小型城区图景。虽是二月天，但气温渐渐回暖，仿佛在酝酿一段诗情，催得玉兰花都开了。离世博还有六十多天，但于浮光掠影之中，感觉杨浦区已缓缓拉开了它迎世博的华丽一幕。

印象中，上海的美，是写实的，大气的，展露的，颇具大都市的壮美与气度。黄浦、徐汇、浦东都是如此。而杨浦区，属于传统老工业园区，它的美，是掩着的，藏在历史的深处，需于粗布乱服之中，慢慢梳理，才能识得，且懂得。车行杨浦，从我的审美眼光看过去，杨浦水厂、国歌广场等，都极具厚重的史实美感，这其中的比例，虽然分配得不是那么均匀，却都可以沉甸甸地书写一笔。

但是，给我颇具诗意的艺术观感，却经由世博水门拉开。

据说，世博水门有七个，是世博会供轮渡、游船停靠的码头。位于秦皇岛路杨浦区的这一段，原先是掩在一段历史烟火之中的，曾被大量的工厂仓栈给遮蔽了，现在，经过一番细致而理性的打磨，艺术的处理，它颇为恢宏地，还原出一段秀美的江景，而且极富灵气，和滨江一带的老建筑、老厂房融为一体，不露痕迹。这里，有波光粼粼的港池，还有弧形优美的钢引桥。从此处去世博园，只需半个小时水程。在园区西北角，有一幢旧建筑，极有老上海洋房的味道，它让人禁不住的在此驻足流连，调整一下略为匆促的行程。

穿过候船大厅，来到亲水平台，正见到曾被典藏起来的江景。对岸右侧的陆家嘴金融区，凝固成一幅高楼林林的画面。东方明珠，尤为突兀，是以另一种构图，来对这段被典藏起来的江景，作一个注脚。因是天阴，灰色的云系，衬以青郁的天色，铺叙得极慢，与缓有起伏的黄浦江水，恰成映照。水鸟于水面上空飞翔，仿佛在抒发一份绵绵诗情。大家显然被这美景感染了，纷纷在此留影，也是为了典藏一份美好诗境吧。

江湾湿地，刻画的又是另一番诗境。这里，有偏离城市喧哗之后的安宁，用野趣、幽静，向世人唤起一份颇具柔性涟漪的诗情。它迥异于厚重的都市钢筋水泥所展示出的建筑史实，而是得自天然，却又还原于自然的幽秀。它展示的是最为自然的原生态，是属江南湿地的风华地。

这是历史遗留下来的一块湿地。上世纪 30 年代，日本侵略军在江湾一带造飞机场，并以此地作为弹药库基地。因而，在外界毫无干扰的自然进程中，渐渐演变而成一块湿地。

走过连接河塘的木桥，见旁边河塘里，除有青青芦苇，常有一些被台风摧折的大树，倾倒在水面。导游小姐手指灌木深处一株高大的深褐色桑树，说树龄已经 80 年，是上海迄今发现的最老的一棵桑树。又指一块空地，告知这是日军曾遗留下来的弹药库遗址。这些年代久远的遗存之物，均给人极其厚重的历史沧桑感。

这一方湿地，面积并不算大，但却水草幽阔、芦苇密实、树木繁多。每棵树上都挂着牌子，有的写着植物的名称，有的仅标有号码。这是植物学专家，经过仔细的鉴别之后，为满园的花草树木，标示身份。雨下得有些细了，结香花的浓香，与水汽粘附在一起。时而有野鸭，沿着水面，扑棱棱展翅，向对岸飞去。鸟鸣也时而可闻。想起，在刚进入湿地的生态展示馆里，看到的一分钟短片，介绍这个自然生态园的一天，芦苇丛、河塘、珍禽、昆虫、鱼种，在摄影师的镜头里，都具艺术美感，富于诗意的栖居。那是一种艺术的截取。而现在，面对纠结的藤萝，滞实的青苔，分成各个区域的植物树种，是更为真实的自然之景，是更为艺术的还原。

江湾湿地，已为新沪上八景之一，典藏的是另一种生态自然的诗意。不知，同行之中的诗人，是否已经在酝酿另一份诗情？

杨浦善藏，这可能和它多年定位于厚重朴实的工业区有关。现在，随着世博的临近，它慢慢揭开了原有的面纱，向世人展示它的诗意胸襟。行游杨浦，才知，它的美，一直悄然潜在，而且波澜不惊地经营着一段又一段的诗境。

二

绵延流淌的黄浦江，沿着浦东与浦西两岸复调叙事；鳞次栉比的高楼，一波一波地如史实般折叠过去，——流水与建筑汇合、交融、演绎，应该是可以隆重地推出许多恢弘阔大的场景的。夏五月，在上海举行的这场世博会，有着建筑的坚硬写实质地，也有流水般的抒情写意蕴味。

作为个体，以自己微粒的心境，去凸现这样一方盛景，未免渺小，但于自身，却也是别有一番乐趣的。

之前，曾从各种渠道，对主要的场馆，有过一些了解，有一段时期，还做了些剪报，收集、保存了一些资料，甚至提前去场地观览过，以备届时走进世博，做有前期心理准备——它让我原本不经意的心态，已经慢慢向世博靠近，具有相当的重量与质感，不可轻描淡写，忽略而过。

初夏一日，有风，微雨，很偶尔地，跟了一个散团去去游世博。这一天，我参观了四个场馆：中国馆、沙特馆、阿联酋馆、尼泊尔馆。均集中在A片区，短短一天观览下来，感觉就像是在亚洲之地上，郑重其事地朝圣了一圈。

在人潮拥动中，参观世博园，既得有体力的支持，还得有心智的调剂，——A片区热门馆多，人自然也多，实应需有合理的分配。中午，从中国馆出来，简洁地浏览了一下尼泊尔馆，在最为热门的沙特馆前曾停留片刻，见长队逶迤，旁边竖有标牌，“在此排队需六个小时”，而后面，实际还有绵延不绝的人流，于是，我选择了放弃，转而去看阿联酋馆——一个于沙丘上生存、致富的国家。近傍晚时分，人流散去不少，我花了两个小时的时间，也登上了沙特的这艘“月亮船”。而相比之下，由七种红层染堆叠的中国馆，是这天的游览之重，它以“上善若水”来构思，比喻绵延不绝的中华智慧，将水与建筑、水与城市、水与世界……的关系，处理得那么和谐，使我的心境也如水——

这里，我看得最为细致，细致得颇有层次感。整个上午，都耽搁在那里，用眼睛，与内心去触摸那些智慧之点。有些地方，竟来回逡巡，不忍离去。

特别是《清明上河图》，富于智慧力，将历史的内容与流水的情绪，衔接得自然、紧密。我拍了段摄像，想带回去给女儿宜徽看，让她也感受一下现代科技与传统文化的精致结合。毛笔在宣纸上晕染而出的古典，被科技的光、电，渲染出另一番静穆文气，——古典与现代气质，交相融汇，也有一种极为厚实的张力，有种光线对比的强烈效果。挑担的人，拉车的牛，载船的水，……被科技之光，耐心地，仔细地，还原成一小节，一小节，全都流动起来，而其中最妙的，莫过于那水与建筑的关系——水流到哪里，那些药铺、当铺、酒店、裁缝铺，……最大限度地铺展开来，有一种极盛的感觉，张择端是多么一个内心从容不迫的画家，将明清百姓生活的场景，既缓且慢，描述得详略得当。它让我们定定心，平衡了一下与传统的关系，然后，再向前走。

前年，我曾有机会，接触到一位学者诠释《清明上河图》的书稿，几经流转，后来，这部书稿已赶在世博会时出版，在园内热卖。学者的阐释，宛若一种介质，恰当地折射出了这幅名画的古美。《清明上河图》的美，不仅没在长久的时光中磨损掉，反而焕发出更为灿烂的光彩。

“国之瑰宝”的出入口的上方，墙上刻有一段“文字影壁”，显得典雅，古朴。我猜，它是《东京梦华录》里的文字，问志愿者，得知，实为各卷中的断句。我较为感兴趣，又不由自主地停下来，——因为是一个人，静默而自省地游览，所以在不断汹涌的人流中，还自能廓清出一方小小的安静空间，时而耽搁，时而流连，细心揣摩。透迤起伏的情绪，并不平铺直叙。

从“九洲清晏”处出来，以中国馆为背景，请一位“蓝精灵”替我照了一张相：那层层叠叠的红，将蓝天白云都远远撑了开去，既写实，也很饱满。

一般而言，我是不太喜欢到人多处凑热闹的，但是，这次却以自然的心境参加，因为，在记忆里，还找不到相同的，类似的宏大叙事的事件，能够整齐而仔细地折叠过去。典藏这段世博游历，是将自己私己体会，稳稳映和在这流水与建筑的史实叙事之中，安稳，踏实，刻画出生命里的一道留痕。

从俄罗斯馆说起

罗伟章

我不是为参观世博园专去上海，是有了很要紧的事办，从上海路过；但既然到了那地界，再忙，我也应该去感受一下。毕竟，这是中国首次举办世博会，也是发展中国家第一次举办世博会。

时间紧迫，我只能选择自己最想看的。

我最想看的是俄罗斯馆。

这缘于我对俄罗斯文学的热爱，尤其是对列夫·托尔斯泰的热爱。一度时期，俄罗斯文学（前苏联文学）成为中国文学的至上典范，但上世纪 80 年代后，它在中国的地位，便呈现出衰落的景观，人们的话题和视野，转向了别处，马尔克斯、博尔赫斯、卡尔维诺……一个个光芒四射的名字，让先前尊奉的作家黯然失色。我们否定自己，唯恐不够彻底。那段时间，我也比较集中地阅读了上述作家的著作，他们表述世界的角度和方法，真是别开生面；但我最终发现，唯俄罗斯文学（前苏联文学）能成为我长久的营养。我从托尔斯泰、陀思妥耶夫斯基、莱蒙托夫、艾特玛托夫、肖洛霍夫等人的文字里，更能看清自己的面貌。当开了不想开的会，见了不想见的人，说了不想说的话，感觉灵魂明显下坠的时候，我回家的第一件事，必是拿起托尔斯泰的小说，读上几页，直到把某些东西“洗去”，心里才会舒坦。有一次，我跟几个写作者谈到托尔斯泰，座中一人很不屑，说：“托尔斯泰不深刻。”我的回答是：在这个世界上，既有尖刀的深刻，也有普照万物的阳光的深刻。托尔斯泰属于后者。这是更具有宽度的深刻，它要达成的目标，不是撕裂和破坏，而是缝合与生长。

我去俄罗斯馆，就是希望寻找那种深刻。

6月24日，上海很闷热，好在传说中四五个钟头甚至八九个钟头长久排队的恐怖场面，我并没有遇到。俄罗斯馆位于C区，十二座高耸的塔楼，被称为俄罗斯民族舞蹈“环舞”的建筑版；塔楼白、金、红三色相间，采撷了俄罗斯民族服装的色调，分别代表圣洁、繁荣与欢乐。对中国人而言，这三种颜色，都长长久久地融入我们的日常生活和基本想象，因而特别的具有亲和力。堪称巨大的馆厅里，呈现出似乎从未启用的世界：天篷形似树冠，枝蔓绕梁，万花绽放。其设计灵感，据说来源于前苏联儿童文学作家尼古拉·诺索夫的作品《小无知历险记》，诺索夫说：“最受孩子们喜爱的城市，才是最好的城市。”孩子们喜爱的，自然是诙谐而迷幻的童话仙境，因而，有放大数十倍的蘑菇、草莓、牵牛花、向日葵，有水磨坊、稻草人和鲜花环绕的树皮小屋，有天空中的点点繁星和各类航天器，有被太阳能驱动的汽车，有隐秘小路上的惊喜发现……林林总总，构成一座太阳之城、月亮之城、花海之城。

俄罗斯馆的主题是“新俄罗斯：城市与人”，与本届世博会的主题“城市，让生活更美好”，扣得十分紧密。它给我们的启示在于：什么样的城市才会让生活更美好？

——从俄罗斯馆里，我们读到的是欣赏和赞美，而不是使用！

现代人使用得太多，觉得世界之所以存在，就是给人类便利，因而在缺乏节制并逐步丢弃伦理的探索中，形成了放任本能的趋向。某些人，把本能（他们习惯称之为人性）的尽情释放，当成美好生活的象征，把“有用”视为价值判断的准则。我在自家楼顶上，种了数十盆牵牛花，从夏到秋，蓝色和红色的花朵，把清晨开得生机勃勃，而我的邻居看见了，总是摇摇头：“那东西，没祥！”他说的“没祥”，就是“没有用处”。对“没有用处”的事物，我们已不屑一顾，更不会去欣赏和赞美。而事实上，“世界的动人之处远多于它的实用之处”（梭罗语），只是在意这些的，实在不多。有几个人还在仰望天空？还在说星星多亮、月亮多圆、云霞多灿烂？当然，城市上空的星星可能不再亮了，云霞也不再灿烂了，为此，我们天天都在忧虑和愤慨环境的恶化，之所以忧虑和愤慨，是觉得那都是别人的过错，是别人的过错影响了“我”的安适与健康，而“我”本人，却没有什么需要自律和收敛。不断膨胀的欲望，让我们放弃提升自己的努力，不仅如此，还心甘情愿甚至迫不及待地，典押自己，出卖自己。“宁愿坐在宝马车里哭泣，也不坐在自行车的后座上微笑”，这是新近走红的名言，且别忙于去讥笑说这话的人，先扪心自问：她是不是也道出了我们的部分心声？在比谁使用得最多、谁使用得最好的竞赛中，我们是不是也跟她一样，已经丧失人的完整性，变成了被彻底物化的躯壳？

阿尔·戈尔（《濒临失衡的地球》的作者）说，他对环境危机的研究越深入，就越加坚信，那是人类内在危机的外在表面。对他的这一论断，我深表赞同。也正是在这个意义上，我觉得俄罗斯馆可谓匠心独运。它意在修复，修复环境，修复人与环境的关系，也修复我们陷入危机的心灵。对后者的修复是至关重要的，是前提，也是根本。看似遥不可及的事物之间，也存在着不可估量的联系，个人必是由相互关联的生命个体——包括人、植物、动物、水、大地和天空——组成的世界共同体中的一员，只有我们不再以征服者和攫取者的面目出现，而是把自己视为共同体中平等的公民，才可能达成人与环境的和谐共生、和谐共荣（利奥波德称之为“土地道德”），未来的城市，也才能像“小无知”所见到的那样，不仅花团锦簇，连街道也以鲜花命名：风铃草大街、母菊林荫路、矢车菊街心花园……俄罗斯馆呈现了这样的意蕴，这里的一切，都与大自然息息相通，且极尽夸张，把对大自然的尊重、敬意、欣赏和赞美，当成目的。看到馆内那些自由自在渲染生命光华的事物，我不禁想起巴尔蒙特的诗句：“来到这个世上，为了看看太阳。”当一个人来到世上的目的竟是如此单纯，其灵魂将会获得多么通透的解放。我还想起普里什文翻阅“大自然的日历”时，那种与世间万物荣辱与共的谦卑与博大，想起托尔斯泰的“向精神呼吁”、素食主义和关于爱的阐释和信心。他们，都是俄罗斯人。

表面上，俄罗斯馆跟我希望看到的相去甚远，其实有着本质上的联系。

但并非没有疑虑。

去上海之前，我对世博会的理解是有误的，至少是部分的误解，我以为世博会不是憧憬，而是回望。回望成就、智慧与美好，同时也回望伤痛，像法国馆的世界名画、丹麦馆的美人鱼和西班牙馆的《格尔尼卡》。或许，这种误解本身，代表了我的一种愿望，我觉得，我们憧憬得太多，回望得太少，我们被驱赶着，不停地往前走，很少有时间能够站下来，把自己透彻地审视一番，将其中好的部分放在一边，不好的部分放在一边，再想想办法，将不好的克服掉，让自己向高尚靠得更近些，让脚步走得更尊严些。这个世界，终究是被成人主宰的，以儿童的视角去憧憬，很难唤醒成人内在的自觉，成人们会居高临下地说：啊，童话！然后走出馆厅，在炽烈的阳光下，挥汗如雨地去忙碌和追逐。

童话的虚幻和缥缈，也难以成为俄罗斯的可靠描述。若干年前，托尔斯泰坐在音乐厅里，听《如歌的行板》，这是柴可夫斯基根据民歌《瓦莉亚》创作的；从大提琴流淌出的旋律，滞涩，凝重，仿佛一个走投无路的人在拍着胸脯。托尔斯泰哭了，说："我看见了俄罗斯经受苦难的、正在呻吟着的灵魂。"俄罗斯在经受苦难，而她的伟大作家为之哭泣，又让我们分明感觉到，俄罗斯的灵魂绝不只是在经受苦难，更重要的，是他们的知识分子看到苦难而受伤，正如别尔嘉耶夫所说，他们的作家进行创作，"不是由于令人喜悦的创造力的过剩，而是由于渴望拯救人民、人类和全世界，由于对不公正与人的奴隶地位的忧伤与痛苦"。这种宗教般的神圣感和可贵的文化精神，才是俄罗斯的魂。

它属于俄罗斯，也应该属于全世界。

仔细想想，我们把这种精神丢得太多了，也丢得太久了。

我们目前更需要的，不是对童话世界的浪漫憧憬，当然更不是对锦衣玉食的现实诉求，而是时不时地从"岗位"上回去，思考、检点和反省，尽量完整地"拥抱自己"。

上海、中国和世界同时奏响进行曲

毛时安

4月30日，数以万计的礼花腾空而起，把夜色下的黄浦江水映得流光溢彩、鲜丽无比。5月1日，艳阳高照，数以十万计的巨大人流摩肩接踵，穿行在风格各异、充满情调的近三百个场馆之间。从4月30日夜晚到5月1日白天，一个伟大的历史事件诞生在中国上海：世博会历史上第一次在发展中国家举办的世博会，终于撩开了它神秘的面纱，向着全世界露出了它姣好的面容。中国上海举办了世博会历史上参加国家、地区、组织最多、面积最大、最富于创新意识的世博会。在人类社会走向新世纪、面临重大挑战、寻找新的历史契机的时候，上海世博会以博大的襟怀、超迈的视野和富于战略前瞻性的思考，为未来人类发展提供了一份充满思想和想象的蓝图。

4月30日夜晚当礼花的硝烟散尽，徜徉在习习凉风中，听着江水轻轻拍击着堤岸，我突然感悟到世博会与上海竟在冥冥之中有着一种秘为人知的联系和巧合。首先，在时间上的巧合。世博会举办至今有159年的历史。这段时间差不多就是自1840年鸦片战争肇始的中国近现当代历史的时间，其间仅差了10年！

其次，世博会是人类文明的嘹亮进行曲。它表明了人类文明在近

160年中的不断发展、不断突破、不断思考。它展示的许多奇思妙想，已经成为造福现代人类的智慧之光，大如自动扶梯、航天器、汽车生产流水线，小到贝尔电话、蛋筒冰淇淋，已经渗透到我们生活的角角落落，影响改变了我们的生活方式。从中我们可以听到人类，尤其是发达国家，从工业社会、后工业社会走向信息社会的隆隆脚步声。

如果说，世博会是人类文明的进行曲的话，那么上海就是中国近现代历史发展的进行曲。外滩鳞次栉比的古典主义、新古典主义楼群绵延而去，承载了中国近现代历史底蕴的全部沉重。而20年前在浦东这块热土上屹起的以玻璃和钢铁为材料的摩天大楼，已然完全没有了外滩楼群花岗石的沉重，代之以一种向上的现代的力量和美感。而在5.28平方公里上海世博会围栏区内的斗拱形式的中国馆、太空飞碟般的文化中心和空间极为巨大的魔盒般的主题馆，则表达出了一种不但承续历史，更着重于走向未来的历史姿态。黄浦江是空间的，但沿着黄浦江我们读到的显然是一部时间性的关于上海的历史。有一位美国学者把上海比喻为理解中国的一把钥匙。确实，曾经有多少入侵者，把上海当作他们打开中国大门的钥匙和跳板。但我更愿意把上海看作近现当代中国的一部进行曲。在这部进行曲的序曲部分，我们在屈辱中被迫打开国门，但在这部进行曲的现在进行时，我们看到当代上海、当代中国，以一种豪迈的自信，主动打开国门，改革开放，迎接四方宾客，八面来风。把5.28平方公里的上海世博园区变成一座人类文化交流的客厅，变成中外彼此学习、共同研习的一本摊开的大书，变成我们面临共同挑战、寻找突破和答案的实验室。

最后，世博会和上海还有着某种文化品性上的同构性和相似性。世博会最大的文化特点就是与时俱进的创新性。敢于接纳多种不同的声音、见解和东西，包括那些被视为异端和怪物的东西。如今被视为巴黎地标的埃菲尔铁塔，就是当年巴黎世博会上一度被人侧目的“大怪物”。而稍稍读过一点中国近现代史和上海史的人们，都知道上海曾经拥有中国现代文明中的许多第一。即连古老的京剧、国画到了上海也变成了面目一新、风格多异的海派。近现当代的上海文化最为争奇斗艳、最为别具一格、最为人无我有，领一时风气之先。上海文化历来有着海纳百川、和而不同的宽阔，也历来有接纳消化各种新知识、新技术、新人物、新思想，见怪不怪的从容和大度。上海文化最看不起坐井观天的自得，看不起刻舟求剑，固步自封的保守。历史上的上海文化，包括上世纪五六十年代计划经济体制下，上海文化都始终有着一股子乘风破浪、扬帆远航的劲头和气势。

在上海世博会现场，我感受到的是上海象征的中国进行曲和世博会代表的世界进行曲。它们像复调的不同旋律在上海世博会的平台上奇妙地结合了。这个结合的主旋律就是，人类如何面对自身的生存困境，人类如何摆脱和走出这种生存的困境。既要城市化，又不能让不可阻挡的城市化潮流“吃”掉人类和自然，“吃”掉人类和自然原本还算和谐的关系。天人再也不能为着享乐和欲望，只有对抗没有对话，只有斗争没有共享，只有改造没有顺应。只有更好的城市而不是更坏的城市，才能使生活更美好而不是更糟糕。

上海世博会集中当代人类在这一向度思考突破的最新成果，这些成果也许都有些未来学的意味和理想主义的色彩。但有谁知道，今天的未来不会是未来的今天呢？我们为未来的今天，为生活在未来今天里的我们的后人祝福。

中国馆夜景

澳门馆夜景

世博会开幕式精彩夜景　　程敏

澳大利亚馆

英国馆

主题馆北志愿者广场夜景

尼日利亚馆旁节目表演

世博文化中心、沙特馆夜景

美国馆门前排队

日本产业馆外景

“文化眼”看世博

丘树宏

2010 年 5 月 23 日，成功进入上海世博会城市最佳实践区的中山市“博爱·和谐——城市让生活更美好”项目终于顺利开馆了。这是本届世博会唯一一个以人文精神为主题的案例展览，其主旨内容是“慈善万人行”。为了配合这个展览，我们从 2010 年初开始启动“中山人在上海”大型人文项目，深入寻找昔日中山人在上海创业发展的轨迹，特别是中山人如第一个在上海参加第一届伦敦万博会的徐荣村、第一次提出在上海举办世博会的郑观应与世博会的渊源关系。中山市的展览项目，是通过已经坚持了 23 年的“慈善万人行”，向世人传达和推介中国的慈善传统，以及孙中山所倡导的博爱精神。这是极具普世价值的人文项目，除了契合本届世博会的主题外，还与世博会的发展走向非常吻合，因此在世博组织首轮的讨论中就顺利获得通过。

1851 年伦敦万国博览会以来，已经历经 41 届、159 年，人类社会阳光引路、风雨兼程，真可谓翻天覆地、沧海桑田，世博会的经历同样如此。41 届的博览会，人们煞费苦心 ，主办国和参展国家各显神通，在举办的主题、方式、内容、手段等等，都作了花样百出、卓有成效的探索和实践，除了大大促进了世界经济社会和文化的进步外，还使得会展业不断革新而不断走上新的台阶。当然，随着经济社会的发展，以及人们期望值和审美观的迅速提升，使得世博会越来越难办，人们对如何办好每一届世博会越来越费心思，常常出现山穷水尽的地步，随着信息社会的到来和互联网的普及，甚至出现了停办世博会的意见。当然，主流的意见还是坚持要继续举办的，只是一致认为一定要革新甚至大胆改革，否则就没有出路。如何革新和改革？意见也千姿百态，其中有一种主流意见是，要尽快从传统的实物展览，转为比较虚的展览方式上来，比如文化性展览、价值观的展示，等等。这种方式，在前几届的世博会中已经开始有些探索，本届上海世博会，更有不少国家和地区都在这样做了。

上海世博会的情况究竟如何？完成中山馆的开馆仪式后，我们借机参观了几个场馆，分别是中国馆（包括广东馆）、台湾馆、韩国馆、英国馆、美国馆和非洲联合馆，情况确实与以往的世博会有了明显的不同。除了非洲联合馆外，前面几个馆的一个共同而突出的特点是，很少甚至基本没有实物展览，取而代之的都是运用投影、3D 或 4D 手段，运用动漫方式来展示。展示的内容，也多是文化艺术、生态环境、生活情趣，以此来表现自己国家和地区的文化特质和价值观。当然，据说那些产业和科技等方面的专业馆，还是以实物展示为主，但国家与地区的展馆则多数过渡到以“虚”为主了。中国馆的外形设计，已经大胆跳出了传统的框框，务实而不拘泥，大胆而不离奇。展馆里面，在“国之瑰宝”展厅，游客能参观到中国馆最大的亮点，就是极具震撼力的电子动态版《清明上河图》。这幅长卷长 128 米、高 6 米，是以北宋画家张择端的《清明上河图》为蓝本，运用最先进的电子影像、动漫制作等技术，再现了北宋汴梁的繁华市井。这是中国馆非常成功的策划。台湾馆的主题是“山水心灯，平安祈福”，其亮点是运用动漫做“孔明灯”文章，现代技术与民俗文化结合得非常巧妙。韩国馆则大打影视文化牌，在影视技术中巧妙融进了“大韩民国”的文化。英国馆是传统实物展览与创意文化展示相结合的典范。他们展览的是植物种子，但却设计了一个硕大无朋的蒲公英花朵一样的展览馆，名为“种子圣殿”，6 万颗种子在一根根长长的透明“触须”中摇曳发亮，确实让人叹为观止。美国馆干脆就由 3 场各为约 8 分钟的“电影”组成，再没有其他展示。第一场是讲美国人学讲汉语的故事，活泼而幽默。让我们惊讶的是，短片中我们竟见到了中山“老乡”、冰上舞蹈皇后关颖珊；第二场是各界人士的生活态度和对中国的认识，最后是总统和国务卿对上海世博会发表讲话；第三场是讲述一个女孩美化生活环境的行为影响邻居而成为公共的认识和行为的故事。三个影片拍摄的手法都很简单朴实，但却很能吸引人，让你在不知不觉中受到感染。

世博会确实正在从实物展览走向比较“虚”的文化性展览，当然，产业展览和科学技术仍然还是重要的主题内容之一，生态、环保、价值观展示，已经成为本届世博会最大的热点和亮点。在我看来，最好的展示办法应该是虚实结合，既有实物，又在实物中包含丰富的文化内容。这才是世博会追求的方向。无论如何，世博会已成为人类社会不可或缺的展示与竞赛、交流与合作、进步与发展的共同载体，甚至是一种共同的文化圣殿和精神寄托。

上海世博“向德克萨斯州致敬周”

施雨

2009 年夏天决定海归定居上海的时候，我只想我可以尽情地看世博了。没料到，几乎是飞机刚一落地，我就得到上海文汇出版社的书约，于是我先尽情地为世博会写了一本《上海“海归”》，在书付梓的同时，世博会开幕了。6 月中旬，我又以新上海人的主人姿态，迎接了美国德州州长培瑞伉俪。他们代表德州率领一个包括州代表、商界代表、及旅游业领导人的团体，来上海世博会参与“向德克萨斯州致敬周”活动。

旅美 20 年，我在德州达拉斯居住的时间超过了一半。一提德州就让人想到西部牛仔。西部，的确是美国人心中一个无法忘却的神话；一个在美国文学中不断出现新希望的精神象征。每每提到西部二字，人们便会想起库帕小说里“高尚的野蛮人”的说法；就会想到哈克贝利·费恩、了不起的比尔·盖茨以及那个为保护人类的天真而要做《麦田里的守望者》的少年；会想到古老、不变的价值观和人类紧密的亲情；还想到了昔日的拓荒者们勤劳、不屈的坚强意志。在这样一个土地广阔，先驱文化强悍的城市里居住十来年，不被感染与同化是不可能的。这里的人为能生长在此而自豪，他们在歌中唱道：“德克萨斯州的天空繁星点点，我们都是德克萨斯人，住在德克萨斯的土地上至死方休。”

为庆祝上海世博“向德克萨斯州致敬周”开幕，德州州长夫人安妮达·培瑞举办的“德州时装秀”，把传统与现代的德州风情介绍给中国观众。这次由达拉斯北园购物中心、德克萨斯的美国航空公司和玫琳凯公司共同筹办的时装秀，邀请18位上海一流模特领衔演绎，展示了德州牛仔服装、纽曼玛库斯提供的莉娜罗斯现代系列服装和以及卡罗里娜荷雷纳夏装系列，尽显德州传统浪漫和现代气息，引导观众领阅德州的独特魅力，堪称上海世博会“向德克萨斯致敬周”活动中最炫目的表演之一。

德克萨斯州第一夫人，安妮达·培瑞，作为德州史上在任时间最长的州长瑞克·培瑞的夫人，与150名嘉宾共同欣赏了这一德州时装盛典。州长夫人说，中美两国女性对美的追求是一致的，但是风格却各异。她希望透过精彩的时装表演，展现德州在美国时尚界的领头地位，给上海这座生气勃勃的城市，添上一些德州的魅力。

6月15日，德州州长培瑞为上海世博“向德州致敬周”揭幕，他在开幕式上说，德州与中国有很多共同点，都有美丽的自然环境与勤劳的人民，德州还有美国最强劲的经济，中国是德州最亲密的伙伴。他还表示，德州非常荣幸赞助上海世博美国馆，他并盛情邀请参观世博的中国游客前往德州观光和经商。

德州是在上海世博举办“致敬州”的美国六个州之一。来自德州艺术家们还在美国馆前搭起的舞台上表演充满德州牛仔风情的歌舞。上海夏日的骄阳与德州的火热不相上下，培瑞热情讲话激起数以千计排队进入美国馆的观众阵阵掌声和喝彩声。这次州长一行90多人，来自州政府以及众多县市的政商界人士的庞大代表团参加上海世博，14日他还与上海市长韩正会面，双方一致表示，将广泛推动两地的经贸合作与文化交流。

在前往美国进行商务及休闲旅行的国家中，中国是成长最为快速的新兴市场之一。中国作为德州第三大出口合作伙伴，占德州出口总量的百分之五，亦即 89 亿美元的收入。

在沪期间，培瑞州长及夫人一行还应邀来到玫琳凯中国上海行政中心参观访问，受到公司大中国区域总裁麦予甫先生和全体员工的热烈欢迎。玫琳凯是一家诞生于德州的企业，经过近半个世纪的发展，如今已是全球最大的护肤品和彩妆品直销企业之一。1994 年，玫琳凯在中国投资建厂，并设立中国子公司。

培瑞州长说，看到一家从德州起步的企业，成长为全球领先的化妆品公司之一，看到它为世界各地无数勤劳的人民提供了良好的就业岗位，他感到特别骄傲。州长对玫琳凯·艾施女士开拓创新、帮助女性实现经济独立的创举给予高度评价，他说，玫琳凯开创的事业使德州和中国的经济都获得了发展，更激励年轻的女性在她们所选择的领域追求卓越，他相信，无论是德州女性还是中国女性，都将因此受益匪浅。临别前，培瑞州长留言道：“向玫琳凯这家诞生于德州的伟大企业致以最美好的祝愿！”

德州代表团拜访世博行程中，在美国国家馆介绍美国时扮演要角。根据上海世博主题“Better City, Better Life（城市，让生活更美好）”，设计以老鹰展翅之外观为灵感蓝图的美国馆，传达出美国是机会、多元、创新、成功、永续、科技、健康、富足等要素的综合象征。

世博色彩

陈先义

一天，去过上海世博园的朋友们在一块儿交谈感想，有朋友说，这次上海世博会，给人最深的印象，是发达国家展览概念，比如英国用玻璃棒插成的那座蒲公英状的展馆，其实囊中无物，但观者如潮，给人印象颇深。为什么？因为它把环保和未来的概念引进了展览会。而中国作为东道主，给人印象最深的是它的场馆建筑，那座涂着朱红颜色象征中国建筑传统艺术的主体工程，成为世博会历史上最具民族特色的工程，成为上海世博会的代表。当然，中国馆内展示的，更多的还是它厚重的文化和博大的历史。

然而，我来评价世博，我以为最令我过目难忘的，还是世博色彩，是中国向世界展示的色彩。不信，你若走进世博园，就如同走进了一个五彩缤纷的万花筒。不论是鲜艳夺目的建筑群，还是竞相开放的路边花丛，不论园区迎风飘展的万国旗，还是来自世界各国姑娘们的美丽衣裙……这一切，在黄浦江那浅绿的水面、以及水面上穿梭的乳白色快艇的景观映衬下，让人赏心悦目。这时候，假使你有机会乘直升机空中鸟瞰，它就像横铺在上海浦东大地的一幅巨幅油画。那红，红得热烈，红得奔放；那蓝，蓝得宁静，蓝得深沉；那绿，绿得舒心，绿得悦目。

置身在这巨幅油画世界里，你会同时感觉自己已经是这万紫千红中的一抹色彩了，身在其中，你会感到自己身兼审美和被审美的双重身份。

所以，上海人很自豪，他们说，足不出“沪”，便可阅尽环球色彩。这似乎并非夸张之词。然而，上海人或许未曾意识到，比之上海世博园各式建筑及各色服装给人印象更深的，还有色彩组合的另一个部分，那就是人的情绪。情绪是观察大众自信心的晴雨表。在世博园里，不论是那些穿着青衣白裤被称作“小白菜”的志愿者，还是那些排着长队的参观人群，微笑，是他们的共有表情，是他们共有的情绪色彩，那色彩，是灿烂，是达观，是热情，是豪迈。一种雍容大度的当了主人的自豪，是上海世博园里的流行色。

然而，面对这一派流行色，我的思绪却不自觉地回到了三十六年前的上海。那是 1974 年，也是暑热八月，我陪同所在师的一位领导到上海出差，我俩都是第一次到上海。在外滩边的一个普通饭店住下以后，便出门去看外滩景色，那时，上海给我留下的色彩印象是灰色，这不仅是因为黄浦江边一座连一座的西式风格的灰色建筑，雾气笼罩的灰蒙蒙的天空，还因为街头行人灰色为主调的服装。一件小事，至今让我不能忘怀。那是一天早上，我们二人在宾馆二楼的阳台上正凭栏远眺，百米之外，一位身着旗袍的青年女性迈着轻盈的脚步正从街边走过，她头上那朵金属做的装饰花在灰蓝两色服装的人流中，显得格外耀眼。忽然，街边一阵骚动，随着几个佩戴红袖章人的出现，那个戴头花的女人被围了起来，我们俩想下去看个究竟，到得楼下，女人已被架走，据路边人介绍，她已经被带到纠风办接受批评教育了，原因是她头上的那朵金属花及蓝色旗袍，属于资产阶级的奇装异服，这样的服饰，随时要接受检查和说服教育的。说老实话，此事给我们的上海之行不免带来几分压抑。

回到住室，在刚刚出版的《文汇报》上，赫然写着这样的标题：《坚决抵制奇装异服的流行》。一枚头饰，一件连衣裙，对今天的女性来说，也许是十分简朴的，然而在36年前，却被当作治理根除的对象，属于资产阶级的奇装异服，这简直不可思议。在那时候，似乎只有灰色蓝色才是属于正宗的无产阶级的本色和流行色。许多年过去了，这件小事却深深地印在我的心头，灰色的上海色彩，给我留下的印象是沉闷。所以36年过去，当我再来上海时，对上海色彩似乎显得格外关注。

弹指一挥间，今日上海逢世博盛会，处处可说是一片色彩的海洋。今天，人们完全可以按照各自不同的爱好选择服装，装扮自己了。世博园里，你如留意就会发现，很难找到款式色泽完全相同的服装。在这样一个五颜六色的世界里，你会深深感到连呼吸都显得是那样自由和欢畅。和而不同的世界，显示了中国社会的一派和谐。在世博园里，仅仅为工作之便，只有身着青衣白裤的志愿者们服装是相同的。但这种相同，也绝非单调，在这五彩缤纷的世界，它以朴素之美，向中外来宾昭示着真诚和热情。

对于色彩，一位“小白菜”的解释让我感动。

在中国馆，我见到了被媒体称为习惯标准微笑的一位“小白菜”，她叫陈伊玲，刚满19岁。外国记者说，面对来客，她永远都是露出8颗牙齿的微笑。这种笑容已被数字化地概括，越发让我想探究其内心世界。原来，这位19岁的姑娘，来世博之前已经接受过一段空姐岗前训练，为了练就露出8颗牙齿的笑容，使笑容更加标准，她经常对着镜子咬一根筷子练习，这样嘴巴自然就咧开了。面对这位长着一双大眼睛的标准美女，我问是什么促使她如此严格地要求自己，这姑娘先是对我露出8颗牙齿的标准微笑，然后非常认真地回答说：在外地人面前，我是上海人，但在外国人面前，我是中国人。展示给各国朋友美丽的笑容，就像递给人家一张中国名片，一张笑脸，对各国来宾来说，也叫中国色彩。如果说有什么意识的话，那是国家意识。

中国色彩，国家意识，多么自信而豪迈的概括啊，美丽姑娘的简朴回答，代表的是改革开放30年中国精神面貌的变化，也是人民挣脱思想枷锁后的一种精神跨越。当年那种沉闷的灰色，伴着滚滚东流的黄浦江，早已被冲进了太平洋。我相信，有这样富有国家意识的青年们，明天的中国，会更加多姿多彩。让我们全社会共同努力，为今日中国涂上自己最艳丽的底色。

世博三章

曹景行

之一：世博会给上海带来什么？

与北京争取举办2008年奥运会相比，上海取得2010年世博会举办权时，几乎没有强劲对手，容易许多。一个主要原因，是世界不少国家对世博会兴趣已大不如前；曾办过多届世博会的美国，就干脆由国会通过法案，不准政府用公款到世博会开设美国馆。不过，如果这次上海世博能顺利办下来，世博会或许会得到新的刺激重放光彩，上海的国际都会地位也可能因此而得到世人普遍认可。

就已知情况而言，这次上海世博会应是世博会历史上最为精彩的一届。一年多前主办方还担心，全球金融风暴会不会令许多参展国家和企业退展，或者展出内容大为缩水。但实际情况恰恰相反，多数国家不仅不愿缺席，反而把上海世博会当做向世人展示最新形象的舞台，无不精心策划，形成前所未见的争奇斗艳局面。

一些国家馆的外观设计显示了无穷创意，单单一个欧洲展区，就让人大有目不暇接之感。例如，向来给人“古板”印象的英国人，竟然拿出了一座“蒲公英”式的建筑，在阳光下闪烁生辉；而四周场地，则设计成一大张包装纸，把当中的英国馆作为贵重的礼物送到上海，送给中国人。小国卢森堡馆的外墙上刻着“亦小亦美”四个中文大字，而整个赭色建筑就像一座古怪屋。

美国馆最晚开工，但并非最晚竣工。最初因金融风暴冲击，美国馆的集资遇到困难，一度出现美国可能缺席的传闻。但在国务卿希拉里等政商人士的奔走推动下，所需6000万美元经费终于有了着落。四月初笔者入世博园区采访，见到美国馆建筑已经落成，正忙于内部布展。主其事者保证，五月一号世博会开幕美国馆一定如期开张。

庞大的中国馆如同一只红色巨鼎稳坐正中，香港馆和澳门馆依偎其侧，显得娇小。同其他各馆相比，方盒子造型的香港馆外观未见特色，甚至还比不上相邻的澳门馆。本来放在香港馆旁边的台湾馆，现在换到了中国馆另一侧的道路对面，但与亚洲国家区又隔开一段距离，正好反映出台湾身份的特殊和暧昧。

台湾馆是到了最后一刻才定案。早先上海开始规划世博会时，台湾还是陈水扁和民进党当政，本来就无意参加，对台湾馆场地与香港、澳门同列中国馆区更是无法接受。为了确保台湾仍能以某种方式呈现，世博会主办方在“城市最佳实践区”中，特意列入了台北市的垃圾处理、资源回收和宽带覆盖两项案例。而原来打算建立的台湾馆，则由震旦行等台商企业接手。

但到2008年5月马英九和国民党执政，两岸关系的大环境发生重要变化，重设台湾馆有了可能。在两岸人士的推动下，新的方案浮出水面。年底时分，到上海出席两岸交流论坛的国民党名誉主席连战，特意前往已经开工的世博会场馆区，考察了可以建立台湾馆的新址。不久，台湾方面拍板定案，马英九指定由台湾世贸中心王志刚领衔，抢在最后时刻为世博台湾馆签约。

有了台湾馆，上海世博会可谓完美了。只是开幕之日，仍可能有少量国家馆因自身原因无法如期开张；还有一些则有待继续充实。让主办方颇感欣慰的是，陷入经济困难的欧洲国家希腊、冰岛，近期发生大地震的拉美国家海地、智利，都没有打退堂鼓的意思。刚刚发生政变的中亚国家吉尔吉斯斯坦，也应该不会缺席。

这次非洲国家的展出面积，也许是历次世博会中最大的。尤其是四十多个中小国家合展的“非洲联合馆”，每个国家都分到250平方米的展出面积。不过，最近尼日尔和几内亚比绍政局动荡，据说世博会方面要联系那里的负责官员都极不容易，到时很可能开不了馆。但这毕竟是少数。

为举办世博会，这几年上海市作出巨大投入，也承受了很大的压力。北京办奥运可以靠举国之力，上海办世博则主要靠自己。为了配合世博，整个上海的交通几乎重新规划。有一段时间，由于多条交通要道同时翻修，市民出行困难，处处尘土飞扬，颇多怨言。但临近世博开幕时，各项工程相继完成，上海民众开始感受到城市交通的变化。

为了世博，政府还出钱把交通要道两边的住宅粉刷一新，笔者所住的大楼据说每平方米可以多卖两三百元钱。四月一日，上海“一把手”俞正声的一项特别宣布，一度被当做愚人节的玩笑。他说，市政府为了答谢市民的辛苦，决定赠送每户一张世博会门票，还有一张价值200元的交通纪念卡（即上海的八达通），让上海人感到一种意外的惊喜。

但那些最辛苦的人却未必有机会游玩世博。笔者四月初入内采访时，成千上万工人仍在紧张赶工。问他们来自何方，安徽、江西、湖北……

四面八方，有的已为世博工程干了好几年。问他们工程完成后会不会回来参观，几乎每个人都摇头说不会。没人给他们门票，他们也没有时间再回来，毕竟谋生更加重要。

世博会终于进入倒计时的最后阶段，本来应该万事俱备，但上海的紧张焦虑气氛却有增无减。最近莫斯科地铁爆炸，让上海进一步提升安保措施，连药房卖酒精、老鼠药都有限制。但如果安保过于严格，还要维持整整半年之久，难免扰民。另外，主办者现在担心的不是参观者太少，而是多到难以承受。

那么，世博会到底会给上海带来什么？主要就是观念的变化。就拿建筑设计来说，到过世博会场的人都会受到强烈的冲击：原来房子可以造成那种样子的！一比较，上海这几年造起来的那些大楼、建筑，就显得单调、沉闷甚至丑陋。也许，今后上海新造楼房会好看许多。

同样，世博会的二百多个展馆，集中体现了未来理想城市的美好面貌，同上海市民面前的生活状况成为对比，或可改变上海的城市发展理念，让上海变成名副其实的国际大都会。倘如此，上海这几年为世博付出的代价，也就值得了。

2001 年 11 月 APEC 年会在上海举行，召开峰会那晚，艺术家蔡国强沿黄浦江放了一场很是壮观的焰火，让美国总统小布什等各国贵宾都深感中国的崛起不可阻挡。而这次历时半年的上海世博会如果成功开幕、顺利收场，更可能让世人感到，一个新的亚洲中心已经出现。

之二：上海世博会人潮汹涌

这些天都在上海世博会里面采访，经常有朋友问“最精彩的是哪个馆”，笔者的回答是“里里外外的人”。前后整整半年时间，每天都把三五十万人吸引到同一个地方，在中国还是第一次，世界上也极为罕见；每次从卢浦大桥上俯瞰下面整整齐齐停放着的几千辆旅游车，都会感到一种震撼。

最难以形容的感觉，是早上九点整来到中国馆前的广场。就在开闸放人的那一刹那，前后左右都有一股强大的声浪卷地而来，很快就逼近身边。成千上万的男女老幼奔着、喊着冲向中国馆、沙特阿拉伯馆和日本馆，场面极为壮观。最早到达的沙特馆门前的，或许是早上六七点钟就开始在闸口等候进场，但他们却可以不用像晚来者那样，排上六七个小时甚至八九个小时的队。（沙特馆虽然是除了中国馆投资最多的，但馆长承认他绝对没有料到会如此成功。）

一个多月来，世博会的运行已逐渐上了轨道，中央政府已不那么操心了，除了上海，北京及其他地方的媒体上已很少看到有关世博会的新闻。但实际上，全国各地的世博热正在迅速升温，到六月底进场人次确定可破两千万大关。来往上海的陆空交通已是一票难求，上海许多饭店也已一房难求。甚至连香港迪斯尼乐园都可能受到冲击，因为今年暑期父母带孩子出游的首选地方一定是上海世博会。到十月底世博会结束时，七千万人次的总目标应不难实现。

有趣的是，中国不少精英人士从一开始就对世博会摆出不屑一顾的样子，其中，既夹杂着对上海的暧昧情结，又带着一种自以为高人一等的“新贵”气味。但同样有趣的是，台湾朋友对上海世博会最有兴趣，比香港人也高得多。媒体名人陈文茜在世博园区里，兴奋得像个小女孩。

她一个下午就进了三次西班牙馆；出了沙特馆，她说自己想流泪。

世界舆论已经公认，上海世博会一定是空前绝后的。几乎所有国家都不愿在中国上海的大舞台上缺席，包括美国、阿富汗和伊拉克。更重要的是，几乎所有参加者都动足脑筋，要亮出自己最好的面孔来打动中国人。

确实，当丹麦宣布安徒生童话当中的小美人鱼将来到上海时，北京的老作家王蒙也想流泪了。同样，当卢森堡人把他们的“金色少女”铜像竖起在铁锈色的卢森堡馆前，所有人都为之惊叹不已，连他们自己都没有想到会如此之美。各国还争相送来最好的艺术品和演出，笔者就在世博中心的大剧场里，就欣赏了一场来自意大利的音乐会：82 岁的世界著名电影配曲大师莫里康内，亲自指挥演奏了他的作品系列。世博会里面的演出每天就有一百多场，中国民众也第一次领略到世界各地的广场文化。

但最打动人的，却是中国老百姓对世博会显示出的热诚和执着。在中国馆里笔者遇到一对来自甘肃的父子，六十多岁的儿子推着坐轮椅的老父，他们已是第三天入场，这天为了拿到中国馆的预约券，早上五点多就来排队。还有来自贵州的六口之家，打算参观六天，总共要花费四五万。有个盲人单身入场，说是要闻闻世博会的味道，听听世博会的声音。一位六十岁的退休女教师，也是一个人进场，她第一个目标是新西兰馆，因为她唯一的女儿已经去那里安家，她要看看那是怎样的一个国度。

有一个不容易解答的问题：这么多人在沙特馆前，头顶烈日排上七八个小时，就是为了看十五分钟的环球银幕“大片”，如此值得吗？同样的问题是，这许多参观者花 30 元买一本世博护照，有的还买了十几本、几十本甚至上百本，到各个场馆排队敲图章，值得吗？当然，对那些去过世界不少地方的精英人士来说，世博会里的芸芸众生如此辛苦，简直愚不可及。

但从沙特馆出来的许多人却有同一个说法："来了世博会，不去看就会遗憾终身！"真正令人吃惊的是，中国虽然已经对外开放三十多年，像上海这样的大城市已经相当国际化，但各地来到世博会的参观者，仍然如此强烈地表达出对世博的兴趣和好奇。他们手中的世博护照，也许就是他们拿到的第一份护照；即使拍一张照片，盖一个图章，都可能是他们同外面世界的第一次真正的接触。也许，世博会本来就是平民百姓的狂欢，是中国民众对世界的拥抱。

实际上，世博会越来越热闹，还因为人们开始认识到它的多重功能。首先是对学生的教育作用，学校开始把世博会的场馆当做课堂，各国送来的珍贵文物和艺术珍品，正是难得一见的好教材。环保专业人士和来自各地的市政官员发现，世博会里的大批城市案例，使他们不用出国考察就可学到许多行之有效的好办法。有一位来自云南的年轻人半个月天天入场，花光了自己的打工积蓄，还借了钱，为的就是欣赏世博会里世界级的文艺演出。

笔者最关注的还有两类人，一是管理者，一是志愿者。世博会开局并不算顺利，但主管者发现问题后补救迅速，反应灵活，很快就令局面改观，并且还不断改进。世博会应该可以为上海培养出一批有特殊经验的管理人员。

而每天在场内服务的万余"小白菜"（身穿上绿下白制服的志愿者），更要承受几十万参观者的压力，极为辛苦。他们来自上海各大学，大多已属 90 后，从来没有如此日晒雨淋，奔波操劳。到两个星期后任满换岗时，他们都明显成熟许多。笔者问他们离开时的感受，每个人的回答都是“不舍得”，此时，几位女学生眼角已闪着泪光。

之三：依然心想天下的知青一代

上海世博会开场后的第三天，浦东园区人山人海。下午笔者搭乘场内的电动大巴士去看世博主题秀《城市之窗》，旁边坐着一位同自己年龄差不多的女士，没有孩子陪着，拖着一只带轮子的塑胶箱子，疲惫的神态中透出安详，甚至略带满足。问她看了哪些馆，回答说“新西兰，还有澳大利亚”。我马上猜出，“是不是孩子在新西兰？”

这位姓徐的退休教师六十多岁，女儿去了新西兰，已经成家。自己一个人在上海过日子，没去过那里，也不打算去，这次就想来世博会看看新西兰是什么样子的，觉得很好。她又说，一个人慢慢看，吃力了就歇一会。反正也习惯了，有时候半个月都没有人说话，就通过互联网同女儿交谈。再谈下去，知道她同笔者一样都是当年的上海知识青年，去了安徽插队落户。下车时她说：“我们这些人最倒霉，那时候要什么没什么，现在总算苦出头了。”

五月九号母亲节，在网上看见一篇博客，是笔者下乡那个农场“老战友”的儿子所写，题为《我爱您妈妈：平凡的80后儿子献给我的母亲》。文中说：“妈妈生于1950年，也算是共和国的同龄人，60年的人生经历了国家诸多的变革。年轻时在充满理想与激情的年代参与了黄山茶林场的建设，都在那激情燃烧的岁月中奉献了最宝贵的青春岁月。母亲注定一直很怀念那段日子。40年后的今天，母亲一代知青间深厚的友谊让我羡慕，对自己无悔青春的真挚情感让我动容，让80后的儿子感叹身为其中一员的母亲并不老。

“回沪的妈妈延续着她的努力与执着，许多对中年人来说头疼的考试在妈妈眼里并不难。她总说：努力后的失败不会后悔，成功会青睐一直努力的人。只是变革太多的社会终究不是母亲拥有理想的年代，努力的人也不是拥有所有的机会。母亲不是八面玲珑，善谋利益的人，甘于奉献的精神始终在伴随着她。已无法准确说清楚许多机会的失去与放弃对日后的人生意味着什么，也许按照世俗的眼光，母亲的有些选择有些傻，有些不懂世故。

“妈妈在1997年提前退休了，现在的工资不高。她的努力与才能让她还能靠兼职增加收入。妈妈一点不想被社会淘汰，生活中很注重学习新生事物，计算机知识是她现在一直努力学习的，她甚至有自己的博客。妈妈她又十分传统，一如既往地关心着股市与投资理财，大部分的家务活也都亲自操持。她总是说等儿子结婚了自己就能休息了……祝母亲节日快乐，我今生永远欠您一次生命，让我用一生来偿还孝敬您。”

她们的经历和命运，应该就是大部分知识青年的经历和命运。尽管文革结束后绝大多数知青都能够回城，但已经失去的青春岁月和与之相伴的机会，都已经再也不可能讨回。一般来说，知青一代仍然是当今中国城市中境况较差的群体，一辈子都用尽力气追逐已经远去的希望。一生辛苦之后，他们往往只能把所有心血都放在孩子的未来上，偏偏这几年连大学毕业生都越来越难找到好的工作，购房和结婚成家的压力却越来越大……

其中，像笔者那样能够赶上读大学末班车的，当属最为幸运的少数，大概十中无一。其中，更有一些成为出类拔萃者，为当今中国社会各个领域中的精英人物和核心人物。四月中旬的那两天，一群当年的老知青难得聚会在四川成都附近的安仁镇，那里曾是川军刘湘的大本营，如今则以樊建川先生建起的博物馆群落而闻名中国。《南方周末》集团与平安中国联合主办的“年度中国十大精英”颁奖盛典，就选在那里举行。

哇哈哈集团老板宗庆后是中国著名的民营企业家，北京开两会时笔者曾多次采访他，感受过他的商界强人气势。但这次他拿起话筒，刚刚提到四十多年前的下乡经历，就止不住流下热泪，哽咽难语。也许，只有知青一代才能体会他难以自控的情绪翻腾，因为作为知青的他，能够走到今天，即使有幸取得成就，也都太辛苦、太不容易了。

宗庆后当年是浙江知青，而那天到会的老知青中，最多还是来自北京和上海等大城市。有趣的是，这次得奖的十一位精英人物当中的三位，陈丹青、徐纯中和秦晖，以及担任主持的笔者，说起来居然发现，上个世纪六十年代有几年，我们四人就生活在上海同一小块地方，或同属一个派出所，或师从同一个美术老师，或是同班同学。偶然中是否也有某种必然？

去年夏天上海的黑龙江知青组团回“老家”，参加知青博物馆的开幕典礼等活动，笔者随行。其间，在一次关于知青的讨论会上，笔者强调现在虽然知青当家，但这样的局面稍纵即逝，所以知青一代要抓住时机多做点事情，包括整理知青历史、文革历史，留给后人。我们不做，别人是不会做的。这次在四川，樊建川兄也深有感触地呼吁到会老知青，抓住人生最后的时光，加紧做事……

确实，在这一代老知青的思考中，不会再只有抽象的国家利益和民族利益，人，才是社会发展的核心，个人的完善才是最重要的目标。

我与世博

杨扬

说来惭愧，世博会在上海正式开馆以来，我还没有好好去看过，主要是怕人多。每天新闻报道游园人数在40、50万之众，我就害怕。我真的怕人挤人、人山人海、人头攒动。1981年，我初到上海念书，很多同学都去了豫园，回来兴奋地告诉我那里怎么怎么热闹，从此我就不敢去那里了，13年后因为陪朋友买结婚首饰，才第一次寻访大名鼎鼎的城隍庙。所以，我之怕人多的习惯也是由来已久。但世博会就是要人多，就是要图热闹，如果都像我这样怕人多，不去赶场，搞得游园场面冷清，游人稀疏，那还开什么世博会？看来我之离世博之距离实在是远矣。但这并不妨碍我与世博的联系。

2006年暑假，我刚从美国回来，就接到学校的电话通知，叫我去参加世博会的主题馆和中国馆的场馆设计论证会。匆忙跑去一看，从市科技馆的领导到校长在内的人士，满满地坐了一房间，专家学者从研究知识分子的，到研究中国心性之学的都端坐在那里。学校领导还郑重宣布，成立世博研究院。接下来，就主题馆的展示内容，展开了热烈的讨论。这样的场面以前的确是很少见过，可以见出学校是以学术攻关的姿态，来对待世博筹备工作的。但不久，听说我们学校提供的设计方案没有被采用，学者们又忙自己的事去了。平息了几个月，我接到市里的通知，让我到文联开会，听取世博会场馆设计方案的意见。记得那天有上海大学的葛红兵教授，复旦大学的李振声教授，还有建筑专家江院士等。上海戏剧学院舞美设计专家介绍了场馆情况，然后大家各自发表意见。我实在谈不出什么，但愿意听听建筑专家的意见，记得江院士说，他最关心的一是消防设施的安排，二是大流量的人员进出输送问题。我想这是专家之言，值得有关部门多考虑。4 年时间就这么一晃过去了。今年的 4 月世博会预展。上海作协办公室问我愿不愿意去看看，说参观预展人数有 20 万一天，50 万一天，还有 10 万一天的，我说那就 10 万人游园的那一天吧。说实在，我去看世博，最主要的原因还是为了女儿，老师要她们写游世博会的作文，我要带她去游园，总得先去探探路。

一大早我带上相机，背了包，随着上班高峰的滚滚人流，乘地铁到浦东长清路，从 7 号入口处进入世博园。地铁很方便，45 分钟就到达目的地。至于入园，也没有想象的那么可怕，5 分钟就完事。要了一张园区地图，还有世博志愿者给我送上中国馆的预约券。报上报道的诸多困难，我根本就没有遇到过。因为各场馆还没有开放，就先去了纪念品商场，给家人买了纪念品，然后径自去了欧洲广场。女儿要求我拍安徒生鱼美人的照片和英国馆的照片。所以，赶快去找丹麦馆和英国馆。丹麦馆的水池边的确有鱼美人坐像，但全身用红布裹得严严实实，看不见容貌，据说过几天之后，有一个正式的开馆仪式。到那时才会揭去裹着的红布。我便去了英国馆，那蒲公英似的外形极其吸引人，尽管早上游人不多，但还是有不少人驻足观望。可惜的是门口挂牌，内部装修，谢绝参观。我调头去了一旁的卢森堡大公国馆，门前的小金人在深锈色的铁皮幕墙的衬托下，显得异常美丽。从不同角度拍摄了照片之后，我便排队进入了意大利馆。意大利馆最打动我的，是展厅中的绿色橄榄树和天花板上用金黄色的麦穗和鲜艳的玫瑰花瓣装饰出来的油画效果，这是以前没有见识过的。还有就是建筑师利用室内室外自然光的明暗对比，来装饰建筑。可惜人流太多，来不及细细品味，工作人员就催促着快快往前走。刚一出场馆就遇上上海外国语大学的朋友周乐诗和宋炳辉。大家一合计，决定一同去看法国馆。法国馆给我留下最深印象的，是它的屋顶花园以及庭院里的立体绿化，有一种耳目一新的感觉。然后参观的两个馆，一个是西班牙馆，另一个是土耳其馆。西班牙馆的外形极其诡异，远远望去，犹如神话传说中的世界。进馆后经过一条长廊，4D 电影播放着最具西班牙色彩的佛拉明哥舞、斗牛场面和教堂的内部装饰。那种场面的视觉冲击，真可以用震撼来形容。我是久久不愿离去，一次又一次在黑暗的甬道中与人流分享着这西班牙的激情与浪漫。因为有西班牙馆的在先，土耳其馆尽管也很出色，但似乎没有像西班牙馆那样深深地打动我。土耳其馆的伊斯坦布尔的夜市场面很具吸引力，沿街都是各色小店，热闹但不喧嚣，尤其是那些精致的瓷器，让人爱不释手。我想那个地方是应该去游览一次。

一口气参观了 4 个场馆，人多少有些疲惫。我们找个晒不到太阳的地方坐下来享用面包和水果。简单地用完餐，一看时间，还只是中午 12 点刚过，看看不远处冰岛馆排队的人似乎不多，便去了那里。但排了半天的队，仍不见进场，走上前去仔细考察，才知道一次放200人进场，10分钟一次。而且，队伍是绕着场馆排的，后面看看人不多，其实一拐弯，人还是很多。此时烈日高照，也没有地方可以坐。一个小时站下来，有点体会到排队的恐怖。又排了半小时，终于轮到我们进场了。场馆内部什么都没有，所谓参观，其实就是看 10 分钟的冰岛风光片。对这样简单的场馆设施，不少观众感到很失望，但我觉得风光片拍得不错。没有机会去冰岛旅游，看看风光片也是好的。

从冰岛馆出来已是下午两点，我离开世博园，坐上地铁，匆匆回家。这一趟世博参观之行，在我看来还是值得的，至少在印象中，保持着愉快的记忆。

世博会中国馆向世界展示什么？

葛红兵

世博会中国馆外观设计寓意为“东方之冠，鼎盛中华，天下粮仓，富庶百姓”，国家馆陈展设计不能不考虑这个外观设计寓意，建筑是形式，陈展就是内容，形式和内容要统一，那么如何体现这一主题寓意呢？有些是形式对形式的契合，比如，“天下粮仓”对“一片稻田”，但更主要的是深层思想上的契合。

我们的体会，一是要体现民族历史自豪感。各个民族都曾经对人类城市生活做过思考，有过历史贡献，我们民族也一样，我们历史上对人类城市生活样态是有特殊思考和贡献的，这个贡献怎么概括？我们想过很久，一方面要低调，另一方面要有自信，要体现我们对人类城市生活的历史贡献在东方是高标、是东方标杆的意蕴。中国古代城市发展具有“低技术高智慧”的特征，原始技术里有高妙的智慧。智大于谋是中国古代城市发展智慧的特点。中国古代主要是农耕社会，这一点和希腊、罗马不同，我们对于城市发展的智慧性贡献主要在营构科学和木构技术方面。浙江上山遗址（年代约距今 114000 ～ 8600 年）发现的由三排柱洞构成的建筑遗迹表明“上山”先人已经学会营建木构房子。《考工记》、《营造法式》演绎等专书也能说明中国的城市智慧。《考工记》“匠人营国”：一是“建国”，都城选择位置，测量方位，高程；二是“营国”，规划都城，设计王宫、明堂、宗庙、道路；三是“为沟洫”即规划井田，设计水利工程、仓库及有关附属建筑。书中关于王城的规划思想和各种等级制度，以及井田规划制度来看，反映中国春秋战国时期城市规划和营构技术水平。

《营构法式》是北宋时期李诚编撰的古代最为系统、完整的建筑规范典籍，集中代表了中国古代建筑营构智慧。历朝各代，无论是城池宫廷、殿堂衙府，还是庙宇园林、民居宅院，无不显示华夏先贤在建筑艺术上的聪明才智。隋大兴城、隋洛阳城、唐长安城、宋汴梁、清故宫和北京旧城（城市和建筑规划成就）等等，我们都有概括和总结。二是要展现当代成就。改革开放 30 年，中国有 3 亿农民进城，走出了一条人类历史上前所未有的大体量、高速度、高密度城市化道路。曾有一位诺贝尔经济奖得主把中国的城市化与信息技术革命并称为“21 世纪初影响世界的两大事件”。中国城市化的过程具有自己鲜明的特色，它根植于自身的传统和经验，发扬中国独有的智慧加以应对，也给世界城市化进程带来启迪。通过上述两个方面，我们就把历史和现实结合，把民族自豪感和现实成就感结合。

在西方主流价值观念主导世界的今天，作为东方大国，中国该如何向世界表述自己的价值观？世博会的成功举办以及世博会中国馆的亮相，应该是个契机，应该来尝试回答这个问题。

中国馆需要体现中国的国家意志和形象。但是，这种体现，不应该是一个输出的过程，而是一个交流的过程，一个自信的大国，不会强调单向输出，而是要以更开放的心态来对待世界。所以，交流是主导词。避免单向“输出”。世博会是大国的国家行为，当然是一次展示自己的机会，但是，这种展示，不是炫耀，而是要真诚地体察自己在过去、现在为世界城市生活做过什么独特的贡献，又有什么不足，未来，我们做出什么承诺。因此，如果说是一个亮相的机会，应该是这样一种机会：展示我们思考的机会，展示我们交流态度的机会，展示我们对人类城市生活的美好理想的机会。因此，未来，我们在中国馆中不会看到炫耀，只会看到真诚的开放的交流。有实物形态的展示，更有思想形态的交流，这是我们要塑造的形象。

我们思考了两个方略：一是以东方为中介，我们代表的是一种东方性的城市智慧，我们为人类做出的是一种由东方特性的贡献，这样，我们就有了自我限制，自我定位；另一方面，我们用“东方的寻觅”为主线，以“寻觅”为主线，立足中国城市化发展，上承“天人合一”的中国哲学，下启“和谐共生”的未来理想，寻觅中国式的“城市，让生活更美好”的道路。这就避免了太过高调。“寻觅”是开放的、活泼的、充满创造力的动态过程，抓住“寻觅”就抓住了中华城市智慧深邃、向前、以人为本的动人形态。

有些内容，有争议，比如“风水”，这是一种中国城市智慧，与天地同构，顺应自然的科学与人文理想。例如成都的城市选址智慧，汶川地震烈度如此高，但是，成都岿然不动，这是中国智慧的体现。与其他国家比（日韩是我们的外延），中国城市空间整体性，内部结构的固定性，各个要素之间的空间关系是确定的，整体结构性非常强，城市建构、城市管理和国家管理是合一的。罗马希腊城市，一个地方放进很多要素，但单个要素的位置是可以随意摆放的。中国建城板块，整体，左右上下都有定制，建城的整体性，内部相互关系定制，不可以随意改变，是世界上很少有的。城市的整体性构造，空间要素的这种定制性。

前朝后市，左祖右社等，中国城市建构通过空间关系，人和天地的定格，来完成治安的服务。明确了人、天地、国家之间的关系。借助外部力量，来完成人所需求的力量，等等，如果要具体概括，将是非常困难的，而且争议不少，我们着力于抽象智慧的提取，更高层面地概括，把东方性和探索性当展示对象，这样，就不会有什么误解的问题了。因为本来就是讨论和交流。

中国过去30年的城市化，成就举世瞩目，那么，立足于中华民族价值观和发展观的未来中国城市发展之路，应该是什么样的？在一年多的工作中，我们专访了很多专家，也尝试做了一些理论概括，但是，具体到展示，中国馆不能是演绎性的。例如，我们提出，建构“分享的城市”应对社会难题。“社会难题”是城市必须面对的世界性问题。贫富不均的问题，城乡差别的问题，城市犯罪的问题，等等。随着城市化进程的不断加快，上述危机正在影响城市发展和人民生活，激化为发生公共危机的可能性也在增加。中华民族“厚德载物”的品格为我们解决城乡、东西、社会阶层等矛盾提供了精神保障，它是城乡统筹发展、东西部对口支援战略、廉租房政策出台的智慧资源。又如，建构“节约的城市”应对生态危机。能源短缺、资源瓶颈、环境恶化的危机正在世界范围内威胁着城市的发展。“师法自然”、“自强不息”的智慧传统，使中国城市以自然为师，发展以尊重自然为前提，效法自然为途径，而不是以征服自然为目的，掠夺自然为途径。中国城市以追求人和自然的和谐共生，追求“天”和人的合二为一为生民之道。另外，我们还提出建构“和谐的城市”应对文化冲突的理念。一些原来颇具地方特色、民族特色和历史文化特色的城市正被外观一致的新建筑所淹没，千城一面，城市发展中已出现“特色危机”。随着“城市化”进程的不断加速，全球化进程的展开，人类文化多样性正在丧失，文化的都市化、全球化带来文化的单一化，市民生活的样式的多样性正在丧失，城市人幸福感、成就感不是增加了，而是减少了。如何应对城市文化的上述世界性难题？中华“和而不同”的传统智慧为中国城市多元发展提供了思想资源。

中华文明传承了几千年都没有断，在世界范围内这都是个奇迹。在历史、现在和未来的舍与得之间，我们中国人特有的智慧体现在哪些方面？世博会中国馆在陈展设计时，又如何体现中国在历史、现在和未来的内在联系？我们最终选择了过去、现在、未来的历史线索，而中间的连接点就是“现实”。60年共和国尤其是近30年改革史的城市化现实，连接了过去、现在和将来，展示好现实，就做到了你说的这一点。而中国现实，可以从这样几个方面概括，一是中国速度（现象层面的成就）。中国在完成人类历史上从来没有过的最大规模的最高强度的最快速度的城市化进程。世界上也从来没有在这么密集的空间里完成城市化。拉美和西方的城市化都是蔓延性的，而中国是集中在中心区的，高密度的。土地稀缺和人口进一步向高密度城市转移。高速度、高密度是中国特点。城市是社会政治经济文化发展载体，中国当代城市发展最突出的成就在经济发展上，中国经济的高速发展，城市化为经济发展提供规模效应，积聚效应，否则中国经济不可能达到连续的高速的发展。一定程度上满足了人民需求。越来越多的人到城里生活，不管是固定居民，还是流动人口，或者农民工也好，人民的生活水平得到提高。农民进城定居、务工的过程就是脱贫的过程。让更多的农民进城，让比较少的农民拥有更多的耕地，可以提高农业效率和农民收入，城市支持了农村。30年发展，1980年代深圳速度——珠三角城市群，1990年代浦东开发——长三角城市群，2000年以来滨海新区——渤海湾城市群。二是中国式城镇化发展战略与城镇化率，大量农民进城。13 亿人口 18 亿可耕地，人口耕地比，矛盾突出。十五计划首次将“城镇化”作为国家重点发展战略。2007 年底，中国地及以上城市 287 个，县级以上城市 369 个，建制镇 1.9 万个。城镇化率达到 44.9%。1978 年以来城市累计吸纳农村人口近 3 亿。未来中国还将有 3 亿农村人口进入城市，到 2010 年中国城镇化率将达到 47%，年均增幅 0.8%。中国城市经济的巨大发展和城市生活水平快速提高都是有目共睹的。另外，我们还要从制度层面总结，这是数千年历史上第一次自下而上的“城市化”。地方的积极性调动起来了，这是中国第一次自下而上的城市化。过去的城市建设都是王权至上，从上而下的。这次的城市化是数千年来的第一次自下而上的城市化。城市化的动力前无古人，来自下面的，地方政府有极大的积极性，成了主导力量。其次，城市与城市之间的竞争，使得每个中国城市的积极性都调动起来了。这次城市化成就主要得益于中国政府的权力下放，这是关键政策。其次，是和国际化、全球化大背景紧密关联的开放政策，招商引资实际上就是利用国外的技术、资金、人才完成整个城市化，中国的城市化同时也伴随着国际化，二者互相促动的机制，也是以前所没有的。第三，中国当代的城市化虽然以地方政府主导的，但是，让百姓受益的意识非常强，例如广场建设——这是中国历史上从来没有的，以前广场是为王权服务的，人民下跪用的，而现在是城市公共空间，为百姓享受的，娱乐休闲为主导。

再就是中国特色（人文智慧层面的积累），人文城市（开封等），人居城市（常熟等），山水城市（师法自然的智慧，如杭州等），工业城市（自强不息的特点，如攀枝花等），国际都市（上海等）等等，这些展示好了，中国的形象就立起来了。

中国馆的展示以“寻觅”为主线，“寻觅”是一个非常低调的说法，可以不那么盛气凌人，中国自己看了，觉得有意味，的确是那么个事情，外国人看了，也觉得可以借鉴，思考，一路带我们寻觅中华智慧和城市化发展的进程。我们抓住了“三十年”、“三大问题”来做文章。东方中国对人类未来理想城市的前瞻思考，一是天地人和谐共生的问题，二是城乡一体、和谐发展的问题，人与人和谐和睦，共享城市化成果，三是人与自然和谐共生的问题，这种启示是开放性的，不是封闭的。是提出问题，思考问题。

馆中有一展区为“低碳行动”，聚集了以低碳为核心元素的中国未来城市发展。在这个为实现全球可持续发展提供的“中国式回答”中，我们把祖先对中国城市建设的智慧运用其中，应对未来的城市化挑战，例如，师法自然、天人合一、中庸之道等等，当然，对这些说法的解释很多，有些儒学家就不赞同，但是，我们最后觉得陈展不是说道理，没有必要太纠结于理论，中国有中国的城市思想，在过去发挥过作用，在未来也一定能发挥作用，甚至引领世界潮流。中国的城市发展历来都是高智慧的，你所列举的都属于东方智慧，都是对的。“低碳”中国城市，不是空的，而是中国传统智慧中有一块，就是低碳的，比如用树荫、用水系解决城市降温的问题，我们观察到中国的一些城市，有些水系降温系统直到今天还在发挥作用。当代中国城市，也创造了非常的智慧，而这些都为中国未来低碳城市的铸造打下了基础。一方面我们有超拔的智慧，一方面我们有高超的技术形态，这二者结合，构成了我们对未来低碳城市的信念和理想。真正解释到这个程度，也就够了 。

另外，东方中国面对人类问题，这本身，就是一次高妙答卷，问题不一定是解决了才是高妙的，面对了、思考了、交流了、探索了，本身就是回答，我们提出了“美好的城市，美好的生活”这样的理想，邀请大家来一起思考城市发展中的技术和人文问题，这本身就是答卷。东方中国给世界的贡献，不在于有多少现成的答案，而在于其思考和探索的过程，寻觅的过程给世界带来启发，当然，我们有我们的结论，中国以人为本、可持续发展、统筹发展为核心的未来前瞻，也一定会对世界构成参考和贡献。

国人对世博在中国举行，国人对世博的成功举办有很高的期待，市委、市政府领导对我们的工作也提出了很高的要求，我有幸参加了中国馆的陈展策划，并成为陈展策划阶段的主笔，和我们团队一道在这些方面，经历过比较曲折、艰苦的探索，有不少心得，也有不少遗憾，现在回想起来，当初的努力是非常值得的。

一个人的世界博览会

庞培

过了很多年，我仍在读舒婷的一句诗：“蝉声如雨的小巷”。这七个准确地镌刻在江南墓碑上的汉字，同样，也刻写在了我童年的水粼粼的墓碑上。它矗立在我心间——那儿时夏天的江南，水乡古镇和县城，1970年代的中国江南，坍塌的旧城墙、北门，南门，朝宗门，阜成门……仍残留有许多稚嫩和古老相交错的苔痕累累的旧城砖。我最后一次穿过故乡江南的城门洞时是几岁？七岁？穿过阴森暗凉的旧城穹顶内的光线，城外扑面而来的是一阵夏天清凉奇异的水稻田的风。那风，仿佛端午节早晨煮熟粽子的热汤水，只不过粽箬叶的味道被七月水面上的荷叶藕香所替代。风中稻田内的米香也还略带点青涩，夹杂附近的菱塘、废弃的窑址和乡下土坟的味道。青草味，茭白田味，水分已吸干的房梁、木门板味。人伫立在旧城的瓮形门洞内，仿佛伫立在山顶的风口上。那风，如切开的西瓜般锋利，如我四十年后，2010年6月的一天清晨，冒着酷暑天气的大太阳赶赴上海世博会现场，我内心默默构想绘制出的一个“江南馆”入口。

当年，我年幼的手正被妈妈的手相牵。城门的不远处，在一个叫“君山”的不高的山峦那边，正是滔滔浊浪的长江。一个叫卖棒冰的老太太，把她用肩膀背来掮来的棒冰箱子歇放在城门口，松松垮垮倚放在砖土坍塌的北城门口，紧靠行人必经的空地的光亮处，我还记得她一头银发，抬起手臂上绑着的一块毛巾到脸上去揩汗。她揩汗的这个动作使得我记忆中的水乡江南刹那间皱纹密布。“棒冰吃——”我们途经那个老北门很久以后，我又回过身来看一看这名矮小童话式的老奶奶。她在我有关儿时江南的记忆中发一声悠长的吆喝，存活下来（那种用最廉价的包装纸草草包装的豆沙棒冰两分钱一根），兀自伤心地伫立在我本能设想着的“世博会江南馆”现场。

我小时候，妈妈多病，但很少离开她在县城纺织厂当长日班的岗位。已经记不得那样一个夏日的清晨，她是缘何牵上她小儿子——也就是我——的手，出城去做什么了。她经常吃中药，也许，是去城外寻访一位传说中乡间的医师？或者，歇了病假去看乡下的亲戚？

那县城的城门洞高高大大，仿佛一幢远古的庙宇，又有着日后我才有更多了解的教堂般的威严。洞口砌出的穹顶，已被岁月的风沙抚摩打磨得厚朴浑圆，仿佛乡下人抬轿子用的轿杠一样，也像青石的井栏，边沿有了一根根麻绳勒过的凹痕，那种式样，那震慑人心的形状，即使一名七岁的男孩抬头看见，也不由得会心生畏惧，肃然起敬。地面凸凹不平，是民国时修建的台石路，骑脚踏车上去会一路“咣当”作响；在同一个城门洞下面，经过妈妈和我身旁的，有一辆骑着到乡下远地方去钓鱼的脚踏车，后座捆了一只白铁皮制的长方形鱼箱，颠动声音很响。有人挑了一担蔬菜进城去做买卖，担头挑的茄子、青菜，新鲜，早晨田里刚摘的黄瓜，瓜尖尖上还颤巍巍地开着几朵小黄花。跟着一路滴下露水，一路晃悠。

那挑蔬菜的菜农完全一副古人装束，头顶夏天的竹斗笠，既防晒又能遮雨，正在如雨的蝉声里悠悠前行。他挑着担弯弯的走路姿式，看起来特别柔顺，特别有劲。就像一根韧性十足的竹竿或树枝，枝头上被挂了一只沙袋。仿佛肖邦《圆舞曲》里一个肉眼可见的音符。他是通过自己肩上的这一大担蔬菜，在不由自主地跳起中国的“大波罗乃兹”。他的身形动作里有中国乡村的贵族品质，仿佛我多年以后读到的诗人张枣的一首诗：《悠悠》。不仅诗的题目之凑巧，诗中飞扬的神采亦和我幼年时所见这一幕相吻合。这是多么迷人的宇宙奇迹！在进入县城的北城门洞之前，这名乡村平凡的菜农脚穿湿淋淋的草鞋，天蒙蒙亮开始，已经一路穿过了多少田埂小径；多少平原上的村庄、河流，被他悠然自得地抛在了身后？难怪他走过时我闻到他几乎半裸的淌下热汗的身上有一种几近干涸的知了透明的翅翼的苦味。那翅翼久已在风中停止了翕动。仿佛被浓荫匝地的一棵棵树焊住，焊死在了树荫里一般。赤日炎炎，在这只知了头顶上方，也在这名进城，距离他目的地不远的菜农头顶上。或许挑担人嘴里一路还哼着小曲。《五更调》（又名《十八摸》），或者四句头山歌，或者近水而居的渔村那些世世代代的打渔人的唱腔。

唐代诗人张继，那个写下千古名作：“姑苏城外寒山寺”的张懿孙，曾在我目眺所及不远处的君山脚下，留下《过春申君祠》一首：

春申祠宇空山里，古柏阴阴石泉水。
日暮江南无主人，弥令过客思公子。
萧条寒景傍山村，寂寞谁知楚相尊。
当时珠履三千客，赵使怀渐不敢言。

几乎在同样的唐朝天宝年间，另一个伟大诗人李白写下“堂上三千珠履客，瓮中百斛金陵春”（李白：《寄韦南陵水》）。稍后的武元衡也在《送裴戡行军》一诗中留下“三千珠履醉不欢，玉人犹苦夜冰寒”

的佳句。

2010 年 6 月的一天，我跟着脚上穿湿淋淋的草鞋的那名儿时邂逅的菜农，一起步入上海世博会现场。

中国，《草鞋脚》的中国。

江南，“古柏阴阴石泉水”的江南。

在人头簇拥的入口处检票，我身旁已经没有了四十年前生我养我的妈妈。

而“蝉声如雨的小巷”是我很多年来一直在读的一行诗。自从 1980 年代的某一天我初读这首诗，我的眼睛，我的内心一直没有停止过对她的阅读。好诗，人们从未停止过对她的阅读，而很有可能，一个人真正的成长，是阅读诗歌。

我读时并没有怀揣着舒婷、或任何别人的一册诗集。我读时甚至被人群挤在英国馆门口。我的心里也装着很多奥登，布莱克。很多的莎士比亚、济慈、艾米莉·勃朗特或白朗宁夫人，可是，在参观世博会现场那天，不知为什么，舒婷诗中的那一句都始终执拗停顿在我心头，堵在我眼前、口中。几乎不由分说，不假思索地。

再有就是张继的七个字：

“当时珠履三千客……”

薇拉·凯瑟（Willa Cather，1876—1947），美国小说家。在她的一篇小说中写道：“在他的经验中，他觉得只有那样的事吓人可怕：一个阴险、狡猾的男人和一个诡诈、贪婪的女人眼中的神情。”

在我成年以后，我觉得，世界，有时其实就是“一个阴险、狡猾的男人和一个诡诈、贪婪的女人眼中的神情。”

在小岛特立尼达和多巴馆内，游人相对要少，我其实不识英语，但磨蹭着拱到柜台一侧，跟那里面的一名异国工作人员说了句："德里克·沃尔科特。"

他不解，偏过他海湾似的头。

"……？"

"德里克·沃尔科特？"

突然他眼睛一亮，"OK，OK！"

而我，我正想说《远离非洲》四个字，想把沃尔科特诗中的著名段落念两段——大声地念出声！

"……

遭到痛打，长长的人潮溃散

犹如白色尘土般惊飞的朱鹭，它们的叫喊

自文明之初就在那干竭的河流

或野兽出没的草原回荡着

野兽伤害野兽一贯被当成

自然法则，但是直立的人

却以制造痛苦来谋求神圣

……他们的战争，随着收紧的鼓声起舞

他们则把由死者签订的白色和平……

所制造的本土恐怖，称为勇气

……"

1840年初，在吴淞口海岸一带筑起二十六个雕堡的江南水师提督陈化成，福建同安人，1842年6月16日在西炮台被英国舰船炮弹击中胸口，壮烈牺牲。炮台和上海县城，也随即陷落。

我用目光默读，甚至世博会现场流汗的身子。"穿过蝉声如雨的小巷”，上海上空的游人如织，多层高架、轻轨、楼盘、磁悬浮显现在眼前。

我从世博看到希望

沈善增

到世博会可以看到很多，看到高科技，看到低碳，看到绿色城市、和谐世界的理念在国际社会引起热烈反响，看到上海显示了举办超大型展会的能力，通过本届世博会，上海在国际上的知名度与影响力必将提高一个层次；看到中华民族通过举办北京奥运会与上海世博会，令人信服的展示了中华文化的优越性与软实力……而最使我感奋的是，我看到了希望，看到中国的未来、世界的未来大有希望！

事情还要从6月8日说起。那天我算起得比较早，八时许打开电脑，点击电子邮箱，看到一封儿子沈雄风发给我的邮件，一看时间，是凌晨4时26分。昨天他去看世博会，晚上10时我睡下时他还没到家，估计他回到家、洗澡毕，坐到电脑前开始写作，最早也要11点。他应该是一鼓作气写了个通宵。这么兴奋，他写了些什么呢？看题目，《价值趋同——人类文明的终结·导言》，不知道的人可能要吓一跳，或者认为是大而无当的狂想、呓语，我知道这正是他关心的问题，可能有了突破。

沈雄风四年前从复旦大学数学系本科毕业以来，一直在家里闭门造车，造出了一篇8万字的数理哲学论文《趋同—崩塌　游戏拓扑思维的一个样本》。论文由香港东林念佛堂首席和尚、东北佛学院院长觉真长老资助，收在“香港学术精粹丛书”中出版，由中国社科院哲学所博导、老子道学文化研究会会长胡孚琛，美国纽约州立大学终身教授、数学博士章定为之作序，在外人看来，四年寒窗下的冷板凳没有白坐，总算是功德圆满；但我知道，有个问题一直还纠结在他的心头。他通过一系列数学模式，论证了“趋同—崩塌”现象是自然界与人类社会的一个普遍现象，但为当今世界“崇尚一体化，追求巨大化”的主流话语所严重遮蔽，并且据此分析了全球金融危机的成因，是在企业巨大化的过程中，三次权限趋同后形成的文官体系的弊端所造成的。进而，他提出，理想的执政权，除行使传统的“攘外”（应对组织外部的压力）、“安内”（打击犯罪，维护组织内部的安全底线）功能外，更要注意“防癌化”（防止组织内部因一部分人的利益高速扩张而导致整个组织的衰竭）。至此，作为一篇论文，已相当完整了，但在沈雄风看来，还只是提出了问题，譬如治病一样只是有了个正确的诊断，如何对症下药，还任重道远着呢。沈雄风发现，人类社会最严重的趋同是价值趋同，但设立一个价值目标，就是要人们来趋同的，不趋同，这个价值目标就显得没有什么价值了。价值目标要吸引人来趋同，趋同又要引起崩塌，这个逻辑怪圈怎么走出来？按一般的思路，就是搞几个系数，在趋同到一定程度时发出预警，这在理论上是可以办到的，尽管非常复杂，如果继续研究的话，沈雄风本来也打算这么做。但闭门独自研究四年，他已觉得有些心神疲惫，准备出去干一段工作（譬如电脑游戏策划），看情况再回头来做。心地里，他觉得这传统的研究思路是事倍功半，与他研究“趋同—崩塌”所采用的拓扑的高度抽象的办法尚有距离，或者说，他还没有找到用拓扑的办法来解决这个问题的门径。

　　就在世博会排队与参观期间，他突然找到了门径。他在文章的开头说：

今届盛会，少见各国夸耀寻常的科技，但就人与自然、社会中人与人等方面，都欲充分展示自己“共存”、“和谐”的理念。如英国馆强调城市与植物的共存，德国馆主题也带有“和谐（balance）”二字。美国馆介绍的美国精神更是似乎与传统好莱坞大片中宣传的“美国梦想”有明显不同，他们这次更强调美国是一个年轻的国度，重视孩子们天真无邪的梦想。

这个世界确实变了。地球如今的种种与自然不和谐的灾难，很大程度都是工业化的资本主义急速扩张后带给我们的。原本给我们冷冰冰印象的资本主义国度的面貌已在悄然改变。自然，他们也意识到了原来资本主义文化里有一些不能使我们的文明不断存续的因素。他们意识到了，或许也归纳了，不过上升为哲学的这一步，或者将之变化为稍稍能为机器所理解的思考结果的这一步，可能还需要我这个初生牛犊来完成。

他是怎么来完成的呢？

首先，他问：为什么价值趋同会引起崩塌？

他发现，我们今天所谓的“价值”，可以分为两大类：排他型价值（零和游戏，我多必你少，非此即彼）与排序型价值（从高分到低分排位，价值从相互比较在顺序中的位置显示出来），往往两者兼而有之。这样的价值趋同，必然引起崩塌，排他性与排序性是导致崩塌的原因。

他进而问：有没有非排他非排序的价值呢？

他找了一下，找到了，最典型的是“健康”。人人都追求健康，但我追求健康不会减少你的健康，你不健康也不会增加我的健康，我的健康与你的健康无从比较，也不必比较，但没有排他、排序的刺激，不会减弱人追求健康的热忱。他把这类价值称之为“健康型价值”。

他进而推出健康型价值系统的三项基本原则：一，追求健康是人与生俱来的基本要求，所以是天赋人权。二，自我实现健康与帮助他人实现健康，就是“善”。自我实现健康要鼓励，帮助他人实现健康要提倡。三，自我减损健康与减损他人健康就是“恶”，自我减损健康要劝诫，减损他人健康要制止。

从此三项基本原则，他认定健康型价值是基础价值。别的价值（如自由、民主、平等、人权等）可以在其基础上衍生，而它不是从其它价值基础上衍生出来的。

与健康型价值相对的一类价值，沈雄风定义为“财富型价值”，从别的价值可以从它的基础上衍生出来的意义上说，它也是基础价值。

因为健康型价值趋同不会引起崩塌，所以，它能够成为普世价值；而财富型价值趋同必然引起崩塌，所以，它不是普世价值。其它的衍生价值，一定要进一步定义是在哪个基础价值上衍生出来的，才能确定它是不是普世价值。

这样，他觉得找到了解决价值趋同的方案，建设健康型价值系统。

他又燃起了继续研究的热情，用数学模式来完善他的论证。在原来创建的数学模式的基础上，他觉得这一步工作相对比较容易，他信心满满，四年积累的疲劳感一下子消失了。

我读他的文稿，能够体会到他的兴奋。我记得还在他于上海中学数学班求学的时候，曾对他说过，尽管你在数学方面有天赋，但不一定要选择数学作为你的专业。你要选择数学，一定要在数学中读出“美”来。后来，他选择复旦大学数学系为第一志愿，他对我说，他已经从数学中读出“美”来了。现在证明，他所言不虚。我想他在烈日下长长的队伍中，沉浸在美滋滋的数学思考中，一定不感到热，内心一定乐不可支。想到他享受到了常人难得的幸福，作为父亲，还有比这更大的欣慰吗？

我说看到了希望，毋庸讳言，是因为本来我对世事还是有很大的忧虑。忧虑不在物质，而在精神。有了精神，物质条件不够的，可以去创造；精神萎靡，优裕的物质条件，还可能变成人心的腐蚀剂。在沈雄风论文完成以后，我将电子文本发给一些朋友征求意见，得到的反馈出乎意料的热烈。有位老先生对我说，我比看到你的研究成果还高兴，80后能出这样的思想，说明中国有希望。我觉得他的话说出了这些反馈意见如此热烈的原因。这也说明社会上对80后原本有些定见，认为他们是贪图享乐的一代、自我中心的一代、逃避责任的一代。我本来对以年代来划分人群颇不以为然，姑且依照这种划分法，我对那位老先生说，根据我听儿子对他的同学、朋友的描述，80后从整体上说，书读得比我们多，视野比我们开阔，思想比我们独立与活跃，在相对年龄段，比我们这一代成熟，是大有希望的。

但话虽如此说，我心里还是有疑虑，也许沈雄风与他的几个好友、同学，在他们这一代人中是少数，甚至是另类，这些少数可能被多数淹没。但从沈雄风的“健康型价值”的思考中，我看到了我们这一代乃至上一代、上二代人所缺乏的“健康”心态。他不是以真理发现者、启蒙者、精英分子自居，要自己与别人为一个设定的理想目标去贡献青春、作出牺牲；他不是自我设计为殉道者，而是一个乐道者。他要寻找的价值目标，是顺应每个人的天性的价值目标，或者说能顺应天性的生活就是最理想的生活。因此，这个价值目标，既是统一的，又是多元的。条条道路通罗马，“罗马”就是其统一性，“条条道路”就是其多元性。在我们所处时代的语境中，世界上是“冷战”，国内是“以阶级斗争为纲”，难以有这样宽和的心态；今天的语境，世界是休戚相关的“地球村”，国内是建设“和谐社会”，有了确立多元统一的价值目标的条件，而他及时地找到了这样的价值目标。所以，沈雄风的个性，也反映了他们这一代人的共性，更加独立也更加宽容，更加主动也更加随缘，更加理性也更加感性，更加勤勉也更爱玩乐。也许不仅是中国，整个世界在和平环境中生活、成长的青年一代亦然如此。这就是希望所在——崇德文化、健康型价值，必定成为明天的主流话语。

所以，看世博与对健康型价值的感悟，还不啻是掉到头上的苹果与万有引力定理的关系。掉到牛顿头上的可以是生梨、是桔子，或者根本没有这玩意儿，但健康型价值与世博会的关系却有一种内在的必然联系，即使不在参观世博的现场有所感悟，世博的理念、世博的氛围，也会潜入到他的心地，在某个时刻触发他的灵感。从这个意义上说，世博会对人们的启示、对心灵的潜移默化的作用，也许要好多年后才会被人充分意识到。这就是文化。

“发现儿童”

刘绪源

2009 年夏天，我写过一篇短文：《俄罗斯馆启示录》。那时世博会还没开，我只是听说在许多外国场馆中，儿童文学被放到了一个极高的地位，是视同国宝，视为国家最具代表性的名片的。我很为之感动。我在文中举出的国家，有俄罗斯、比利时、丹麦、瑞典等。

2010 年，“五一”长假期间，我去了世博园。一天的参观，让我大开眼界。这次我亲眼看到，过去在教科书中读到的所谓“发现儿童”，在西方许多国家，早已是一件实实在在的事了，它不是说教，更不是概念，而是真正对儿童的一种自觉的尊重，是把儿童生活完全融入了自己的生活中，甚至成了自己生活的最重要的部分。这是一种全民的自觉，一种自然而然的意识和行为，就像看到下雨会想到打伞，肚子饿了会想到吃饭一样。中国是在“五四”以后才开始“发现儿童”的，但这只是精英层的发现，以后又扩展为理论上的、课本上的发现，而在整个民族的心理上，离那种全民的自觉的发现和尊重，其实还很远很远。

在白俄罗斯馆，整个外墙涂满了童趣盎然的儿童画，进得馆去，走廊、门框、墙面……都画着色彩艳丽的童话形象，一幅幅描绘童话故事的画面沿墙悬挂，精彩的民族舞表演也有童话的情节。隔壁的波黑馆还没开馆，但墙面上也都是相似的儿童画，让人望去心花怒放。捷克馆排队很长，我没进去，但在小卖部里留连了好久，这里有大家熟悉的小鼹鼠，这是捷克画家兹德内克·米莱尔的创造，现已成为全世界儿童最喜爱的形象。我买了另外两个童话布偶，花去了四百多元，是这次游园的一笔最大的消费。丹麦馆排队更长，主要原因就是有根据安徒生童话雕塑的美人鱼铜像。西班牙馆内容丰富，既有芭蕾舞《卡门》，也有遭受恐怖袭击的沉痛回忆，更有他们足以傲人的足球和篮球，但在出口处，在一个最宽敞的大厅里，出现了让全体观众眼睛一亮的形象——小米宝宝，这是根据一个真实的孩子做成的巨大娃娃，能作出各种复杂的表情，稚拙可爱，让观众久久不愿离去。美国馆给观众安排了三个短片，第二个是政论性纪录片，第三个可说是4D动画短故事片，后两个片子中，儿童都是主角……

这些国家的建馆和布展人员一定不会搞错，他们到上海来，是开世博会，不是开儿童博览会，更不是开儿童文学研讨会。但他们在拿出本国最好、最重要的东西时，首先想到的，往往是关乎儿童的。他们习惯于通过儿童的语言来表述最重要的思想（如美国），也会毫无愧色地把献给儿童的艺术当作本国的最高艺术成就（如丹麦），他们让全世界和自己一同享受童趣（如白俄罗斯），他们也都把儿童的创造性思维看作未来的希望所在。看来，只有到了这样的程度，才真正可以说是“发现”了儿童。

我自己的工作，是一家日报的副刊编辑。按照通例，我们只有在每年的六月一日，才可在版面上刊发一些儿童文学作品，平时则都是成人题材，儿童诗、儿童故事等是难以插足的。我因为喜爱儿童文学，看到有好的来稿，偶尔也会发表一些，但暗里不免心虚，怕别人说我是挟私。在参观了世博会后，我才发现，我们应经常地、理直气壮地、大量地发表儿童文学才对，这本来就是我们文字生活的重要组成部分，这是报纸副刊的题中应有之义。

为什么在我们这样的国度，会本能地觉得儿童题材放不上副刊版面呢？因为本来就不重视。我们是把儿童排斥在自己生活之外的，觉得他们的思想、生活都是"不足挂齿"的，一谈儿童，就降低了身份。至于儿童文学，那是教育不懂事的孩子的，为的是让他们多懂点道理；或者就是哄孩子的，免得他们来干扰大人；现在则又有"商业童书"大行其道，目标是赚儿童和家长的钱。这样的儿童文学，水平当然提不高，水平不高，当然进不了高档文学刊物，更遑论成为代表国家最高水平的"国宝"了。这是一种恶性循环。

在排队进入西班牙馆时，身后正有一位中国家长带着孩子参观，那父亲用完全不熟悉学校生活的口吻一路训斥，要孩子认真读书，要改掉坏习惯，要争全班第一，要考名牌高中……喋喋不休，令人生厌。我真是同情那个低头不语的男孩。这样的游园，还会有什么趣味？

我们真的需要重新"发现儿童"——不是在学理层面，而是在整个民族意识的层面。只有在这样的"发现"之后，中国的安徒生、林格伦、诺索夫、兹德内克·米莱尔……才会在我们的文坛自由驰骋！这是"外国的月亮比中国圆"吗？不，这是我们的觉醒，是"东方睡狮"的"睁了眼看"！世博让我们看到了真实的差距。如果在看到以后，还要我们闭起眼来，那，月亮再圆，又何益哉？

尼泊尔馆，中国画与唐卡相遇

孔明珠

名曰谦让，实则害怕去人多的地方，宅娘如我最后还是选在38度高温那天出门去看世博会，那是因为女画家万芾邀请我去世博会园区内尼泊尔馆参加“飞越地域的艺术——2010中尼艺术交流展”开幕酒会。

从美国回来度暑假的女儿陪我去，一路上接电话、回短信，炫耀般地告诉各位同学我们的“英雄壮举”，连连称自己“孝女”。没想到思想准备不足，我们的交通行进路线没研究透，下了地铁后，在毒辣的太阳下步行了几百米才到达A片区5号入口，我们就像屋顶上种的红萝卜那样，晒到傍晚时分，叶子完全耷拉，状如八爪章鱼。

已是下午5点，园区内游人如织，每一个场馆门口都排着长队，缓缓行进，他们用沉静的目光迎着新成员，仿佛在传达一条伟人语录“既来之，则安之”。我们偏不认命，先去补充水分，然后补充能量，在巴基斯坦馆门口吃三串香味扑鼻的羊肉串。

抖擞精神，我们上到世博轴，居高临下，将阿联酋、印度、阿曼苏丹国、以色列等亚洲各馆尽收眼底，外型已经非常熟悉的中国馆在阳光下红得浓烈，于是合影留念。世博轴两边，一只只像蝙蝠一样张开翅膀的白伞排列得蔚为壮观，幸而还有一点风。经“小白菜”指点，看到了尼泊尔馆用金属网罩着的大型佛塔和尼泊尔木雕民居相组合的建筑，非常的独特和漂亮。

“飞越地域的艺术——2010中尼艺术交流展”举行了简短的开幕仪式，我们随万芾、朱新昌画家上二楼和三楼参观，那里展出了近50幅中国国画和尼泊尔唐卡作品。这是尼泊尔国家馆日的活动之一，开幕之后，只有手持预约券的游客可以参观到这一跨越国界的艺术精品画展。

万芾是上海知名工笔画女画家，她绘画功底深厚，近年来创作了一系列令人耳目一新的作品。她刻意创新，在传统工笔花鸟中融入现代设计理念，静谧的光影，灵动的小鸟，柔美的丝草，似乎超脱现实世界的花儿在万芾的作品中和谐相处，优雅美丽。欣赏她的画，足以抚慰焦躁的灵魂。朱新昌先生是上海画院的画师，他的工笔人物也是新意频出，风格独特，为众人称道的。

而尼泊尔特有的唐卡画（thangka）我一见觉得很熟悉，但却不知道底细，听一起来的画家解释，唐卡原来是以藏传佛教的宗教信仰为图案，或是歌颂神祇、记述节庆为主的长卷轴画。唐卡画风细腻精密，既是佛教用品，也是艺术品。据记载，唐卡绘画的主要形式和内容最早起源于尼泊尔，公元7世纪传入西藏后，有了进一步发展和传承，转而又影响到尼泊尔本地的唐卡绘画。这门颇为神秘的手工艺据说是佛教僧侣和高级神学知识分子才能掌握的高级艺术手段。在尼泊尔，古代和当代，都有很多知名的画家专门画唐卡，如今去旅游胜地，唐卡作品很受游客欢迎。这次中尼艺术交流展展出了20余嗝佳作，色彩强烈浓重，有的用烟熏处理，仿佛古画，含蕴着厚重的尼泊尔历史。

果真是“飞越地域的艺术”！看似中国画和尼泊尔唐卡画画风完

全不一，然而同为民间手工艺艺术，在表现大自然和人类以及佛祖的真善美方面，艺术家倾注的心血是相同的，他们意欲传达到世界上的美感也是相同的。在2010年上海世博会上，中尼两国以这样的形式来文化交流，主办方的创意非常好。

我们一群受邀嘉宾承尼泊尔方的美意，在陈列了很多尼泊尔精美神像雕塑、佛像、织毯、锦缎的展厅流连往返，一边喝尼泊尔红茶、啤酒，吃烤鸡胸肉。尼泊尔国家位于中国和印度之间，他们的咖喱类似印度菜，咖喱鸡胸肉配生洋葱、樱桃番茄和薄脆的玉米片，味道不错，品尝异国美食，和喜爱艺术的朋友们聊天，在世博会尼泊尔馆，感觉多么的奇妙。

屋外气候和人流仍是热浪滚滚，透过造型别致的木雕窗户，我拍摄了很多场馆外的风景。夜幕降临了，我们出来，顺着人流往上盘旋，来到尼泊尔馆的顶端——金碧辉煌的佛塔。极目远望，四处的灯光都点亮了，中国馆被映照得晶莹剔透，巨大的飞碟银光灿烂，那是世博文化中心，而倒喇叭状的世博中心不断变幻着颜色，将庆典广场映照成变化多端的乐园。孩子们赤足在水中奔跑，不远处，音乐喷泉狂飚，华丽的景象让我们将暑热完全忘在脑后，老老少少都已玩得疲累，纷纷坐下来享受，晕乎乎的，不知今昔何昔。

其实从入世博园到出来也就是6个小时，我和女儿除了被银色飞碟的巨大魔力吸过去，排过一次队以外，其他什么馆都没排队进去，可两只脚却已经累到几乎拖不动了，实在是因为世博园太大太大了，需要绕的圈子太多太多，我们平时体育锻炼太少太少了。最后，当得知出园后到地铁站还需坐短驳公交车过去时，我的气完全泄了，连穿条马路都感觉是长征。于是，就近排队坐出租车回家。

一夜睡醒，我上新浪微博宣布参观世博总结陈辞：“世博会应该加“运动”两字，2010上海世博运动会，我去过了！”牢骚归牢骚，实话是，等我缓过来，天气凉快一些后，我还要再去的，毕竟世博会在上海，这辈子与我有缘。

城市足迹馆巡礼

王琪森

一块块玲珑剔透的水晶玻璃，别出心裁地堆砌成高低起伏、错落有致的城市天际轮廓线，营造了浩翰宏润而深邃奇谲的时空感。特别是那纯净无瑕的水晶玻璃，在各种灯光的辉映下，泛出五彩斑斓的华润光泽，给人以如梦如幻、遐思无限的感觉，好似进入了一条旖丽而神秘的历史隧道，我的世博城市足迹馆之旅就这样开始了……

记得著名的美国城市学家麦克·黑尔曾把城市的过去、现在和未来的相互关系阐发得相当生动："过去之未来是在未来之中，现在之未来是在过去之中，未来之未来是在现实之中。"城市，作为人类文明的奇葩，其悠久的历史、灿烂的文明，充满了先民的光荣与寻觅、浪漫与梦幻。为此，城市足迹馆的一楼为"序厅"，主题即为：理想与幻城。

从美丽奇幻的飞天到豪放雄浑的唐乐，正经典地叙说着东方理想幻城的传奇。从天际轮廓线出来后，首先进入的就是榆林25窟的复原壁画。一进入洞窟，只见霓虹缤纷、满眼生辉，四周绘满了彩色壁画，形象地再现了皇都长安城中的楼宇宫阙和市井街衢，人物造型丰满端庄，环境氛围明朗欢畅，展示了一派歌舞升平的盛唐气派和开放的中兴气象。洞窟当中是佛龛，莲花座上是佛祖释迦牟尼，他正慈眉善目地关注着大唐的一派繁华景色，使人梦回长安，重返盛世。

榆林25窟的隔壁，即是敦煌文物间，在特制的玻璃橱内，陈列着远道而来的敦煌研究院原件——六尊佛像，均是唐塑（618年-907年），有供养菩萨、彩塑供养菩萨、天王立像、菩萨像、木雕六臂观音。而其中的菩萨像尤为精彩，姿态婀娜秀美，身材娇好曼妙，既有西域风韵，又有大唐情致。尽管头及手都已残缺，但依然光彩照人，透出华贵气息，毫不逊色于西方的美神维纳斯。此时，影像短片开映了，塞外云烟、大漠彩霞、驼铃悠扬间推出了字幕《敦煌带我梦回长安》，从院落楼宇、亭台轩榭到城市繁华、商贾云集，从中西交融、民族和谐到社会生活、宫廷舞乐，使人重睹了大唐的华丽风光和勃发生机。

古朴而悠扬的钟声响起来了，莫非真是时光的穿越，使我们与先民相逢于世博？原来是旁边的古编钟馆定时举办着现场音乐会，几位身穿汉服的青年男女演奏员正在大小不一、排列有序的青铜编钟间倾情地演奏，那时而铿锵昂扬、时而婉约流畅的古曲正是千年前的城市之声。

踏着东方的古乐，人们进入了西方理想幻城。首先映入眼帘的是西方城市遗迹的镜像折射，陈列橱窗内，展示着两件来自大英博物馆的西方古城文物，弥足珍贵：一件是墨涅拉俄斯与赫克托争夺福耳波斯尸体场景陶盘（公元前600年），一件是雅典娜诞生黑像式陶杯，希腊古风时期（公元前550-前252年），这两件古代陶制珍品图案精美、制作精湛、工艺精良，使人可以想像当时城市上层贵族奢华的生活场景。而影像短片则集中放映了西方古城的著名景物，如埃及的狮身人面像、金字塔下拉美西斯二世法老的雕像及尼罗河的帆影，希腊的地中海及神庙立柱，意大利的罗马斗兽场、神庙及古城堡，玛雅那消失的城市遗址，威尼斯的圣马可广场及水城景观，荷兰的阿姆斯特丹广场等，这些西方古城独特的构建风格已成为这些城市的名片，也把一部人类文明史点缀得如此富丽堂皇而美不胜收。

序厅最后是规模很大的场景影院，系世界城市发展足迹之全视角影映。这也许是整个城市足迹馆中最大的亮点，大厅四周均是高耸的银幕墙相连接，中间还有一大一小两个正方形的银幕柱，置身在大厅内，从任何一个角度观看，都尽收眼底。先展映的是古罗马宏伟壮观的宫殿建筑，渥大维站在高台上正作着慷慨激昂的演讲，元老院前人群振奋，似欢庆着帝国又一次征战的胜利。镜头转向了大唐西域，在名闻遐迩的古丝绸之路上，辉煌典雅的莫高窟内，工匠正在作书绘画，那奇妙灵动的线条传导了一个古老民族飞天的梦想。接下来是公元1851年伦敦第一届万国工业博览会，在晶莹亮丽的玻璃大展馆前，人们欢呼雀跃、共襄盛举。一台蒸汽式火车机头隆隆驰来，宣告着工业革命时代的来临。最后是2000千僖年的美国纽约景观，鳞次栉比的大楼华灯闪烁、霓虹辉映，礼花腾空而起，把天地间装点得飞红流翠……

登上二楼的城市起源厅，展现在你面前的是一座美得令人震撼的伊什塔尔神门，让人零距离地体验了远古城邦的灿烂文明和精湛艺术。在美索不达米亚平原上崛起的新巴比伦王国（公元前626~公元前538年），在其首都巴比伦建有三道高大坚挺的城墙，用彩釉砖瓦装饰的此座伊什塔尔神门就相当地华贵绚丽，那些彩釉色泽饱满丰润，穿越千年而依然光鲜如新。半圆形的门洞用彩釉砖装饰成环形图案，下部的平行线上 则装饰有造型逼真传神、栩栩如生的“龙浮雕釉面砖”和“狮子浮雕釉面砖”。漫步期间，感觉不像在起城门，而是像在参观宫殿。

古希腊语称为“两河之间的土地”的西亚美索不达米亚平原，亦是人类最初城市文明的滥觞之地之一，为了集中展示这“两河晓星”的城市群落，特制了升降式模型，展示了历史名城乌尔城的塔庙、集市、皇宫和城墙等。乌尔－苏美尔人大都信奉月亮神，并以此作为城市的守护神。由此而形成了古代的众神之城。如埃及人信奉阿波罗太阳神，演绎出了无数瑰美的神话传说，阿波罗飞船至今载着人类的梦想飞向遥远的月球。

与西方“两河晓星”文明相对应的是我国的“长江黄河”文明，这实际上也是东方的“两河晓星”。在这华夏古代城脉的展馆内，那一件件国宝尽显文明三国的亮丽风采：如新石器时代的玉璧、玉琮；商代晚期的青铜凤鸟纹铜“戈”卣，广汉三星堆的戴金面罩青铜人头像、青铜戴冠纵面具、东汉的渔猎采莲画像砖、说唱俑等，都是借世博的东风相聚于此，让人一饱眼福。随着奔腾豪放的乐声扬起，影视短片再现了滔滔黄河水，直落白云霄；滚滚长江浪，千里去不尽……

一个巨大的木马矗立在城中，四周灯光暗淡、月色憔悴、冷风凛冽。那诡异而恐怖的气氛，使人意识到进入了历史上著名的特洛伊之城。而木马自然也就是藏兵无数的特洛伊木马。城中到处是断壁残垣、瓦砾废墟，景色凄凉而萧瑟，一片死寂中已无生命的呼吸。这一切都无言地诉说着战争对城市毁灭性的摧残。

三楼是城市发展厅，迎面便是一尊英式威猛的青铜骑士塑像，宽畅的大厅中央则陈列着米开朗基罗的代表作《大卫》，强健而阳刚的大卫左脚向前，左手握着肩上的投石机弦，侧目注视着前方，身上的每一块肌肉都充满了生命的张力，凸显了欧洲文艺复兴时期的人文主义精神，使人聆听到了欧洲城市从崇尚神权转向关注人本的进步足音。

正是踏着璀璨的城市之光，人们进入了欧洲文艺复兴的发源地，有鲜花之都美称的佛罗伦萨。展厅再现了意大利锡耶纳市政厅内著名的城市题材壁画《好和坏的政府》，从而标志着人类城市发展成熟期的到来，从阿姆斯特丹到伊斯坦布尔，从拜占庭到威尼斯等。在此，人们还邂逅了文艺复兴时的巨匠达芬奇，拜读到了他的手稿复制品，参观了他的建筑模型，相当真实地领略到了这位巨匠心中理想城市的蓝图。影视短片集中展现了达芬奇的绘画代表作：最后的晚餐、抱貂女郎、岩间圣母及解剖学、数学、几何学的手稿，西方文明世界第一款人 形机器人、十五世纪旋翼机的构造等，令人对一位天才的创意及创造、多才与多艺赞叹不已。

告别了西方的鲜花之都，迎接你的是东方的雪域之城。巍峨庄严、瑰奇峻美的布达拉宫，不仅是高原上一颗耀眼的城市明珠，而其收藏的精美的文物，无言地诉说着一种永恒的传奇。那镀金坛城、三长寿佛之尊胜母唐卡、大威德金刚、汉白玉卧佛等，都是稀世珍品。公元七世纪，松赞干布创建了布达拉宫，公元691年，大唐文成公证来到了拉萨，从此使这座雪域圣城更是祥云环绕，彩霞飞舞。

城市发展厅最后的压卷之展是“宫城情怀”，由“中国紫禁城养心殿”和“德国德累斯顿绿穹顶珍宝馆”组成，可以讲这是整个城市足迹馆含金量最大、艺术品级最高的展厅。养心殿陈列的是精美绝伦的故宫多宝阁文物，如战国的蟠虺纹壶，清的清玉双联尊，青玉三羊蕉叶双孔花插，铜镀珐琅六角钟，白玉寿字出戟方觚等。而绿穹顶的文物也是美轮美奂，如坐在酒桶上的酒神，休憩的公羊、圣塞斯巴蒂安、克尔海姆石花瓶、贝形玛瑙碗等，都是难得一见的国宝级珍品，使人流连忘返。

久违了的卓别林正身穿工服，站在巨大的机器旁，手弹吉他笑迎嘉宾。一进入四楼的“城市智慧厅”，卓别林的琴声流露出了一丝忧虑和忧患，“工业革命的双刃剑”在推进城市发展的同时，也带来了环境的污染，如何解决这个世纪难题，正考验或挑战着城市的智慧。

那时而悠扬抒情，时而高亢洪亮的戏曲音乐响起来了，让我们不妨松弛一下，让心灵驰骋在中国传统的戏曲之中。在京杭大运河的浪奔滔涌中，古戏台上，京剧、梆子、吕剧、昆曲、越剧、黄梅戏正轮番登场，影视短片的放映提醒着人们，在保护居住环境的同时，也要保护文化遗产。

申城的风光，随着世博会的举办而变得日新月异，新美如画，而那昔日的海上风情，依然使人缅怀追忆。“申城遗风”馆正满足人们怀旧的心愿，苏州河两岸的民风民俗，石库门的往事传奇，枫泾古镇的枕河小桥等，温暖着岁月的情怀，传递着杏花春雨江南的古韵。

申城，曾经的风花雪月，都市霓虹，现在的改革开放，风情万千，正迈入城市改造、更新发展的新时期。让我们把眼光转向世界，“创意世界”正在兴起，巴黎的“环状交通”，纽约的“格子计划”、伦敦的“旧区改造”，如废弃的电厂改造为现代美术馆等，创意都市之花，使我们的城市将生命之树长青。

记住的理由

苏北

我在土耳其馆，临出门，买了一个徽章，红色，上有一弯新月和一颗星，是土耳其的国旗。买这样一个小小的礼品，纯粹是喜欢这样一个国家，为记住它。

土耳其这个国家，我很小的时候就知道它。能记住，可能是觉得名字好玩。我们小时候，嘲笑一个同学土，就叫他“土耳其”，这是没有道理的。难道就是因为它有一个“土”字？

现在我们知道，土耳其并不土，相反，这是一个非常有风情的国家。它横跨欧亚两大洲，著名的苏丹迈赫迈特跨海大桥就横跨在博斯普鲁斯海峡。土耳其的地毯也很有名，烤全羊简直是美妙无比。我曾看到过一篇写土耳其美食的短文，介绍一种乡间街头卖的馅饼，先将面皮擀薄，放在平底锅上烙，然后再撒上土豆、奶酪和菠菜卷起来，热乎乎送到人手中，这是土耳其式的葱油饼。在土耳其是没有白米饭吃的，米饭只算是副食，一般是加了油盐、葡萄干或茄子块蒸，我想这样吃味道是不会太坏的，而且会很有营养。

我在土耳其馆的 360 度环形影幕前驻足了很久。伊斯坦布尔市区街景，蔚蓝色的大海，飞跨的斜拉索桥，街边的集市，匆匆行走的人们，仿佛整个人真的置身于这个异域的国度。

在出口处，土耳其大叔在卖冰激凌。幽默，风趣，开朗，边唱着歌，边变戏法一样将手中的冰激凌逗弄着游客，真是让人快乐！这真是一个幽默快乐的民族！就是因为这个冰激凌，我才在出门时买了那一枚徽章。

在捷克馆，我坐了很长的时间。这个中欧国家，我对它的了解，仅仅来自《好兵帅克》和好友龙冬的博客。龙冬是捷克著名作家博胡米尔·赫拉巴尔的极度崇拜者。他为赫拉巴尔的作品在中国出版做了许多工作。他自己也到捷克去行走，坐在赫拉巴尔曾经常光顾的布拉格街上的“金锚酒吧”喝啤酒，到布拉格近郊克斯科赫拉巴尔的“林中小屋”寻访。我从龙冬的博客，游览了这个国家，今天来到捷克馆，我没有别的本钱，就喝它一扎啤酒，也是对这个伟大国家一个最好的记忆。于是邀我的两位好友，不管他们是否喜欢，陪我坐在捷克馆右手边的小酒吧，喝上了捷克最著名的皮尔生啤酒。

丹麦馆也是我喜欢的。它的造型非常特别，颜色明净而有质感。向上的螺旋体，一种动态的感觉。我几次走过它的面前，看到那些头戴安全帽的游客，在那坡道上骑车飞速滑行。还有那个美丽的小美人鱼，似乎隐约见到一角，可终不能全览，于是忍不住，还是排队进去了。

我们对丹麦的了解，多是知道有一个伟大的童话作家安徒生。他创作了《海的女儿》《国王的新衣》和《丑小鸭》等著名童话。我们知道，在丹麦菲茵岛中部的奥登塞市区，建有安徒生博物馆。里面陈列着世界上 68 个国家出版的 96 种文字的安徒生作品，就中国的也达 27 种之多。安徒生笔下的小美人鱼，坐落在哥本哈根朗厄里尼海滨公园里，这尊闻名世界的铜像，现在来到中国，来到世博的丹麦馆，使我们有幸在家门口一睹她的芳容，实在是千载难逢。

在丹麦馆的中央水池，有四块巨石垒起来的石面上，坐着安静而忧郁的小美人鱼。我沿着旋转的楼梯向上走，可是我的眼睛，一直从不同的角度，注视着这一个圣洁的雕塑。

临出门时，在礼品部，我一下子买了三个小美人鱼雕塑的纪念品，分送我的朋友。有人说，小美人鱼远看恬静娴雅，悠闲自得，而近看，则是面容羞涩而忧郁的，冥思苦想的一个少女。我拿着这个小小的雕塑，仔细去看，面上的忧伤是有的，但神情更多的是宁静和沉思。

我现在把小美人鱼放在书橱里，有时拿书，或者透过书橱的窗玻璃，看里面的摆设，小美人鱼便会和我的其它的有关记忆的小摆件一起，显现在我眼前。我便会想起丹麦馆里小美人鱼的样子，想起这样一个国家。什么时候我能有机会，到这个美丽的国家看看呢？

我在中国馆逗留的时间可以说是最长的。长的原因，是我在巨幅《清明上河图》的面前久久不愿离开。我曾参观过河南开封的清明上河园，可是，让我选择，我更愿意停留在这一幅巨大的画面前。北宋张择端的《清明上河图》在这里被激活了！城里的人流，叮铃叮铃的驼队，桥下活活的流水，黄昏来临，一户一户人家暖色的窗户……是那么的神奇。看着这样的画面，给人一种宁静极了，温暖极了的感觉。我实在是喜欢这样的景致，这样温暖的世相，温暖的人家。

离开中国馆，使我十分不情愿。我是被时间拽出来的。我愿意久久的浸泡在里面。在中国馆，我倒是什么礼品也没买。因为，这是我的祖国。因为，整个祖国都是我们的。

为世博燃烧激情

陆海光 刘迪

常常想，中国2010年上海世博会简直就像个世界性的大舞台。全世界两百多个国家和国际组织围绕“城市，让生活更美好”这一主题，通过展示、活动、论坛等形式，共同探讨城市发展之路，展望人类未来，从而使上海世博会成为不同国家、不同文化之间相互理解、沟通、欢聚合作的大舞台。

在这个大舞台上，组织者、参与者、志愿者、保卫者都在展示着自己的风采，自己的形象。开园以来，我们有缘采访了许许多多在世博安保中涌现出来的杰出人物，他们的事迹在感动着我们，我们想，也一定会感动千千万万的读者——

老警察的英雄情结

我们采访过这样一位老警察，他的名字叫薛伟国，是上海市公安局指挥中心档案处的一名干部，今年53岁。他的年龄已经超过了支援世博安保第一线的干部不得超过50岁的年龄限制。今年3月，市公安局领导下达支援一线安保动员令时，薛伟国生怕被领导拒绝，情急之下，连夜写了一封激情四射的请战书。在请战书中，他向领导倾诉了四条自己能够支援安保第一线的理由：自己曾是轨道公安分局刑侦大队教导员；曾参加过亚太经合会议的安保工作；在去年部门组织的体能测试中名列前茅；家庭没有任何负担。

这四条理由说得很实在，很充分，领导动情了，没有理由不批准这样一位好同志加入支援世博安保第一线的行列。薛伟国的愿望实现了！

为了照顾增援民警上下班方便，领导一般是安排他们在离家较近的地铁站执勤。可薛伟国有些“傻”，偏偏提出要到最繁忙、最需要警力的耀华路地铁口执勤。

第一天上岗。上完早班，他向所长提出要连中班。因为他发现耀华路地铁站位于世博园6号门外，又是地铁7、8号线的换乘站，傍晚到夜间客流人潮涌动，非常需要警力疏导。领导再一次批准了他的请求。

于是，每当人流出现高峰时，我们可以看到一位手持话筒的民警，出现在耀华路人流最多的4号出入口，这个入口正对着世博园6号门，是7、8号线的地铁入口，人流经常海潮般涌来。这时，他会不断高声指挥乘7号线的人群到马路对面的3号口进入，这样就减轻了4号口的压力。哪里出现问题，他会马上出现在哪里，当安检通道出现拥堵时，他又会及时出现在那里。逛了一天世博园的游客往往很疲倦，有时会有些火气，过安检通道时会怨声载道：进世博园不是已经安检了吗？怎么进地铁还要安检呀？嘈杂的人流没有方向地纠结在一起。

为了让游客理解并能配合，薛伟国总要先以情动人，营造一种融洽的气氛。他站在入口不停地高喊：游客朋友们，辛苦了，你们刚出世博园，一定很疲劳，下楼梯要小心，一定要注意安全，为了你们能快速通过安检，请你们配合我的指挥：背大包和双肩包的走右侧，背小包的走左侧，没包的走中间。人群听了他的指挥后，很自然地分成三路，秩序井然地通过安检。有时他会忘了时间，一喊就是三四个小时，直到嗓子喊哑。

上级规定执勤民警做 5 休 1，可他硬是连续上班 49 天，没休息日，而且天天是日班连中班。这是什么概念？在这 49 天中，他每天清晨坐第一班地铁 6 点到达岗位，晚上坐末班地铁零点 40 分回到家中，睡 4 个小时，5 时必须起床，洗漱完毕后出家门上班，周而复始。最后他是在领导的命令下才接受休息。薛伟国接受我们采访时两眼布满红红的血丝，喉咙变得沙哑。我们真担心这么好的一位老民警，这么拼命干，身体承受得了以后一百多天的持久战吗？

问薛伟国："你为什么这么拼命？"

薛伟国回答得很朴实："我不为奖金，我这个年龄也升不了职。现在轨道公安分局警力十分有限，从外单位调来的安保人员一时还不适应这一岗位的工作。我们老民警在这种特殊情况下，必须作出表率；在我的从警生涯中，能够参与世博会这样国际性大型活动的安保工作，对我来说是空前绝后的，我把它视作一种至高无上的荣耀。"

心境多么高尚的老民警啊！这位老民警的回答，也许正代表着许许多多参与世博安保民警的心声。

这种心境，我们把它归结为一种在社会上久违了的，舍名利勇奉献的英雄情结。

薪火相传

在世博园区的安保人员中，有一位来自中国公安大学英模班一年级的学生，名叫王自强。今年 4 月 8 日，王自强来上海支援安保，被分配到园区世博大道站。公安部门称这些学生警察为“学警”。

5 月 24 日，恰逢周末，世博园参观人数急剧攀升。王自强这天上中班，下午 4 时，他在世博大道站的地下站台上巡视。这时，入园客流增大，站台上显得很拥挤。王自强手持对讲机，警觉地注视着人群。

一些上午入园的游客此时开始渐渐离园，站台上的人显得很拥挤。

这时，一声尖厉的叫声传来。站台上的人有些惊恐，瞬间骚动起来……

王自强猫腰循声望去，50 米外，只见一个女人跌落在铁轨上。

人跌在轨道上，列车还有一分半钟就要进站，情况紧急！

在王自强头脑中，必须作出第一反应的选择有很多：救人，维持站台秩序，向指挥中心紧急报告。

然而，这三项选择王自强都没有做。关键时刻，他表现出了一个民警在处理突发事件时的超凡冷静和对处理程序选择的干练。

王自强果断地拨开人群，冲向十米开外的地铁紧急停车按钮。他用拳头敲击防护玻璃，但没有成功。一招不成，他又熟练地用手中的对讲机砸了下去，一下、两下，三下……玻璃终于被击碎，他猛地按下按钮，心中这才仿佛落下一块巨石。

列车接到信号，停止了前进的步伐，一场危在旦夕的恶性事故被有效制止。

地铁工作人员把跌落在轨道上的受伤游客拉上了站台。王自强向指挥中心汇报了现场情况。由于女游客受伤严重，指挥中心组织救护车在第一时间将受伤游客送往就近医院治疗，确保了她的生命安全。

列车晚点了四分钟，很快又恢复了正常运行。

面对突发事件，一个90后，年仅19岁的学生能够临危不慌，沉着冷静，处理有板有眼，我们觉得惊讶。再深入采访，我们发现，这与他出身于一个警察家庭不无关系。

王自强的家在甘肃兰州，父母都是刑警。他刚满周岁那年。一天，爸爸王集珠正和家人吃饭，可饭还没吃完，就接到有重大案情的通知。爸爸放下筷子，二话不说就出发了。临走前，爸爸抱起刚满周岁的儿子亲了亲，然后依依不舍地放下……寒冬里，妈妈怀抱着王自强，等待爸爸回来。可他们万万没有想到，王自强的爸爸牺牲了。半夜二时，一名狗急跳墙的歹徒，在民警缉捕他时，拉响了捆在身上的炸药包。王集珠和另外一名民警当场壮烈牺牲。一个美满家庭瞬间天崩地裂，爸爸的最后一吻，竟成了王自强对爸爸的永恒回忆。

爸爸牺牲后，坚强的妈妈独自抚养着一岁半的王自强，他跟着妈妈住在派出所的会议室里；他几乎是在派出所里耳濡目染叔叔阿姨办案长大的。也许就是这种特殊的生长环境，历练了他冷静果敢的处事能力。

采访中，王自强一直掩饰着爸爸已经牺牲的事实。采访结束时，他还答应回兰州后寄一张和父母的合影给我们。我们是通过其他途径才证实他爸爸已经牺牲的真相。我们的内心一直好生奇怪，他为什么要向我们“隐瞒”他爸爸已经牺牲？他爸爸毕竟是烈士，是英模，该自豪才是。

后来，我们了解到：王自强14岁那年，在参加全国公安系统英烈子女夏令营时，曾写过一篇回忆爸爸的文章。他在文章中写道：天空未留痕迹，雄鹰却已飞过……也许，正是这种情结，才使他不愿意告诉别人爸爸已经牺牲，他相信爸爸永远活着，活在他和妈妈的心里。

“老三届”情结的激情燃烧

上个世纪的“老三届”毕业生，以工作认真负责，有理想有追求有社会责任感而出名。上个世纪的九十年代，他们中的许多优秀人物还是各行各业的顶梁柱。这次在世博安保中，他们几乎是在燃烧他们最后的激情。

杨真义是“老三届”，今年已63岁。在那个年代，曾远赴黑龙江农场历练：开过拖拉机，做过木匠，管过后勤机械库。1975年回到上海后，在企业做过工人、调度、科长，当过厂长。这次是从新徐汇集团退休党员中抽调来增援地铁安保的。他被安排在地铁上体馆站2号出入口值勤。岗位很普通，很平凡，但杨真义做得很认真。世博会开园以来，他几乎成了那里的一道风景线。

杨真义的安保岗位是不穿制服的，胸前用蓝带子拴一张胸卡，胸卡的编号是277，上面写着“2010上海世博轨道交通安保”。杨真义戴上这张胸卡很自豪，感觉自己就是世博的人，要服务好世博，就是要服务好每一个参观世博的人。

游客向他求助，他先含笑点头，问声：“你好！”，然后用还算标准的普通话耐心作答，因他年轻时去东北务过农。得到指点和帮助的游客满意而去，心底里会说：上海人真好！

游客从世博园出来，要到体育场，他会耐心地告诉他们，徐家汇体育场有两个，万体馆怎么走，八万人体育场怎么走，一五一十交代仔细，生怕哪里说不清楚，让游客天热走冤枉路。每每看到游客满意离去的背影，他心里既甜蜜又幸福。他觉得这是在为上海人争光。

一些人问过走了，又来了一些人，每天络绎不绝……问路、问车、问商厦、问餐饮、问咖啡馆、问酒吧，甚至问厕所，他每天要回答上百个问题，不知道的，他会用小本子记下来，回家以后上网、查地图、实地勘察，他对自己有一个要求：今天回答不出的问题，今天设法弄清楚，明天一定要给游客一个标准答案。

为了更好地给游客形象指路，他还手绘了一张地图。为了在这张地图上把上体馆周围的各种场所标识清楚，他不知道要到实地勘察多少遍。

一次，一位年轻人问他“星游城”怎么走？他竟然一下被问住了，他这个“老徐家汇”真的还是第一次听说有这样一个地方。下班后，他马上上网搜索，又实地做了调查，原来星游城是集休闲、娱乐、餐饮、购物为一体的时尚消费场所，号称“娱乐终点站”，是时尚的年轻人喜欢的地方，在天钥桥路零陵路口。于是，他在地图上的天钥桥路上添加了两个醒目的红心，一大一小，代表星游城所在的位置。后来，许多年轻人再问起这个地方，杨真义不但可以了如指掌地告诉他们星游城的具体位置，还可以锦上添花地为他们介绍星游城边的茶餐厅和“钱柜”。

我们采访时，杨真义手里的这张地图已经是“第三版”了，每修改一次，他都要叫太太审稿，再叫儿子审稿，反复修改核实，生怕给游客误导。交通、购物、餐饮、影院、KTV、银行、邮局、新村、医院、超市、派出所等，在地图上标识得很清楚，还细化到周边的11条公交线站点，128个公交车车次、来去运行方向及首末班时间……这张图现在已星火燎原到地铁上体馆站所有的安保人员手中，为游客指路发挥着巨大作用。

上海人的形象在参观世博的游客中大大得到了提升。

杨真义当过厂长、干过工会主席，如今，他在地铁上体馆站2号出入口这么一个普通平凡的安保岗位上也干得如此认真、几乎发挥到极致。我想，这里面有一种精神在支配着他。杨真义自豪地告诉我们："我是"老三届"，"老三届"的特点是工作有热情有激情，我干的事虽普通平凡，但能为世博成功召开添砖加瓦，这是我今生唯一也是最后的信念。"

也许，正是由于像薛伟国、王自强和杨真义这样千千万万在普通岗位上的倾情付出，才使上海世博会在全国人民乃至全世界人民心中变得更加精彩难忘。

让我们向上海世博会的安保人员和志愿者致以崇高的敬意！

托马斯的中国情怀

沈嘉禄

因为工作关系，到世博会100天的时候，我已经去过二十多次了，并结识了一些外国馆和外国餐厅的负责人。其中，卢森堡馆的馆长托马斯先生给我留下最深的印象。

托马斯在中国、特别是中国的当代艺术圈里有相当大的知名度，这是因为他多年来与南京画家毛焰的合作，在后者的“托马斯系列”中以很酷的姿态“出镜”，落雪无痕地融入了中国当代艺术的玄妙语境。

10年前，25岁的托马斯来中国留学。开始在南京一所大学里学中文，毕业后就进入卢森堡驻华大使馆工作，当一名随员。后来他觉得自己的知识积累还不够，就到上海读中欧学院的工商管理硕士，顺利了取得了文凭和学位。

在南京，托马斯与画家毛焰结识并成为很好的朋友。有一次托马斯参加中国朋友的一个聚会，他跟着一个英国朋友去了，很多中国艺术家都友好地与他交谈。托马斯身高一米八，面部轮廓分明，眼窝深陷，表情略带腼腆，单纯而且有涵养。这一形象被在一旁喝咖啡的毛焰抓住了，正在苦于寻找突破口的画家敏感地觉得这个欧洲乖孩子是上帝派来的天使，是为他专门捏塑出来的模特儿。从此，托马斯就走进毛焰的画室，充当他的模特儿。几年后，毛焰的“托马斯系列”大获成功，甚至可说这个系列成就了一位杰出的画家。军功章上，就有托马斯的一半。

托马斯从上海中欧学院出来，想在金融领域寻找一份工作。虽然卢森堡的金融服务业相当发达，也算世界金融业的一个中心，但他们目前在上海没有分支机构，加上正值全球金融经济危机的影响，他的这个希望一时半会没能实现。

我曾问托马斯对上海的感觉，他回答得也很真诚：“上海这个城市充满活力，也有个性，每天见到的人比我一年里接触过的总数还多。上海是个做生意的好地方，与上海人交朋友，一开始有点障碍，但一旦交上了，就发现他们是很讲信誉的，务实的，是可以托付的。只是现在我还不会讲上海话，遇到上海朋友讲上海话最最难受了，觉得被排挤在外了。”

托马斯在静安区租了一套房，出入很方便。休息天，他喜欢独自一人东逛西走，大街小巷都要走一走，看看普通上海人的生活。“上海有很现代的高楼大厦和百货大楼，也有很逼仄、很破旧的弄堂，但普通人的生活还是很有味道的，不论衣着时髦的女孩子还是满头白发的老头儿，吃饭、喝茶、下棋、聊天都很讲情调、讲那个人情味，上海人是见过大世面的。”他说。

后来，世博会场馆进入全面开工阶段，托马斯被卢森堡驻沪领事馆相中，委任他为卢森堡馆馆长。托马斯接受这份“临时工”后，心里有点打鼓，因为他们从来也没有干过造房子的事，更别说在中国。

没有经验其实问题不大，托马斯凭着一种认真，协助法国设计师瓦伦蒂尼先生把卢森堡馆建起来了，并且以一种童话中城堡的建筑风格吸引了世人的目光，体现了“亦小亦美”的自信。

我还知道，托马斯也许是世博园区里最年轻的馆长。为了便于跟中国游客交流，他给自己取了个中文名字——罗浩林，但我还是像老朋友那样叫他托马斯。

参观过世博会的人都知道，卢森堡馆在C片区，与英国馆相呼应。卢森堡馆面积并不大，但相当醒目. 外观不仅像一座城堡，而且用耐候钢材——又称考顿（Corten）钢——密密包裹，那种铁锈红的基调有一种亲和力，用手摸一下，并没有可怕的锈迹。

托马斯对我说："我们卢森堡这个国家也很小，所以展馆小一点是应该的。不过如果按国土面积算的话，可能是所有展馆中最大的。而且是1958年布鲁塞尔世博会以来，面积最大的世博会卢森堡展馆。"

卢森堡全称为卢森堡大公国，是现今欧洲大陆仅存的大公国，位于欧洲西北部，东邻德国，南毗法国，西部和北部与比利时接壤。由于其地形富于变化，在历史上卢森堡处于德法要道，一直是重要的军事要塞，有"北方直布罗陀"之称。卢森堡有许多森林和古堡，所以就叫卢森堡，中文翻译得很传神啊。卢森堡境内至今还保存着许多古堡，最古老的城堡甚至有一千多年了，大多散落在乡村，有些还不能住人，只留陈迹供人凭吊，因此卢森堡也有"千堡之国"的美誉。

从产业结构上看，卢森堡早就是一个现代工业国家，也是欧盟中人均收入和生活水平最高的国家，早在上世纪七十年代，卢森堡的钢铁冶炼就达到世界一流水平，尤其是特种钢的产量与质量，傲视群雄。但后来在几次全球经济危机中，钢材出口受到很大影响。为了实现可持续发展，卢森堡就着意发展金融服务和广播电视。经过一段时间的调整，现在卢森堡的金融业已经非常发达了，世界大银行都在此设立分行。首都卢森堡市成为欧洲最重要金融投资中心，有250多家银行，2000余家投资基金。卢森堡是仅次于美国的世界第二、欧洲最大的基金管理中心。每天有十万人从邻近的国家坐高速列车赶来上班，晚上再赶回去。卢森堡总人口加起来刚刚达到50万。

刚才我说过，设计师用了500吨、1500平方米耐候钢板材将卢森堡馆整个包了个密密实实。不过我对他实话实说："托马斯，上海的气候跟卢森堡不一样，夏天是比较炎热的，现在你这里连城堡上的地坪都用钢材铺成，到了高温天经毒日头一晒，钢板会变得很烫，游客行走在城墙上，就像一盘铁板烧了。"

托马斯神情有点紧张："铁板烧，好吃的食物，这可能吗？"

世博会开馆后，上海很快进入夏天了。两个月后我再去卢森堡馆，托马斯告诉我："你说得对，太阳一晒，城堡上的气温比地面要高出好几度，城墙上有盆栽小树，树叶也都烤焦了，游客走在上面，一蹦一跳的，像是在钢板上跳舞。这几天我们就改进了。"我走上城墙一看，工人们正在铺一种硬度很高的竹子地板。

按照惯例，世博会所有参展国的展馆在会后要拆除，卢森堡馆也不例外。我有一个朋友就想购买这件体量庞大的特殊"艺术品"，移到一个公共空间里继续它的生命。后来在我的介绍下与托马斯见了一面，但托马斯说："这确实是一件艺术品，能留在中国那是最好不过了。但是你要知道，我们参加上海世博会的新闻经常在国内传播，从政府官员到民众都觉得这次展馆做得太好了，为国家大大争光，有议员就提出：结束后将整个展馆搬回去长期陈列。这可是一段值得骄傲的历史啊！"

有一次我对托马斯说："世博会上，不少游客对盖章的兴趣往往高过参观展馆本身，你怎么看这个现象？"

托马斯笑了："中国人的想象力和热情总是出乎我们欧洲人的经验，

我们卢森堡馆二楼有一个活动阳台是不是？平时收起来，与墙壁合成一体，放下来就成了阳台，站几个人在上面看看风景，很浪漫是吗？但我们不敢放下来，怕人一多阳台承受不住，这个设计思路因此没能充分体现。这也算中国文化吧？不过我们这次也有遗憾，比如城堡内有一个大水池，上面有钢板焊成的睡莲，走在上面诗意盎然。但后来为了安全，只能用白色的石子填平它了。再比如，因为海关的原因，最好的葡萄酒和腌肉都不能足够地运进来，不能满足大家的需要，我跟你说实话啊，我们餐厅里的香肠其实是国内生产的，不是卢森堡的。再说中国人游欧洲，也会去卢森堡，但只是来去匆匆地看一眼。以后你要是去卢森堡，无论如何得住上一晚啊。我请你喝最好的白葡萄酒和腌肉，还有不比德国差的香肠。”

去世博园感受“各美其美”

吕怡然

簇新的上海世博园，仿佛缩微版、精华版的地球村。全球各国各民族的文化瑰宝在这里齐集闪亮，古往今来的文明之花在这里尽情绽放。无论徜徉于园区各个场馆之间，抑或走进各个场馆漫步浏览，时时都会有一种从未体验过的视觉冲击力扑面而来，文化元素触目皆是，触手可摸，尽可以感觉、感受、感悟、感念，并受之感染、为之感动！

4 月底，世博会连续进行数场试运行，其间对外开放的场馆有限，未免有几分遗憾。然而即便如此，先睹为快的观众已获得了一种心灵的震撼。在非洲联合馆，42 个国家别样风情令人眼界大开，流连忘返；加勒比海国家馆浓郁的异域风光，多姿多彩；欧洲园区风格迥异，造型别致的建筑物：冰壶、青苹果、游戏棒、藤条篮子、种子圣殿、水晶杯、脑细胞……无不是文化创新、艺术创意的结晶；亚洲园区的几多古朴、典雅，几分神秘、高深，耐人寻味，引人入胜；中国国家馆以“城市发展中的中华智慧”为主题，一幅巨型而动感十足的“清明上河图”使观众领略了当年村镇日常生活和文化活动的原生态，并得以窥见城市的滥觞及其雏形，而香港馆造型的通亮剔透、澳门馆的玉兔宫灯、台湾馆的“山水心灯”，各有千秋尽风流；2 万多场来自世界各地知名表演团体精彩纷呈的演艺活动，文化含量更是无与伦比……璀璨瑰丽的世界文化、延绵恒久的中华文明，交汇融合于此，舒缓地流淌在21世纪的浦江两岸。

那天，进入双曲面船形建筑的沙特阿拉伯馆，登上这艘“月亮船”，但见行道两旁棵棵枣椰树影婆娑，大漠风姿若隐若现，沿着“舷梯”盘旋而上，在顶楼步入一条循环运行的“空中步道”，一个硕大无朋的环状银幕上映现着曼妙的中东风景，这就是堪称世界之最的三维电影院！突然，天幕开启，举目漫天星光闪烁，俯首则是旋转中的地球，让人恍若置身于浩瀚壮丽的宇宙之间，那份惊喜，那份震颤，那份激越，那份遐思……只怨自己辞穷无能，难以言表。

心弦蓦然间被拨动：地球村的村民，描绘和诠释我们同一个家园，手法千变万化，样式千姿百态，画卷五彩缤纷，图景五光十色，而同一个地球上的文化乃至人类文明，又是如此丰富多彩，千差万别。一直以为中国是风筝的故乡，孰料墨西哥的“风筝森林”在上海世博园大放异彩，观众不仅可以看到美洲的艺术风筝，还能在商店里购买或亲手制作、放飞风筝；一直以为剪纸乃中国独一无二的手艺，孰料波兰人带来了他们的剪纸杰作，甚至波兰展馆本身就仿佛是一个巨大的剪纸图案！……这些，不正是“文明的多样性”、“文化的多元化”的生动佐证？

大自然气象万千，玫瑰花和紫罗兰芳香各异，翡翠和玛瑙自有光泽。人类社会的文化何尝不是如此？费孝通老先生曾经意味深长地道出一句16字箴言：“各美其美，美人之美，美美与共，天下大同。”上海世博会堪称这个“美”字的最佳实践区。去世博园看看吧，在那里，能对以文化多元、文明多样构建和谐社会、和谐地球的真谛，有一个最真切更深刻的体认。

排队

杨守松

世博会，能不去看吗？

可是，听来听去，都是两个字：排队，排队，排队！排三个小时，五个小时……

太恐怖了！几个人能经得起这么折腾？

不去也罢。

又舍不得。不甘心。这么大的事，全世界都瞩目啊，你一个中国人，而且就在上海旁边，不去，说得过去么？

不就是排队么？

关于排队的记忆——

上世纪了，排队很正常，不排倒奇怪。物资和物质都极度匮乏，所以买什么都得排队，没票排队，有票也得排队，尤其是菜场买菜，你不排队就休想篮子里有内容！天还黑，老头老太就捡块砖头弄个破篮子什么，放在地上，算是“人头”，寒风凛冽的冬日啊，冻的哆嗦，筛糠似的盼天亮盼菜场开门，然后就一拥而上，还有人插队加塞，于是就吵啊，闹啊，甚至拳脚相加。而往往你在心急火燎的时候，早有人走后门把新鲜的好菜好肉给瓜分了，大多时候，等到你的时候，没了，或者就是烂菜叶子糟肉囊絮絮了……

排队的日子，不仅辛苦，而且辛酸。

世博会在中国举办了！这其实也是“排队”的结果，有多少国家想承办世博会啊？可是中国强大了，中国人在世界上有话语权了，所以全世界“排队”排到中国了！

接下来，还是排队，全世界的人在中国上海排队，排队挂号选址设计建馆，展示他们的思想和理念，展示他们光辉灿烂的经济和文化……

世博会的场馆就这么建成了。

接下来，是更广泛更大规模的排队——全世界的人来中国观光，参观世博会，中国人从天南海北赶过来参观世博会。百川入海，场面壮观，赫赫辉煌！

全世界都在上海世博会排队！

我辈排队，有何不可，有何难处？

就急急赶去。酷热的阳光，涌动的人海，有规则的长长的队伍……

在泰国馆，我们静静地排在队伍后面，缓缓地移动，很慢，但是在动，俗话说，不怕慢，只怕站，只要移动，就不着急。还有句话，不怕排队时间长，就怕有人插队加塞。

秩序井然得有些意外。没有插队加塞的，偶有蠢蠢欲动想要插队的，但是显然，整个队伍井然有序的状况无形中制约了他，也就乖乖的排队了。排了一个小时不到，我们就进馆了。

在热门的法国馆排队，也不过一个小时多点啊。

原来排队并不如传说的那么可怕，或者至少是我们运气比较好吧，真的没有三个小时五个小时的煎熬……

还有，因为暑热，设计者在排队的长廊里喷洒冷雾，驱赶着暑热和烦躁的等待，期盼的心境就好多了。

再一想，就是排三个小时五个小时，也值得啊，也是好事啊——要是不排队，冷冷清清的，只能说明参观的人太少，只能说明世博会不成功！

就感慨：上世纪排队，是辛苦，是辛酸，是无奈，现在排队，也辛苦，却幸福，却自豪，因为有无限美好的期待……

漫游在世博园区

桂兴华

21 世纪，是城市的世纪。

——题记

走，不停地走。我走在纵横的山河间。周家渡路、高架步道、白莲泾路、水门码头……你们太庞大，我太渺小，你们是又一片霓虹色的阳光谷，每一处都储存着不该忘却的纪念。我即使在久久地等候，思绪也在走。面对着远远近近不眠的建筑，我如果成了顷刻凋谢的浪花，岂不辜负了莽莽苍苍的大海。

我想去这个馆，又想去那个馆。所有睡得迟，醒得早的地方我都想去。每个馆虽然都摇曳着不同的灯影，但都溢出了黄河、莱茵河、密西西比河、无数条河汇成的凝重和豪迈。

我刚枕着外滩海关大楼的钟声，又伴着重庆码头粗犷的叫卖，知识以比磁悬浮列车更快的速度，一秒钟就前进了几万里。于是，有一种饥饿，总让我在悉尼的书报亭前伫立；有一种满足，会使我在巴黎的图书馆里愉快。我的人生键盘被无数双手敲击，心不知被谁遥控着置身到了海外，从 1851 年世博会开始，就连着一届届更新的兴衰史。

一颗心迎着八面来风。墙已不是什么障碍。这个国家的首相刚在我身边擦过，那个绿色的创意又在我身后亮相。白发苍苍并不可怕，我只担心面对不同国土的软件，不知该怎么畅谈另一片精彩？对一触即变的万花筒，我永远像一个新生的婴儿，刚刚把眼睛睁开，就有一条条谜底等着解答，一旦将双脚移动，就有一道道问题盘旋。

有时候，密集的新奇会让我迷路，不同的导游图藏着无数秘密。看！谁又美化了室内的草坪？谁又在屏幕里拓出了新天地？转弯处又呈现梦幻。再繁华的地段也会轮换。我不得不怨卡通片里的联想，怎么又比“大河之舞”慢了半拍？我庆幸自己，没有被冷漠的年龄打败。仿佛天天还肩背书包。前前后后的等候者，都是我长长队伍中的同学。我总是听见：新挖掘的各国编年史，在特别敏感的耳边一句一句解说。我到处记录：新开发的异地时间表，在人生履历的深处一段一段表白。

中国馆的秦砖汉瓦，有了令人骄傲的高度。青铜编钟的音律中，这里是进口，这里也是出口。让黄浦江注目吧，是像美人蕉的艳红，还是像玉兰花的洁白？有交流才有希望，心最怕的就是从此竣工。进入地铁时心到达了另一条隧道。走上世博轴时心直奔另一处高点。新的浪漫，使我既能回到从前、又能眺望未来。

春秋时代的孔丘弟子又来相会，苏东坡的梦境又在向两岸延伸。丝绸古道上的长亭旁，我听见了谁的咳嗽。京杭运河畔的城池里，我闻到了谁的香炉。唐蕃古道的经幡和茶马古道的驼铃，在飞越太平洋、大西洋的对话里参加各种比赛。

我想拉住决斗场上的普希金，我叩响了歌德童年的楼板，我摇醒了巴尔扎克的高老头，我携起了安徒生的“海的女儿”，莫扎特冲开罗网的旋律至今还那么澎湃，海明威那张老渔夫的风帆并不昭示着失败。当我挤进彩灯下的香榭丽舍大街，多少精英正在宝钢舞台放开了歌喉。歌声中荡漾着施特劳斯的多瑙河、莫斯科郊外的小河。

一季一季的口味都在换，在纪念品商店里倘佯也是时髦的洗礼。城市的神秘一会儿在这个羞涩的钱袋，一会儿又在那个炫耀的神色。就像有多少盏奇异的灯，就有多少种美味的菜。

雨雾笼罩，谁竖起了醒目的路标？志愿者变成了轻捷的小鸟，把明亮的晨光一一衔来。爱如果瘫痪了，还有什么精神？其实，我们每一个人都是一座城市。今天的一路畅通，排除了多少堵塞？这里是谁的宫殿？又是谁的商场？是谁的中心？又是谁的要塞？谁也说不清。

城市邀请了我，我也邀请了城市。但深入的只是无数中的一座，再沸腾也只是触摸了某个局部、某个瞬间。城市的笑脸赠给了所有的猜想，泪水又留下了坚韧，灵感的翅膀在最佳实践区翱翔。

此刻，我举起从乌篷船上卸下的黄酒，举起清朝京城作坊里的二锅头，举起慕尼黑郊区酿造的啤酒，举起从马恩河谷沸腾的香槟酒，将自己也变成沉醉的酒，让各国的朋友们尝！即使就润一润青春的嘴唇，世博大道上的记忆也长留着欢快。让千千万万个不同肤色的李白为世界祝福吧！世界也在祝福有着同一份激情的李白……

去世博排队吧

薛舒

早在2002年12月，摩纳哥的蒙特卡罗传出好消息的那一刻开始，上海人就把“世博”这个词汇当成了一份荣耀。当然，这份荣耀离我们还十分遥远，一个缩写词汇，包含了我们对一场国际盛会的所有想象。这是普通上海市民对“世博”的最初印象，尽管他们是中国最先见识到洋人、洋货，最先学会洋腔、洋调，最先领略到时尚生活，最快与国际接轨的大都市的市民，但他们依然无法用自己的想象勾勒出一个完整的“世博”的样子。

我们无法不关心世博了，因为它要在我们的城市里安家落户。起初，我们只是关心那些与世博有关的词汇，后来，我们开始关心黄浦江边雨后春笋一样拔地而起的世博场馆，再后来，我们关心起了自己究竟需要在世博的日子里怎样生活，如此这般，我们发现，世博已经迫在眉睫了。

我们开始越来越多地看到身边一道道与世博有关的风景，“城市，让生活更美好！”这句话，我们当做功课一样每天在念叨，直到它的内涵、意义，也烂熟于我们的心。至此，我们终于相信，世博已经离我们不再遥远。我们几乎像童年时代等待过年那样，等待着这个令我们兴奋而又害怕的日子的到来。兴奋，是因为终归这是一个节日，欢快热烈欣欣向荣的节日。害怕，是因为我们不知道我们有多少能量可以承担这么巨大的宴请。上海人，自律的、内省的、不爱凑热闹的、懂得距离与美之间的关系的上海人，一个个瞪大了惊恐的眼睛，相互之间交流着那个可怕的消息：上海人比北京人辛苦多了，北京人好坏辛苦二十天，奥运会一结束就好啦，我们呢，阿爹啊姆妈唻，要五个月啦，哪能办啊？

可分明，那些惊恐的目光里，骄傲和得意几乎都要掩藏不住了。八十多岁的浦东阿奶一次都没有坐过那班通往国际机场的地铁，可地铁每天呼啸着在她家窗外的绿荫斑驳中飞驰而过，她便握着电话机对着她早年去了台湾的亲妹妹说：世博要开始啦，你快回来吧！下了飞机，坐上地铁，就到家门口啦！

于是，世博就真的来了。黄浦江两岸足足铺开了5.28平方公里的园区，整整250个场馆，那个场面，那个气势，世博还没有开始，就已经吓倒上海人了，果真开始了，他们倒临危不乱了，倒做好了充分的准备。他们和全国各地涌来的人们一起，带着小板凳、阳伞、矿泉水、面包，在各大场馆门口排起了长而又长的队伍……他们这样一来，倒把外国人吓坏了。沙特阿拉伯人吓坏了，日本人吓坏了，德国人吓坏了，他们当然不是为人多而吓坏了，中国人多，他们是知道的，他们惊讶的是，居然，中国人可以为了二十分钟的参观而花六个小时去排队。那么大的世博园里，千百条队伍逶迤前行着，千万道目光翘首企盼着。不知道那条紫蚕、那艘沙漠之舟外面迂回曲折的队伍究竟有多长，如此之长的队伍，是不是又创造了某个吉尼斯世界纪录？

中国人从来是很擅长于排队的，对于排队，我们有着从实践中总结出来的丰富经验，当然，八零后要从父辈们的记忆中去挖掘这些经验。三十年前，或者更早的时候，我们就深知排队的意义，排队可以让我们买到猪身上最好的那块里脊肉，排队可以让我们在浴室的大池水还没有什么沉淀物的时候就洗到一场滚烫的热水浴，排队还可以让我们吃到红房子或者凯司令里最新鲜的惯奶油和冰激凌，排队让我们贫瘠的生活滋生出一些虚构的富足和充裕的气息……

我们早就学会了在排队时利用“预约券”的形式，可不是吗？那时候，我们用一只篮子、一块砖头摆在队伍里，然后我们就解放了自己的劳动力，我们从容地回家，洗好一盆衣服，擦完所有房间的地板，然后，到了某个约定俗成的时间，我们便回到了队伍里，彼时，我们的篮子或者砖头，也许已经在队伍的最前方了。一定会有人大声叫着：谁的篮子？谁的砖头？轮到了轮到了……这不是我们的预约券吗？只不过那时候，我们还没有互联网，我们没法遥控操作，也没法电子预约。篮子和砖头，毕竟不能承当每一次买紧俏商品的重大任务。然而，我们是有排队的经验的，所以，世博来了，我们就发现，我们又重拾起了记忆。我们把那么长的队伍排得如此耐心从容，如此不急不躁；我们前呼后应、瞻前顾后；我们拖儿带女，相互帮助……

最与过去截然不同的，是我们排队时的心情。曾经，我们排在队伍里，为可能买不到里脊肉而懊丧，为大浴池里的水已经发黑还没有轮到自己而着急，为吃不到惯奶油和冰激凌而失望，总之，为着那些捉襟见肘而寒酸拮据的生活，我们在长长的队伍里忧怨焦虑着。然而现在，我们排在那么长的队伍里面，一点都没有觉得烦躁、憋闷、气恼。我们可以坐在自带的折叠式小板凳上，拿出带来的书阅读；我们还可以和前后的朋友分享自己的饮料和零食，天南海北的，初次见面就做五六个小时的邻居，缘分，我请客，边喝边聊边等待。我们甚至把排队当做一种浪漫、情调，一种与修身养性有关的“世博生活”。我们很清楚，队伍前方等待着我们的，是另一种富足和充裕，那是一副即将成为现实的更美好的生活蓝图。或者，换句话说，以前我们排队，是为了获得维持生存的物质；现在我们排队，是为了企及某种精神的享受。

看到一则网络新闻，说参观上海世博，要从九大关键词入手。究竟是哪九大，我没有记住，但私下里觉得，加上“排队”，可算十大。我不知道别人去参观世博之后，留下了什么样的印象。我去过了，我依然要说，如果2010上海世博的宗旨是“城市，让生活更美好”，那么去世博排队，对于我们这些最普通的上海市民，也许有着另一番意义。

去世博排队吧，不是为了怀旧，而是为了让记忆告诉我们，什么是进步。

金色少女　曹衣出水
——世博会文物一瞥

程庸

十年来，为寻访、搜购流散在欧洲等地的中国文物，我踏遍了亚欧美近百个博物馆。如今参观上海世博会，只消半天，就能见到不少来自世界各国的熟悉文物，倍感亲切。

文物是一个国家文化、艺术和科技发展的结晶。要了解一国历史，首选博物馆。当你参观城市足迹馆的史前古埃及神像，便可知与中国齐名的埃及古文明雕塑是何等精美。虽然埃及文明的长度、总量不如中国，其发端却早于中国。在史前，就创作出这么伟大的石雕文化，令世界叹为观止。埃及馆的这些文物借自大英博物馆，我曾几度去大英博物馆欣赏，如今在上海重逢这些珍宝，特别是那件重器——神像碑文，令我再一次叹息史前就终止了的古埃及文明。

埃及文明不仅自身辉煌，其光芒还波及欧罗巴大地，影响深远。希腊是欧洲文明的源头，曾受埃及文明启迪，罗马征服者则把希腊文明推向了全欧洲。我曾在雅典国立博物馆参观过雅典娜神像，这件作品反映了古希腊辉煌时期的艺术面貌，如今，这神像飘然而至城市足迹馆，令人感慨人类文明的进步，使东西方文化交流变得易如反掌。不用远涉重洋，就能欣赏地中海沿岸的文化，欣赏高鼻深目的女神，双眼眺望远方，流露出信念与坚定。

荷兰是欧洲迈向全球的开路先锋，虽是小国，却在欧洲近代史中担当了重要角色。荷兰国家博物馆藏有许多来自世界各地的珍宝。上海世博会荷兰馆展出了马克西玛钻石王冠，此宝物演绎着荷兰王子与马克西玛凄清又美丽的爱情故事。钻石王冠镶嵌的钻石之多，级别之高，做工之精致，反映了荷兰鼎盛时期工艺文化的延续。

奥地利在欧洲属后起之秀，是一个很早就模仿中国瓷器并生产出自己产品的国家。几百年前，奥地利人就向往东方瓷国中国，世博园内的奥地利馆，设计成一把平躺着的吉他，其外墙和内部装饰采用了中国瓷器的装饰元素，寓意自中世纪以来传播欧洲的“中国瓷”再度“回到”中国，也寓意奥地利人将继续几百年来与中国的友好交往。

丹麦小美人鱼雕塑，当是重量级文物，向来让我国青少年心向往之，他们从丹麦童话作家安徒生的书籍中了解了该国人民的美好情怀。世博会还展现了德国德累斯顿茨温格宫博物馆的皇宫用品。土耳其馆、日本馆、非洲联合馆等，都有可圈可点的文物展示。

这次世博会文物展示最有名者要数法国馆的七件珍贵文物。作为欧洲文明的后起之秀，法国在建设自己的文明时，雨后春笋般地涌现出很多艺术家，创造了辉煌的法国艺术。在欧洲绘画史上，法国印象派让任何一个画派都难望其项背，该流派画家的大多数作品藏于法国第二大博物馆奥赛博物馆，因了这个缘故，我每次去巴黎造访，参观博物馆往往首选奥赛。令中国人自豪的是，印象派不少成员的画风都受中国艺术的影响。印象派绘画的主要特点为简约、平面化以及留白手法，本不属于欧洲，而是受中国等东方国家艺术的启发。从法国馆的奥赛博物馆展品可见一斑。法国馆展示的印象派大师作品有六幅：塞尚《咖啡壶边的妇女》、凡高《阿尔的舞厅》、米勒《晚钟》、马奈《阳台》、勃纳尔《化妆间》和高更《餐点》，参观者如能细细观赏这些作品，当可看出中国绘画艺术的痕迹。法国馆还有一个重要作品，就是罗丹的雕塑《青铜时代》，也来自奥赛博物馆。见过这件作品的观众无不感叹，此塑像和真人相似，身高一米八，身材魁伟健壮，展现人性的力量。罗丹为什么要塑造一个青年男性人体？寓意何在？且看这青铜人体体态自然生动，面容和谐，一腿略弯，一腿支撑全身，呈迈步行走之状。左手握拳，右臂举起，手扶头顶，似梦中醒来，躯干与四肢在苏醒的过程渐展肌肉的变化。这铜像通常被阐释成人体通过苏醒并发出内在的活力，冲破一切束缚，象征人类从野蛮的状态中渐渐苏醒，暗示人类从原始社会已进入青铜时代。其制作大气精美，线条流畅多变，浑然天成。

卢森堡的金色少女像也是这次世博会的亮点。这件卢森堡珍贵国宝，坐落在三米多高的圆形柱上，观众能近距离观赏，一饱眼福。身着战袍的少女，微微欠身，呈献手中的橄榄枝，凝望前方。丝绸般薄衣紧贴身躯，其工艺制作精美细腻，令人想起古人对北齐时期曹仲达的佛像作品的评介："曹衣出水"，曹仲达的雕刻笔法刚劲稠叠，丝丝入扣，所画人物衣衫犹如出于水中，栩栩如生，后人故称。

据说，近百年前，卢森堡艺术家克劳斯·希图创作的这件雕像曾引起争议，认为"金色少女"的战袍设计得太薄太贴身，把少女的玉体展露无遗，引起保守派人士的不满。但很快被人们所认可。这件女神作品，用以纪念一战中牺牲的卢森堡志愿军。二战期间，女神像被纳粹推倒，之后又被找到，重新矗立在宪法广场。多年前，我去卢森堡淘古董，经过卢森堡宪法广场，被眼前的美丽景致所震撼，只见方锥形柱子耸立于宪法广场，金色女神像昂首伫立方锥形柱子顶端，虽能仰望，但女神尊容细部莫辨，工艺精美与否莫辨，只见阳光照射下的熠熠光彩。纪念碑的大理石基座上是两尊用青铜铸就的雕像，一位安详躺在大理石平台上的亡者，一位面容深沉的悼亡者，两像长满铜锈，记录着岁月的变迁。前方躺着一块巨大的石碑，在广场空旷的场景中，以及两边的参天大树，更衬托出女神的光彩和伟大，这种感受，可惜在世博会难以体会。

人生在世，旅行是重要的生活方式。随着人类文明的进步，世界变得越来越小，东西南北近在咫尺，要了解异国风情，不出国门同样能够领略，未必非要依赖旅步踏遍天下来实现。然而，事实上，从历届世博会来看，参观完世博会的人们，旅行的欲望不减反增，两腿行千里，亲眼看世界，从此意义而言，世博会改变了人们的生活方式。

陪美国作家逛世博

小饭

世博在中国举办的意义，有人说“让没有机会走出国门的国人们，不出国门走向世界”。这个说法挺好，现实，朴素，而且有效。

在城市里待久了，兴许不至于为了这样那样的狂欢和聚会而激动。我这样一个上海本地人，在上海呆了二十多年，甚至还没登过东方明珠……与此相似的，我有好几个北京朋友也没去过故宫游过长城。“你总觉得有机会，所以一再拖延。”我和我的朋友们为各自的慵懒找到了共识。

然而世博会毕竟是一个游动的盛宴，她不会永远在那里，她会离开我们；在这个角度看来，她更像是一个游客，一个风流快活的仙人，每一个接待过她的主人也只能有幸跟她欢度一小段时光。也许，慵懒如我者，稍纵即逝，就错过了与她交往的机会。

不能啊。

那么最有效刺激你动身去窥一窥的理由是什么呢？

各地来沪的朋友们，他们的出现倒是一个让上海人去参观世博的好借口，去招待他们，说一句“上海欢迎你”。

或者，好友建议道，“带着父母或者孩子去闹猛一下”，这也是合情合理。

然而这些，都只是我去世博园之前的想法……那个让我出发的信号迟迟不来。在电视上，露天的宣传海报上，收音机里的广告词里，推至网站首页的新闻上……世博尽在身边，就在远处，何时才是我跟她的缘分？等啊等……

今年7月5日，在上海举办的这一届世博会接近中段，来自爱荷华国际写作计划的美国作家，异国的客人，他们一行六人，在作协外联处陈老师的带领下，下了飞机在酒店房间稍事休息，出发去了。

得知这个消息的我假装在一旁不吱声。陈老师细心人，对我笑呵呵说道：

“小饭，你一起陪着吧。你英文好，帮忙介绍介绍。”

听到这话，没怎么思考就点头答应。其实“英文好”倒也算不上，一些日常用语说起来都算不上自信，只是勉强可以交流，还得附带一些肢体语言，甚至比划出一些符号。然而面对友善的美国作家们，“帮忙介绍介绍”，真是非常乐意。也算礼尚往来，要知道在美国期间，他们就带我去酒吧，带我去跑步，带我去参观农场庄园……

回了国，又是上海，这时候我是主人了。要尽东道主之谊。

那就去。

你看，机会来得如此突然，简直是个惊喜。这样一个情境，“动力”完全充足。从来也没拒绝过要去世博，只是一直在等。在上海，我故乡的世博，有趣的是，我一不是陪外地朋友去，二也没来得及招呼家里人去，却是陪同美国作家一同观赏。

更加有趣的是，如我所转述，世博原本或许是以“让没有机会走出国门的国人们，不出国门走向世界”为宗旨，这回却成了外国友人了解中国，了解上海的一扇窗户。

这结果，对我，对世博，对这些美国友人，巧，妙。

司机把我们放在浦西马当路，当时已是傍晚五六点光景。这天不热，微风徐徐，实在是兜马路的好条件。纪录美国作家一行的摄影师塔克遇上了一些麻烦，在世博园入口处他被要求寄存他那个微小的摄像机器。这也要怪他太“敬业”，此前陈老师已经知会，世博园区不准摄像。塔克倒是放下了大摄像机，却遗漏了随身携带的小摄像机，而安检机器可没打酱油。作为一个旁观者，我也不知道塔克是故意忘记的呢还是无意疏忽的——不过这哪种解释都有好的一面不是么？

这甚至也是我第一次坐世博地铁专线。通往站点的路上我还跟美国作家们打趣，说“待会儿会很拥挤，上海地铁的‘热闹’堪比东京，没准你的前胸就会贴到一个陌生的后背”。马特是个美国诗人，主要的社会身份是一家杂志社的编辑，兼职还当歌手，拥有自己的乐队。前几年他的乐队和我心爱的乐队《GREEN DAY》签约了同一家唱片公司发行了专辑。他朗诵诗歌嗓门很大，一首诗被他朗诵之后果真能余音环绕——这时候却回头告诉他的同胞们，“注意了，待会儿上了地铁我们要和中国友人亲密接触了，大家整理整理衣裳。”

淇淇和阿曼达被马特逗笑了。忘了是淇淇还是阿曼达说的，“待会儿我要躲在你身后，贴你。”

马特很满意这样的回答，斜了一眼看看吴川。吴川拉开自己紧闭的嘴，表示服气。

事实上假如我们分散开，吴川是很容易混到中国的人群中的。他是越南裔，同属亚洲人种，他的长相不比任何一个广东人更有异国风情。额头和眼睛，头发和肤色，跟他在一起的时候我一点儿也不能感到兴奋或者紧张，看着他清澈的眼睛，说上几句什么话，我实在不能把他当一个老外去对待。

他在美国教授电影，这可是我近年来最大的兴趣所在。他说他最喜欢的华语电影是《花样年华》和《霸王别姬》。前者的英文名我原本就知道，就顺道夸夸王家卫这个我也不讨厌的导演，在吴川面前卖个人情给他。后者被英文翻译之后我完全就不得要领了，吴川表示这个复杂的英文片名是陈凯歌导演的作品，在我“当当当当当当当”学着京剧里的步伐晃晃荡荡一圈之后，吴川说，“是的，就是这个电影。”

在地铁上，尽管上海人已经对外国人并没多少兴趣了，只是，我还能感觉到，吴川更是普通中的普通，吸引不了人们的眼球。唯一的亮点在于，一位大妈小心翼翼的指着面对我跟我聊着天的吴川的背影，对她的孩子说，“你看，人家的英语多好。”

连这位初中生模样的男孩也没有能力拆穿吴川是个假中国人。

就在这娘俩说话的当口，记得吴川跟我聊的是，“马特看来没什么机会，这地铁上人不算太多。”的确不多，这样挺好，出门在外，谁都不喜欢人挤人。

说起来也奇怪，这些美国作家里，只有吴川的英文我能百分之八十能懂，我想有可能是他有亚洲血统，但中国作协的吴欣蔚小姐却告诉我，吴川为了能跟我交流，“他尽量用最简单的英语跟你说话呢”。善解人意的吴小姐总能在我面对一些困惑时候找到令人信服的理由。

那为什么马特和卡尔他们不用“最简单的英语”跟我说话呢？我还是纳闷。听了吴小姐的解释之后我细心观察了不远处正在聊天的马特和卡尔。啊，马特那个大嗓门，有可能是发音的问题，而卡尔，在我们面前的他手里永远捧着一本英汉汉英大辞典。或许他觉得辞典才是最可靠的吧。

真是难为吴川了，他前几年写了一篇越南题材的小说摘得了欧·亨利小说奖，面对我就只能退化到说一些小学英文。

正文是不是从此刻才开始呢？也不是，我常常觉得世博的深意也包括了世博园之外的那些。就像我参观世博之前的那些心理活动，也属于“世博给我带来的”。而作为一个上海东道主，带领美国作家参观世博，这一行为就很有“世博精神”哈哈哈。

当我们下了地铁，不一会儿看到了捷克馆，边上是他的兄弟斯洛伐克馆。又经过了另外一些欧洲馆。美国作家的领队克里斯，也是爱荷华国际协作计划中心的主任，他带着我们一路去寻找美国馆。这不难理解，就像我们到了美国也总是惦记着唐人街一样。希望看看代表着自己国家文化的那一部分到了另外的国度是怎样呈现的。然而人满为患，而美国作家们的行程安排又很紧，不能逗留太久。排队入场在这时候显得“得不偿失”。陈老师看着世博参观指南建议我们待会儿去非洲联合区。“那儿有原生态的钟鼓表演。”热爱音乐的马特一听就来劲了，第一个说好的就是他。另一些美国作家看着几十米长的入场队伍，也只能无奈遂了马特的愿。

事实证明这是一次英明的决定，非洲联合区的钟鼓表演估计能值当两百元的一张演出门票。他们的鼓声隆隆，灯光舞美都漂亮得没话说，尽管因为“迟到”的关系没能占据前排位置——其实在后排远处观赏倒是另有风味，一张大全景。称得上“轰隆隆”的表演令阿曼达和淇淇久久地驻足。梳着辫子头的淇淇看上去就很有舞蹈的天赋，她拉着常常显得腼腆的阿曼达的手欢快地跳着，有那么一刻阿曼达转身看到我们正在欣赏她们的舞步，居然还脸红了。

钟鼓表演“耗费”了美国作家不少时间，这也让陈老师面露难色，接下来让美国友人去哪儿呢？时间剩下不多，而每一个热门场馆前面排队的人丝毫不减。

没料到当那些非洲艺人收起表演道具，大家也都刚准备把激情收起来的时候，一旁的街道上保安人员就开始“封锁”马路——花车巡游到点启动了。五颜六色、奇装异服的表演家们站在各种特色花车的顶端，向我们招手。她们都是青春而活力四射的姑娘们，随着音乐跳着火热的舞蹈。每一辆花车上都有不同的装扮，每一个舞蹈演员们笑容都灿烂极了。在一首首火爆的舞曲下，姑娘们收到了掌声和口哨，还有那一声声非常不标准的“你好啊”“你们好啊”——对，这是可爱的马特在大声跟那些演员打招呼呢。

“喂喂喂，马特，你听出来那歌词里有‘AMERICAN’么？”吴川提醒马特注意歌词。

“嗨，我只听到了音乐，那就是音乐。”马特这么回答吴川。

气氛越来越好，克里斯一路面带微笑陪着我们这伙年轻人撒欢。“这像是一个节日。”我听到他对吴欣蔚小姐说。

这一回的欢快，甚至感染了内向的卡尔。原来卡尔也爱看美女，爱热闹的场面。我注意到他的步伐明显比之前快多了。

送花车到最后，我们终于感到了疲倦。陈老师一声令下，大伙儿乖乖回酒店休息。尽管如此，不难发现马特，也包括其他的各位，脸上还是有一种意犹未尽的表情。这时候陈老师只能用一句中国老话，“天下没有不散的筵席”来劝慰他们啦。

走出世博园的时候我意识到这是一次超值的、甚至“欢快程度”是超出我意料的世博之旅。尽管，我之前想进的场馆，比如西班牙馆，沙特馆，还没机会进，但把这些机会留给下一次带国内异地的朋友、带家人去的时候吧。我想。

据后来吴欣蔚小姐说，在她送克里斯到机场的路上，这位和蔼可亲的老先生一直对那一晚的世博行充满赞美，“这不可思议，她（世博）非常‘豪华’。”在吴欣蔚小姐转述我这话的时候，我心想“豪华”在美国人心里到底是什么意思呢？

我一直忘了问吴小姐，关于“豪华”，克里斯用的究竟是哪个英文单词。

中国馆内景

历届世博会标志性建筑模型、吉祥物展示

意大利馆门厅内景

美国馆内短片播映

印度尼西亚馆内文物

非洲联合馆内景

澳大利亚馆内多媒体表演

澳大利亚馆内漫塑

上海人看世博

滕肖澜

世博会的这几个月，我大部分时间在香港。最切身的感受是，因为世博，机票涨了许多。原先一个月的来回程只需两千来块，现在三千都不止。我表妹来香港玩，本打算乘飞机，一打听，吓得只敢坐火车。然而香港的直达火车票也紧俏之极，半个月内都已售罄。最后还是坐火车到深圳，再转地铁到香港。其实，不止是香港，整个世博期间，所有进出上海的交通都是如此。上海本就热闹，因为世博，热上加热，都有些发烫了。很High。偏偏世博又设在夏季，额头滴下的汗珠，落在地上，都能冒起一阵白烟。High的多数是看世博的外来的游客；烫的脚底心冒泡的，是上海人。世博为这座城市带来数不清的好处，比如地铁线路的增多，城市面貌的改善，还有整体经济的上升。很棒。但上海人偶尔也会不满于世博前那浑浊的空气，整座城市成了一个大工地。还有上涨的物价。记得有次去菜场，当小贩面对大家“怎么又涨价”的质问时，居然说，“政府不是补贴你们每家一张公交卡了嘛，二百块钱呢。”挺有意思。

世博试运行时，我有幸入园参观了一次。可惜那天有好多热门的场馆都没开，剩下的场馆，门口大多排成长龙。结果那天我只进了“尼泊尔”、“泰国”、“巴基斯坦”三个馆。大部分时间都在欣赏园区外观。很漂亮。各具特色。不久，有外地亲戚来上海看世博。我又陪他们去了一次。比试运行时好多了，全部场馆都开放了。只是三十七度的高温，无遮无拦地曝晒。回到家整个人晒黑一圈，都有咸鱼味了。问亲戚们感觉怎么样。都说不错，值得，要是人能减少三分之二，那就完美了。把排队的时间省下来，还能再多逛几个馆。这批亲戚走后，很快又来一批。照例是逛世博。仅从这一点上来说，世博便已是成功了。大热天还能让人趋之若鹜。只是这回我说什么也不敢再做陪客了。用上海话说便是“挡不牢”，到底不是二十出头的小年青了。

香港人对世博会的热情也是毫不逊色。我问过几个香港朋友，“去不去上海看世博？”，回答都是清一色的“梗系啦”（当然啦）。别的不说，单凭每天电视里层出不穷的世博特别节目，便晓得香港人是多么的关心世博。有意思的是，香港人讲世博，除了介绍一些场馆、设施，最后往往总要落实到“吃”上。所谓的世博特别节目，基本上可以概括为“上海世博美食一览”。馆内的各色饕餮，馆外的地道小吃，甚至延伸到长三角地区，几个靓女主持走到哪里，吃到哪里。每每让人垂涎欲滴。也许是因为香港人太喜欢吃的缘故，所以电视节目便投其所好，生怕他们在上海找不到好吃好喝的地方，便特意录制了这样一套节目，既是广告，又是向导。

手里还有几张世博的门票。打算到九月份，天气稍微凉快些，和家里人再去一趟。毕竟开在家门口的世界级盛会，有生之年也不见得能碰到几回。赶上了就要珍惜。

亮晶晶的苏泊德·古普塔

姚育明

那天去世博会，人还是那么多，便上高架步道随意的走，在靠近中国馆的地方，无意中发现栏杆上镶着一小块字牌：

苏泊德·古普塔（印度）作品《信念的飞跃》

法国密特朗中心策划

我一下兴奋起来。下意识地趴在栏杆上朝下看，路面有好几件艺术大师的大型作品耸立着，但我没有看到具有印度特色的艺术作品。于是我环顾四周，一边寻找一边打听……

说起对苏泊德·古普塔的认知还是几年前的事，也是无意中看到的一张摄影作品，拍摄的是苏泊德·古普塔的雕塑作品《戈伯——象头神》，照片中银白色的篮子里面装满了"金币"，由于过满，桌面上还散落着一些，它们闪耀着贵重的金光。不，这不是黄金，它们是印度乡村最常见的干牛粪，是村民用来煮饭用的燃料，只是苏泊德·古普塔将其镀铜改造而来，造成了金光闪闪的事物。

对于城里人来说，牛粪是肮脏的不值钱的垃圾，可在乡间它们却是最实用的物件。我曾在藏地的原野上，看到过一些"金字塔"，它们就是由牛粪干结结实实垒成的，因为牛粪塔的形状，它们竟像一座座神秘的符号。在内蒙草原，牛粪干同样是牧民生活中的不可缺，它们紧凑地堆砌成一堵厚墙，夏季，它们是最好的燃料，冬季，则为牛羊开辟出挡风一隅。

然而，苏泊德·古普塔给作品起的名字却并不庄重，据说这句话为印度北方当地人的贬意词，用来形容某人的懒散、愚笨、没有能力。

从雕塑到作品名，我体会到富有弹性的意义延伸，除了艺术家把干牛粪这种日常形象转化成艺术语言这一点外，我看到的不仅仅是苏泊德·古普塔对传统价值的尊敬，还看到一种揶揄，一种腐烂的不值钱的东西一旦改造成为金子，它就升值了，就被装进银篮子中，人们太容易被金光摄住了。如果说这是对拜金主义的嘲弄，也不算牵强附会，当然，我同样可以理解为一种郑重其事，在乡人眼里，牛粪的作用本来就如金子般贵重。如果站在整个地球的角度来看，牛粪干还起着环保的作用，可以减少对树木的砍伐，它不仅是金色的，还应该是绿色的。当我感受到这种多义性时，心里升起了几分喜欢。

由于对这位大师发生了兴趣，我就想法找他的作品来看。结果我看到了《学校》《穿越七海》《控制线》《开始·结束》等雕塑或装置作品。几乎所有的作品里都有铜物、铝物与不锈钢餐具，这些日常生活中常见的物品充满了金银之光、珠宝之气，它们的物质性在艺术境地被提升了。苏泊德·古普塔的作品大多呈现相辅相成的形态，比如进餐之地的华丽，同时又是庄严的；再比如高级行李箱与打工族扎得变形的塑料包混杂一起；或者将无数的厨房器皿铸成蘑菇云，让人不安地想起原子弹爆炸；还有那条缓慢转动的大型寿司旋转台盘旋出一盒盒午餐盒，而自行车上挂着的传统的餐桶则传达着劳动者递送午餐的艰辛……它们既具自我认同的性质，同时也有集体认同的文化象征。苏泊德·古普塔的个人风格非常鲜明，它们不仅使我激动，还令我惊诧，解读世界和表达世界完全可以用个人的方式啊！

我没去过印度，从有限的知识感知中，想到那个地方就是佛陀教化的历史和现今的脏乱环境，但是，扎根在本国土地上的苏泊德·古普塔就不同了，他看到了祖国极其艰难的现代化转型，同时感受到信念的成长与自觉，他要以作品表达一种精神，那就是从自己的民族精神中汲取营养，于是他从最基础的餐饮上表达，一如我们过去见面就问“吃了没有”一样，最基本的生存内容也是最有力量的，它代表了所有国度里大众关心的问题，脱贫是百姓的愿望，原始农业必然要向工业文明迈去。他大量地运用不锈钢餐具或其他不锈钢物品，就像营造出一座座新兴的光芒四射的城市，可以说这些物质的光芒也是精神光芒的反射。

在世博会上的标示牌上看到苏泊德·古普塔名字的刹那，我觉得十分幸运，在这之前，根本没有想到可以欣赏到这位国际级别的艺术大师的作品。我将手撑在一座柱子上，眼光继续四处寻觅。突然我意识到手感的异样，抬起头来，啊？！远在天边，近在眼前，原来这就是苏泊德·古普塔的作品《信念的飞跃》，它是由众多大型不锈钢水桶组成的，它们一只套一只的垒起一根立柱，人流从它边上过，好像簇拥着它，又好像要将它变为一截桥墩，而我差点擦肩而过。

一件需抬头仰望的作品。纪念碑似的耸立着。那么简单的造型，兼实用与思索为一体。真是平常到极点却又是银光闪闪的艺术品啊。

我仰头数了一下，一共有十三只水桶。心中一下涌上了一句话：胜造十三浮图。

我似乎看到印度百姓顶着酷日从恒河里挑着水桶上岸，水桶里晃着不甚干净却被民众无限信任无限依赖的圣水，这条被视为母亲河的水，被这样的水桶无数次的盛放，好像承担着生命之源。这就是艺术家的用心啊，我直接感受到的是一种心灵力量，而非物质带来的感官受用。

看四周人群涌动，想过去这里也是一片荒凉。不仅仅是上海，整个世界变化太快。相信在苏泊德·古普塔心里，也一定有着这样的感慨，时光匆匆，好像不锈钢水桶来不及再作外形上的改造，就被匆匆垒起，然这垒起却是深谋远虑的，那整齐而严谨的叠放，是往高空里去的。一个在母体文化上成长起来的艺术家，观看现代社会的快速发展，一定会寻找一个新的方式来说话。这类水桶，平时被拎在手里或顶在头上，也可能担在肩上，充其量是一人一桶，或者一根扁担担着两只，当它们一只接一只的连接起来，就有了集体的气势，它们甚至变得不像水桶了，在与不远处的大型遮阳伞底座的对应下，它们更像一块块亮闪闪的砖瓦，垒造成一座仅为观赏的建筑。

我小心地摸了摸它，发现自己的身影映在明亮的水桶壁上，它有些破碎，然而生动。我又退后几步，细细地打量着它，从下到上，从上到下。我看到它的表面竟然在太阳光下活起来，它有时呈现蓝色，有时又飘忽着黄色，它的不同部位随着大气中最轻微的变化而变化，微妙而又美丽。

这时候构勒这位未谋面的艺术家，竟也是亮晶晶的了。

在世博园里遇到孤独

赵瑜

初抵上海，便遇到小雨。天气是好的。导游说了，阴雨天气，可能游客会少一些，这样，一些场馆排队不会太久，听起来，仿佛不错。

然而，导游误解了游客的心理，阴雨天气，少了七月如火的阳光浇灌，大家更愿意今天来到世博园里走走才是。

世博园太大了，没有办法组织统一参观，所有的旅行团，到了世博园门口以后，交待完注意事项，便自由活动了。

自由活动，该是多么舒适的一件事情啊，然而，在上海世博园，却并非如此。我们的团队庞大，热情，有故事。一共五十余人。几乎随手挑选几个同伙，都会有拍不完的景致，罗列不完的姿势和故事。然而，游人像潮水一样地将我们冲散，以为我们大家会抓住彼此的衣衫，可是，进入一个人群拥挤的场馆，只一转眼，便各自单飞。

世博园的美好，在报纸的各个版面都已经开放过，网络上也是。即使是亲自走到那些漂亮的场馆面前，我们也不能否认那些建筑样式的新颖。色彩斑斓的外观让我们觉得生活原来还可以如此集中绽放，除了想在镜头里存下这些美好的样式之外，还有的，就是看着那长长的排队的人感叹。

人太多了，我们找不到可以去看的场馆。又或者说，人太多了，进入美好的路径全被占领，那种走投无路的疲倦感常常会让人无端地生出些绝望。

我没有排队，凡是超过半个小时的场馆我均没有进。有一个叫做捷克的国家馆，我阴差阳错地跟着一队小学生进了。是别人预约好的，而我看起来多么像他们的老师啊，便占了便宜似的进去了。

场馆里也果真有好看的东西，时间来到了2010年，世界被光鲜而物质的东西完全占领，全球化背景下的我们，所拥有的对物质和世界的判断完全丧失了体温。大体如此，我们说一件东西的好与坏，往往并不考量自己过往的经过，完全被一个陌生的标准统领。这标准只指向奢华和光芒。所以，在这样的背景下来参观世博园，觉得世界真是精致又梦幻啊，即使是粗糙的外观，也完全有着审美的纹理，那不是自然的粗糙，是审美的。

是的，世博园里，我们找不到日常生活的气息，它完全拒绝菜市场的气息，母亲的气息，更拒绝世俗生活里卑劣的衣料、努力向上的生活姿势，世博园这些光怪陆离又文艺气息浓郁的建筑，无疑向世人宣布，光洁的生活，又或者具有光洁外表的生活，是我们的理想。

这真让人觉得羞涩。如果是这样的话，那么，将我们的城市全都加上玻璃外罩即可。

城市让人绝望的地方已经够多了，比如防盗网，它监狱般坚定的样式让人不知所措，究竟是对世人的恶意猜测，还是有意将自己囚禁。多次看到报纸上的悲伤新闻，家中失火，而因为防盗网无法跳下楼去。

我们用自己认为安全的方式将自己杀死。

城市让生活更美好，这的确是一个美好的理想。但前提是，城市一定不能一味地光洁，像个虚荣的女人一样，将珠宝手饰全戴在身上，那样，不是好看，是俗气。

我常常对五星级酒店里的地毯充满了警惕，那种人为的柔软，怎么会比得上乡村一条河岸边的泥泞。泥泞，是啊，它修饰我们的身份，让人觉得尴尬的同时，也带来母亲呼喊般浓烈的亲情，差不多，一个有着泥泞生活史的人，才会懂得珍惜这个世界的光洁和鲜亮。

我是一个乡下人。我永远无法摆脱自己喜欢泥泞的逻辑。尽管我经常衣着光鲜地在城市里生活了数年，尽管我也在偶尔的瞬间迷恋城市的快捷和丰富，但我从未迷失自己。我总觉得，一个刻意远离自然的地方，最终会丢失很多东西。

世博园太有光芒了，它扭曲了的姿势、欢快的样子像是盛唐时一曲飞天的舞蹈，的确，很惊艳，我仿佛触到了历史的雄音，从深远的时空里滑翔而来。这些光洁的建筑和设计，让我第一次感觉到国家昌盛的具体指向，它可以在我们意想不到的地方建构新的“长城”，当然，我的比喻并不恰切。伟大的、繁荣的、拥挤的生活样式，总让个体感觉到孤独。那是一种无法描述的复杂。

在世博园里，当我和五十余位同学被人的河流冲散，当我一个人走在人群里，听着他们口音各异的点评时，我突然觉得丢了自己。

我很享受这四周的风，上海，我来过一次的，我喜欢的鲁迅先生，他在上海住了十年。我还记得看他日记里的情形，他租住的房子被打了一枪，于是，他带着刚满一岁的孩子住进了内山书店的阁楼上躲避，奈何孩子病了，他不得不住进了一家星级酒店，而被小报拼命地宣传，大体是说他是一个多么奢侈的人啊。他后来写信向母亲和友人说明情况，来澄清这些。终究，他不过是一个朴素的人。

如今，我在上海世博园里找不到可以对话的同学，他们都去了哪里？

我在澳大利亚馆的门口坐了下来，我数清楚了身边的树的数量，还观察了一个孩子趴在地上哭泣的全部过程，甚至，还仔细地辨认了每一个人走过我身边的人，看看，他们中有没有一个是我的同学。我想和他们中的任何一个一起走，我想告诉他们，我看到了什么，我对哪些建筑失望了，我甚至还想告诉他们，我发现一种食物的名字好听。

然而，一个小时，时间将我身边坐着的人换走了一批又一批，我没有看到一个熟悉的面孔。

我收到了一条世博园的短信息，说是今天入园的人数突破了六十万人。

我终于明白什么叫做统计学了，六十万人，像一本厚厚的词典，我住在第十三页，却想隔着五百页的厚度，去叫醒另一个形容词，实在是绝望得很。

在世博园里，我看到了漂亮的建筑，无所不能的技术，世界正丰富无比。我相信那美好足以感动无数人，所以，才会有人愿意排队四个小时去看德国馆，排队六个小时去看中国国家馆，又或者更夸张地，排队七个小时去看沙特阿拉伯馆。

然而，就在我坐在澳大利亚馆门口做统计学调查的时候，一个女孩向我搭讪，她的手机没电了。她的男朋友让她在一个地方等，结果两个人走散了。没有对方的电话，两个人便像两条相忘江湖的鱼，越走越远。她反复地解释，语言生涩，她几乎没有出过远门，又或者过于封闭自己，她的语言组织能力很差，她想证明自己不是骗子，她又有足够的自尊阻碍着她的表达，她的话总是说到一半就停了，所以，除了我的理解能力很强之外，不能用任何方式来解释我对她的帮助。

我理解她一个人坐在某处等候男友的孤独，我甚至都想到她来回踱步无暇顾及身边景致的场景。我及时地帮助了她，用我的电话打通了她的男友。

故事的结局总让人开怀，那个男人一直找她。一直找，电话关机了，他一直在叫她的名字，一直在喊。他谢我，并说，看来，他需要练习一下信天游，这样，吼出来的声音响亮，或者才能让她听到。

两个人牵手远去，一直不再分开，仿佛一分开就会失去彼此。

这多像城市的生活啊，我们都绷得太紧了，生怕与现在拥有的世界分开……

那天的雨时断时续，像极了我在世博园的行程，走走停停，有很长一段时间，我坐在一个场馆里发呆，很想给家乡的另一个自己写一封信，他那时候还不会写文章，八岁，在一个打麦场里和一个邻居打架，哭了，发誓说，长大了要打赢对手。真可笑。

强国世博与世博强国

蒋蓝

在成都金沙讲坛细数世博“家珍”

世博会的理念是理解、沟通、欢聚、合作。如果你到上海世博园走一走，与来自四面八方的人交流，它就是一个盛会，是一个节日，世博会是全世界的节日。世界上被公认的大型城市事件只有三个：奥运会、世博会、世界杯足球赛。世博会是一个大型城市事件，它将空中交通，路上、地下交通，基础设施提前了20年或30年完成，这是它带来的最大经济效益……

尽管距离乔兆红博士的世博会讲座时间还有半个小时，成都图书馆学术报告厅里已经找不到任何空位了，不少市民只好坐在过道上。一些去上海参观过世博会的市民，兴奋地讲述着自己的所见所闻，会场气氛十分热烈。

作为研究上海世博会的学者，乔兆红博士开篇即说，在100年前，世博会知名度远远高于奥运会。人们只知道世博会，奥运会只是世博会的一个部分，借助世博会提高知名度后，奥运会才自立门户。时至今日，奥运会青出于蓝而胜于蓝，知名度远超世博会。

而她的一个观点“青羊宫是全国最先开始举办博览会的地方”，立即引起了成都市民的小声议论。

过去成都人习惯将劝业会称作“花会”，著名的青羊宫花会在清末就开始转型。1906 年政府改办成都青羊宫花会为四川全省“商业劝工会”，到 1911 年共举办六届。前三次名为“商业劝工会”，重视工业制造；后三次称“劝业会”，强调劝业主旨，农工商皆重。清末成都劝业会首开全国劝业会先河，因而有着重要的社会意义。其实，这样的源头，同样为如今成都的“会展经济”打下了深厚的历史伏笔。

她特意讲到为什么 1851 年英国举办的世博会叫“水晶宫博览会”？那是帕克斯顿爵士设计的水晶宫，即为功能主义的大作品，这个“一片精莹”的辉煌建筑采用预铸式组合，整个结构由钢架完成，全然没有了旧式的墙体支撑，作为覆盖和装饰的玻璃创造出奇幻之美。

乔兆红认为，从 1866 年到 1911 年，世界各国相继举办国际博览会约 80 次。中国参与世博会的历史可以按照具有标志性的历史年份分为三个重要时期。第一时期：从 1851 年到 1905 年，中国参加世博会是由海关洋员操办；第二时期：1905 年以后到新中国成立，中国政府正式从海关洋员手中收回了操办权；第三时期：新中国成立至今，1982 年是新中国第一次参加世博会。

在这样梳理脉络下，听众恍然大悟为什么中国 2010 年才获得举办世博会的机会，为何广东也在积极筹备申办 2020 年世博会。

乔兆红透露了不少上海世博会的趣闻。法国馆分发香水，引得参观者疯抢，这体现了少数人的素质亟待提高——这恰是世博会应该带来的整体效应。另外她称：沙特馆本来准备给参观其场馆的人员发现金，刚开始是美金，后来换成了人民币。最后因为有关部门未能批准作罢。“这个如果实现了，估计会打架流血。”乔兆红调侃道。这些素质问题，同样引起听众的热议，成为乔兆红与听众交流的一个主要话题。

乔兆红还用丰富的影像展示了历届世博会的特点，为听众大开了洞悉世界的窗口。

“荣光、荣光，无尽的荣光”

1851 年英国举办世界上第一次世博会的时候，在于它是世界上最先开始工业革命的国家。因为工业革命，英国产生了很多科技产品，首先为了向世界炫耀英国的实力，其次是为了扩展这些原材料和殖民地，所以英国决定举办一次世界性的博览会，邀请其他国家参展。包括中国人也参加第一次世博会。

世博会英国当时是邀请中国参加的，当时有个人叫徐荣村，是广东中山人，他是一个买办，在上海经营丝、茶，当时的上海周边的运河很发达，他廉价把江浙这一带的茶叶、丝绸等等收购运到上海，稍稍包装后向海外倾销，他的生意非常红火。他就携带了 12 包产品参加了世博会。但是反映英国第一次世博会画像上的这个人不是徐荣村，此人是当时停靠在英国的一条船上的一名中国人，英国为了显示自己的强大，说中华帝国都来参加了我们的世博会，把他请上去，穿上了官服。通过照片我们现在可以看看当时的盛况，是不是非常华丽？想想这是 1851

年，所以说那个时候的中国跟英国相比是远远落后的。

维多利亚女王出席了开幕式，她在她的日记中描述道："荣光，荣光，无尽的荣光"，英国邀请了欧洲的 13 个国家参加它的世博会。当时举办这个世博会的是女王的丈夫阿尔伯特亲王，这个人是非常有眼光的。英国本来举办的是国内博览会，亲王手下有一个人叫科尔，参观了 1849 年的法国内部工业博览会，他回来就向亲王报告，说我们是举办国际性的呢还是举办国内的？然后阿尔伯特亲王就这样说了两句话，他说："博览会必须是国际性的，展品要有外国产品参加。""艺术和工业创造并非是某个国家的专有财产和权利，而是全世界的共有财产。"这些观点是有世界眼光的，几乎是为世博会定了基调。而当时法国在 1849 年举办的国内工业博览会实际上已具备了世界博览会的雏形，但是它因为害怕竞争，没有邀请其他国家参展。我们说法国和英国相比，法国是保守的，直到今天它都倾向于保守，而英国讲求自由贸易主义。

1851 年英国第一次举办世界博览会之后非常成功，法国非常懊恼，我们知道英国和法国是隔海相望，两个国家竞争了几百年，法国随即决定举办世博会。1855 年法国就举办了第一次世博会，叫巴黎世博会。当时就是一个世博园区，有一个很大空间的建筑物，里面就像现在的交易会一样，每个国家它有一个展位。1855 年巴黎博览会的规模远远超过了 1851 英国世博会。

1867 年法国又举办了第二次世博会，紧接着有 4 次，11 年一次，它就举办了四次世博会。到 1990 年，法国一口气就举办了 8 次世博会，都在法国巴黎。我们说法国巴黎的地下交通直到今天仍然是全世界最完美的，上海就通过这次举办世博会使得地下交通很有改善，但是还赶不上法国，它之所以有这么好的交通等等基础设施，就是因为它一次一次举办世博会，举办一次地下交通扩建一次、改善一次，如此累积而成。

马克思、恩格斯非常关注世博会。在1851年英国举办世博会时，马克思正好流亡到英国，他每天都待在大英博物馆。他在收到恩格斯的信后，马克思给恩格斯回了一封信，他说这里正在举办一次工业性质的世界性的博览会，他说我等你来，我们一起去看世博会。通过世博会马克思敏锐注意到，美国已经超过英国和欧洲了。当时美国是英国的殖民地，美国带来的产品里有枪炮等等，还有先进的机器，就是用于生产的技术。事实证明了马克思的判断。1851年的博览会之后，恩格斯讲了一段话："我们的英国还是一个岛国，它比较闭塞，它就通过举办世博会让欧洲的十几个国家去英国参观世博会，所以把欧洲的饮食、风俗和观念都带到了英国"。"1851年的博览会给英国岛国的闭塞性敲响了丧钟，英国在饮食、风俗、观念方面已经逐步国际化了，它在这方面取得了很大成就，使我不禁希望英国的某些风俗和习惯在大陆上，也像大陆上的其他习惯在英国那样得到传播。"英国因为举办一次世博会，欧洲的那些风俗、观念、人文精神等等都带到了英国，那么如果欧洲的其他国家你举办世博会的话，是不是那些国家好的东西都要带到这个国家，都会像英国这样开明、开放、进步。

美国的世博会效应

世博会的本质有两个关键词"未来"和"科技"，众多参展国家，特别是大国强国均是力图通过世博的平台，面向未来，展示科技。所谓"面向未来"，就是传递各自国家战略的前瞻性，是对各自国家未来发展的战略性的描述，让世界看到自己的未来发展方向，让他国看到自己的未来路径，让历史看到现实的竞争和超越。所谓“展示科技”，并不是展示已经被淘汰和落后的机器设备，而是寄托着国家战略前瞻性的，具有长远发展效能的战略性的技术设备。

美国是博览会的受益者。到今天为止美国总共举办了 13 次世博会。美国是世界上第二个举办世博会的国家，从 1853 年纽约世博会开始，世博会规划与城市规划紧密结合就是这个时候开始的。世博会是一个大型城市事件，它将空中交通，路上、地下交通、基础设施提前了 20 年或 30 年完成，这是它带来的最大经济效益。

1876 年美国费城世博会的时候，它有一个机械展馆，邀请了 13 个国家参展，中国也去了，但是 80% 的展品是美国的，说明当时的美国已经越过了工业革命的起跑线。1893 年美国举办芝加哥世博会，我常常说，现在有一个说法叫开发大西北，我们就在大西北举办一次世博会，这个地方肯定就开发了。确实是这样的，包括 1893 年美国芝加哥世博会，芝加哥这个举办世博会的地方，它以前是一个沼泽地，就是全城市一个最大的垃圾场，这个地方举办世博会之后，直到今天仍然是芝加哥最现代的主题型公园，是文化休闲中心。

美国具有前瞻性眼光，用 10 年时间凿通巴拿马运河，运河将大西洋和太平洋连接在一起。1914 年巴拿马运河开通之后，为纪念运河开通，1915 年才举办巴拿马世博会。运河开通后第一次世界大战爆发了，美国运往欧洲的军备和物资都是通过运河运去的，所以美国在世界大战中大发横财。美国决定举办巴拿马世博会时邀请中国参赛，为在世界上展示中华民国新形象，中国派出了庞大的展览团，有 1218 项产品获得奖项，获奖数是第二名日本的两倍。

然后 1904 年圣路易斯世博会尤其值得注意。这次世博会有一个特点，当你进入展览厅时，首先映入眼帘的是机械，观众根据它的指示一步一步走，最后发现原材料如何在眼前变成了工业制品，给人很大的震撼。这样一个举措下，举办这样一个世博会就刺激了世界，很多人由此投身工商业、实业制造。在圣路易斯世博会之后，美国的制造业产量翻了一番，工业制成品出口上升近 5 倍。到 1913 年，美国工业生产量相当于英德日法四国的总和，占全世界的三分之一以上。它的工业生产总值到 1914 年达到 240 亿美元。1861 年美国南北战争爆发，那时美国的工业生产总值还不到 20 亿美元，通过举办一次又一次的世博会，美国的强盛由此而来。

美国最后一次世博会是 1983 到 1984 年跨年度在新奥尔良举办的。美国举办世博会政府不给一分钱，经费全靠企业、民间赞助，靠发行彩票、债券等等，它的目的就是为了赚钱。新奥尔良世博会由于经营不善造成亏空，所以说美国就对世博会不太热心。但美国在上海世博会上的参展面积是最大的，展馆像鹰巢，展示了美国文化以及社区文化，里面有 4D 电影。电影讲述了一个破旧的小区如何变成了一个花园，其实它讲述的是一种文化。

日本是博览会的胜出者

日本是博览会的胜出者。中国和日本最早收到参加西方国家世博会的邀请函是 1867 年，1867 年法国巴黎世博会时就给日本和中国发出邀请。日本派出了一个非正式代表团，团面有几个人物，第一个叫福泽谕吉。福泽谕吉是近代日本最伟大的思想家，汉语里的“博览会”一词是他由日文翻译而来。第二个人叫涩泽荣一，涩泽荣一就是日本企业之父，他1867年参观了法国巴黎世博会，他非常震惊，于是他决定留在欧洲，学习欧洲的产业制度和工业制度。他一生创办了五百家企业。中国近代唯一可以与涩泽荣一相媲美的是南通人张謇。张謇创办了很多实业，这也与博览会有关。

福泽谕吉由世博会而确定了日本的国策。他说再小的国家，只要有好的科技和发明，那些大国同样会给予尊重。日本由此确立了产业立国和贸易立国的国策。

当时中国竟然没有理睬这一邀请。中国19世纪60年代到90年代这30年追求洋务自强，注重军事工业，以为博览会就是炫珍耀奇，不过是“晒珍会”。他们不知道世博会可以促进竞争，可以促进经济发展、贸易，可以学习人家好的科技、产业制度等等。

1873年奥地利维也纳举办世博会，又同时给日本和中国发出邀请函，日本派出了七十多人的正式代表团。成员分为三种人，第一种就是有出洋经历的人。第二是在国内接触过西学。第三种就是在国内本身是从事生产、技艺制造的技术工人。世博会结束之后，这七十多人有一大批就留在欧洲学习，政府出资在那旦学习，回国之后直接向天皇报告的就有九大门类，全部是关乎民生、实业的。

日本人大久保利通提出了明治维新的三大政策，伊藤博文继承了大久保利通的三大政策，日本迅速发展成为资本主义强国。1970年日本举办了第一次世博会——大阪世博会，实际上1940年日本就决定举办东京奥运会和大阪世博会，因为第二次世界大战而作罢。1964日本东京举办了奥运会、1970年大阪举办世博会之后，日本的制造业生产指数增长了362%，当时的美国才99%，就是它远远超过美国；制造业生产增长了183%，美国才61%。这两个大型城市事件，日本把世博会称为“一世一事”，就是说一辈子一次。日本的新干线，高速交通网络都是以这两个大型城市事件为契机建成的。中国2008年北京举办奥运会与2010年上海世博会，以这两个大型城市事件为契机，一北一南的也可以带来很大的发展。

世博会与强国之路

世博会为什么可以强国？第一，世博会举办6个月要管今后60年。这是上海原市长汪道涵提出的。1983年他在日本考察时，刚好日本要举办一次世博会，他问世博会是个什么东西？他明白后说，我们也要在上海举办世博会。第二，汪道涵认为世博会不是广交会。广交会一年一次，讲究的是战术，世博会是战略的，可以管50年，这就需要战略眼光。所以看世博会一定要看它的长远效应，看它的间接效应，绝对不能看它的直接效应。上海世博会投资286亿美金，7000万人次的门票收入是远远不够的，但世博会对于中国的效应非常深远。

我做了一个人气预测，我预测的是8000万人次。国际展览局官员经过认真考量，同意我们的判断。若干年以后或者哪怕是一百年以后，人们一提到2008年奥运会他就会想起北京；一提到2010年世博会就会想起上海，这就是它的城市形象的特色标识。

四川馆的特色非常突出，有金沙太阳神鸟，给人印象深刻。内景有竹子、大熊猫， 川山、川人、川水、川魂，道法自然。它的几个亮点是展示的内容，独特在于大山、大水、大智、大雅，让你零距离走进三星堆、金沙及都江堰水利工程，它还展现了汶川精神，也可以尝到四川美食。

你们成都市民，直到 10 月 31 号没有时间去看世博园区，说不定明年你要去上海，你肯定会想去世博园区。它的四馆一轴，即国家馆、主题馆、世博文化中心、世博中心，还有世博轴是永久保留的。

随着时代的发展，尤其是第二次世界大战之后，世博会的理念发生了变化。二战之前，最先进科技都用于人类的自相残杀！二战之后的第一次世博会是 1958 年比利时的布鲁塞尔世博会，这时开始转向人文，世博会的理念是理解、沟通、欢聚、合作。如果你到上海世博园走一走，你与来自四面八方的人交流，它就是一个盛会，是一个节日，世博会是全世界的节日。

那高高的气象信号塔

童孟侯

我小时候对高高的烟囱很是敬仰，工业发达的象征嘛，连孩子们画城市风景的时候，都一定要画上高高的林立的烟囱。后来，无论是冒黑烟冒黄烟还是冒白烟的烟囱，我都没有什么好感了。唯独两座“变脸”的上海烟囱是例外：一座是融入徐家汇公园成为景点的老烟囱，一座是世博会园区那管高165米的大家伙。

前两天我特地到南浦大桥的桥下，远远眺望那大烟囱，它已经成为气象信号塔，也就是上海世界博览会的一个超级温度计。塔身上巨大的字母，实时反映园区内的温度，是多少度就标明多少度。不是说要“低碳”吗？不是说要减少热能排放吗？这座往昔的烟囱成了这次盛会的晴雨表。

国际展览局秘书长洛塞泰斯曾经说：“必须找出最好的正在改善市民生活的真实案例”。这就是最好的“真实案例”——过去排污，现在“监污”。

原先，这是上海南市发电厂的一管巨大的烟囱，冬天刮西北风的时候，浓烟吹向浦东；夏天呢，那烟雾则肆无忌惮地老实不客气地刮向市中心的人民广场、人民公园——一个特别严重的污染源！

原先，上海世博会园区内的这管烟囱不准备拆掉，而要“创造性地再利用工业遗迹”，它被定名为“世博和谐塔”，准备花大工夫大价钱来“装扮”一下：在烟囱外围加建4条宽2.5米的螺旋形钢桁架，结合钢桁架布置4条轨道。在烟囱顶部和底部两两相连，形成两组闭合曲线，弯弯扭扭地向塔顶“蛇形”，44个太空舱沿着钢桁架做同步的螺旋式的上升和下降。

将来，到世博会的游客只要坐入缓缓旋转上升的太空舱，便可以饱览奔腾的黄浦江，更可以清晰地看到上海世界博览会浦东浦西两个园区的全景。

无疑，这“一竖”将是世博会一个高高的亮点。

平铺的东西总不如竖起的东西抢眼。

可是，这个浪漫的有趣的方案咨询上海市消防局总工程师沈友弟的时候（世博园浦东的所在之处，正是沈友弟过去的老家，他有一种特别的感情），他提了几点意见：一个成功的世博会，首先应该是一个安全的世博会，对不对？我们假设一下，如果太空舱在上上下下的过程中因为机械原因或者电脑控制原因卡住了怎么办？几十位观众被吊在高空，上不去，下不来，造成极其恶劣影响怎么办？要晓得这个大烟囱高165米啊，100米的一条跑道就已经很长了！

沈友弟提出：如果一定要改建成观光塔，首先，要在烟囱内设立救援电梯；这不算，还要建立救援爬梯，供电系统出故障了可以爬上去；这还不算，还要在不同层次设置救援平台，用这些设施来确保观光者的安全……

这些，是我在2008年采访沈总的时候，他原原本本告诉我的。

南市发电厂的这个大烟囱原来只是用来排烟的，对于坚固度的要求不是很高，要在这么个“瘦高个”身上附加这么多这么沉重的设备：钢桁架、太空舱、钢轨、救援梯，爬梯、救援平台……它吃得消吗？

沈友弟总工程师没有说不行，其实，他是投了反对票。

科学技术由不得“硬撑”。

科学发展观不也就是叫人不要“硬撑”吗？

后来，我没有再碰到沈总，大烟囱究竟如何“装扮”我也不知下落。直到世博会开幕，我才看到了摇身一变的大烟囱成为一尊特大的气象信号塔（至少它是中国是最大的气象信号塔）。历届世博会都非常重视物质遗产，气象信号塔就是一个被利用的世博会“地标”。当然，它肯定没有原来设计的观光塔那样精彩，那样“好玩”，但是它很实在，它让参观者和主办方都很放心。

最近，我看了台湾记者对上海市市长的长时间专访，电视转播。韩正市长告诉这位女记者，这个165米高的大烟囱最后变成气象信号塔，还是他一市之长的创意呢。

我想，这件事如果是市长的下属介绍的，或者是我听传闻的，多少有点悬。市长亲口告诉广大海内外观众，应该确有其事。

我感到很欣慰，不仅仅是因为这管烟囱的合理利用……

上海世博建筑对万众视觉的冲击

赵鑫珊

宇宙由三部分组成，是一个统一体：空间·时间·物质。

可以分成三大块来研究。其中一个课题便是“人与空间”。

空间者，几何空间是也。

几何分直观几何和抽象几何。

中学的时候，我读平面几何，后来又读立体几何。当时我太嫩，不可能理解几何空间在本质上是种语言，是门大学问，深得不能再深。

说到底建筑语言是种直观几何语言。

人人都要住在屋子里——这是通俗的说法。

用学术语言说，就是：屋的几何空间是人存在的本身。

屋的空间几何造型可以是多种多样的。它因时代、自然环境（地形、地貌和气候）、生产力、经济状况、建筑材料、民族风俗、民族精神构造、民族心理、宗教信仰、审美……的不同而不同。

屋在人类建筑文明进化的历史上一般分两大块：

住人的屋；

不住人的屋。寺庙、教堂、剧场、博物馆、展览馆、银行、厂房……便不住人。

上海世博会的展馆正是这种不住人的屋，这种非居住性的建筑。它的几何造型千姿百态，大开了千百万中国人的眼界，今生今世难忘。

原来建筑可以造成这般模样！

对千百万普通老百姓的视觉是一次何等强烈的颠覆性冲击！

对今天地球上的人，也是一次视觉上的革命洗礼。

从今以后，任何建筑几何空间语言——任何大胆、稀奇古怪的曲线、曲面、圆锥体、抛物面、蛋形、树叶状、昆虫状、贝壳状、蜘蛛网状、蜗牛状、洞穴状——千万普通中国人的视觉都能接受得了。

经过上海世博会的建筑几何造型语言海涛浪涌般的冲击，我们中国人的视觉算是见了大世面，经历了一次大风大浪，波涌壮阔，惊心动魄！

这是一次全民建筑空间造型语言的大冲浪。从今以后，亿万中国人在建筑造型视觉审美上必能领先走在世界前列——其后果对我国建筑设计、环境艺术设计和装饰工艺，当然还有建筑材料等领域肯定会产生广大、深远影响。因为：

有什么样的观众，便会营造出什么样的演员、导演和编剧。

相反的命题也成立：

有高水平的编剧、导演和演员，才会有高水平的千百万观众。

双方是互动、依存关系，是共生关系。

建筑是人造的，反过来，建筑又会塑造人、提高人，抬高人的心理、气质、个性、性情和审美。

这才是上海世博会的重要意义之一。

这一回，千百万中国人零距离同当代世界建筑先锋（前卫）思潮交流、对话，必将把我国改革开发的大门打得更开，并富有世界眼光。

在我国几千年的建筑史上，这是史无前例的壮举！

这为我国今后成为建筑设计、装潢艺术语言大国、强国创造了大前提。

因为有什么样的建筑审美者，便会有什么样的建筑设计思潮。

当然，建筑师的设计思潮一般总是引领千百万普通人对建筑造型和色彩的审美观或审美意识。

的确，上海世博建筑艺术给我们中国人上了一堂生动的公共大课——在人类建筑史上，这也是惊心动魄的一件大事。

正是出于这种考虑，庐山手绘建筑艺术特训营创办人、十方建筑设计公司总裁、著名建筑师余工于今年暮春初夏专程跑来上海找我。

我们相约还是在上海新天地“星巴克咖啡屋”碰头发议论，策划。这些年，这里成了我们神聊的好地方。在咖啡屋探讨建筑空间几何语言、水彩画，手绘建筑以及艺术哲学等课题是适当的地点。(A Right Place)

2007年夏日，余工和庐山手绘建筑艺术特训营一批导师，还有我，在巴黎、巴塞罗那和慕尼黑咖啡屋讨论过建筑史、绘画史和艺术哲学问题。事实上，近现代欧洲建筑新思潮和绘画新流派的胎观胎动大多出自一些大都会的咖啡屋。

这回余工同我相约“星巴克”是我们的传统和习惯的选择。

“前天夜晚，我想到上海世博建筑千姿百态，对千百万中国人的视觉审美肯定会是一次空前的巨大冲击和革命性的洗礼。对我国建筑设计的理念也必定会产生深远影响。我想策划一本书，组织几十位中青年水彩画家和建筑手绘艺术家把世博建筑一些杰出作品画下来，而不是用相机拍下来。请你负责用文字把这些画串联在一起。”余工刚在咖啡屋坐下便这样说，这样策划一本图文并茂的新书。

“是个好主意！用水彩和建筑手绘画下来同用相机拍下来，效果并不一样。摄影和绘画是两种独立的语言，各有各的妙处。摄影再好，再清晰，再快捷，也不能代替，更不能挤掉水彩和手绘建筑艺术。一百幅绘画就是一百粒海珍珠闪闪发光，有收藏价值。你交给我的任务是让我找到、打造一根链条，把散落满地的海珍珠串起来，”我说。

“成为一条黄金珍珠项链，”余工明确了构想，这样对我说。

“让我们双方合作，努力创造出一本图文并茂的书，献给上海世博和后世博的中国。做这件事是有意义的！”我说。

就这次策划，余工和我展开了深入探讨，下面是前后两次神聊的纪要：

1. 比起摄影艺术，水彩和用马克笔手绘建筑有更多的艺术灵感、人类性灵和创造性。摄影毕竟是机器。机器再好，也休想完全代替、挤掉人的“手脑并用”。

绘画的艺术价值更高些，比如用马克笔和钢笔手绘建筑的妙处和价值全在空灵和意象。（这两个术语在中国美学中非常重要）

用绘画把上海世博建筑的意境留住，凝固下来，是一种有意义的创造。其效果和价值是摄影作品不能达到的。

2. 在东西方建筑史上，建筑语言（风格）进化得很慢。在西方，一种风格的寿命常常是百年或好几百年。比如哥特和文艺复兴建筑风格，还有巴洛克。

至于我国的建筑语言就更固步自封，千年一个样。这是儒家学说保守、遵循祖训和传统的反映，有碍建筑艺术的发展，严重束缚了建筑艺术生命力的创造。鸦片战争后，西方建筑风格元素（比如古希腊罗马柱）开始输入我国。这是件好事。

3. 在西方，自19世纪末，建筑风格的更新换代速度大大加快了。像走马灯那样。一种新风格的寿命只有10—30年，之后便有另一种风格出来登台亮相，游戏的成分也多。毕竟是件好事。

20世纪20年代德国包豪斯建筑思潮或运动的创始人格罗皮乌斯(W. Gropius，1883—1969)，以及米斯·凡·德罗(1886-1969)在当代西方建筑文明历程中是两个关键建筑设计师和建筑哲学家。希特勒于1933年上台后，他们先后流亡美国，把包豪斯建筑理念带到了那里，并同芝加哥建筑学派糅合成了1+1>2的现代主义建筑语言，塑造了二战后的现代主义和后现代主义风格。

今天上海世博西方国家的展馆语言在本质上是后现代主义（The Post Modernism）的延续。该学派建筑大师是屈米、埃森曼和李伯斯金等人，当然还有Ph. 约翰逊和盖里。

其凸显的共同点是：

游戏成分很多，再就是任意性，玩几何空间图案玩得心跳。这些建筑设计师是一群长不大的孩子，他们的创造动机是孩提时代玩搭积木游戏的延续，当然是放大了一百倍的规模和刺激，直到千百万观众的视觉受到猛烈冲击，他们才心满意足！

现以美国当代先锋派建筑师盖里的鱼形建筑设计为例。任意、随心所欲的几何曲面是他的特点，常常他会玩过头，几乎要越过人性可以承受的界限。

盖里设计的巴塞罗那奥林匹克村鱼形建筑是很典型的一件后现代主义建筑作品。通过它，对我们识读上海世博西方馆建筑会有很大帮助。因为在当今全球一体化的浪潮中，西方后现代建筑语言明显地波及到了

全世界，就像牛仔裤、街舞、可口可乐、流行歌曲席卷了世界五大洲。（当然各地受影响、被席卷的程度不一）

盖里这座鱼形建筑长54米、高35米，连接着宾馆塔楼和海滩。起初，这个鱼形巨大建筑在盖里的头脑里只是一个古里古怪的念头，他把它画在纸上，成了几张设计草图。最后他的胎观胎动终于成了一个庞然大物：

一件遍体闪光带鳞甲的雕塑赫然在目地摆在人们的眼前！真像一条大鱼，几何造型怪异。它越出了建筑设计师盖里个人的胎观胎动、想象和构图，成了万众视觉里的一座公共建筑！

这里有如下特点：

A. 游戏成分和任意性是很明显的。后现代主义建筑推动了建筑作为一种语言的语法规则重构。它的畸变几何造型大大丰富了直观几何。建筑几何只是直观几何的一个分支；

B. 建筑在本质上是一件大型雕塑作品；

C. 我们仿佛听到后现代主义建筑设计师在远山呐喊呼唤：我游戏，我玩建筑几何曲线、曲面直玩得心跳，我才存在；

D. 大自然的山川动植，一草一木一石，永远是建筑师设计的灵感源泉。自古至今，大自然永远是我们的博导——这点是永远不变的；

E. 人性不能忍受单调、千年不变的一张老面孔；无法忍受枯燥和呆板。人性求变，变才是永恒，所以手机的款式总是在变。21世纪的建筑几何造型语言也在更新换代，三五年一个样。科学技术的进步和新建材的涌现（比如先进玻璃）成了建筑几何空间语言不断变化的物质大前提。

21世纪的建筑师崇尚这句格言：

“我玩几何形体，我游戏，我玩得心跳，故我在！”

结果便是今天的建筑和16、17世纪西方古典主义建筑语言（词汇和语法规则）截然不同，至于它同我国明清时代传统建筑比较，就更离谱。

参观上海世博的千百万普通中国人若是听不到或听不清上面这句隐蔽的、无声格言，便很难走近或识读许多展馆的建筑语言，只能是陌生，觉得怪异，一头雾水。

4. 建筑几何空间语言永远是时代精神的凝固。

它是时代精神的一个凸显、凝固符号。（节能、绿色便是“时代精神”核心内涵）

游戏成分和任意性太多，这种趋势在上海世博会西方国家展馆建筑中有明显表现。别忘了，人是什么？人是在饱暖、有屋住下来之后爱游戏、玩耍的动物。

“我玩耍，故我在。”——21世纪的建筑设计师崇奉这句创作格言。

玩吧，游戏吧！只要不坍塌，不刺伤千百万普通老百姓的视觉神经就行。这是明天建筑的发展趋势吗？上海世博建筑正在告诉我们，将来的建筑空间几何造型会是什么样子。这是有关明天建筑语言的预告。

生于1929年的盖里是一个非常前卫的建筑师，他的解构主义已经越过了人性可以忍受的界限，他的建筑成了倾斜、坍塌、断裂、支离破碎和未完成的病理状态。我看这是西方建筑理念的堕落和严重异化。幸好上海世博建筑还没有出现这种非人性的病理建筑形象。

先有胎观胎动，先有理念和想法，之后才是行动。观念（精神）先行，物质后到。这逻辑的顺序，这“逻辑与存在”（Logic and Existence）法则有助于我们识读、读懂上海世博展馆建筑直观空间几何花里花哨的语言。

后世博的中华大地，少不了会冒出这种花哨建筑。我们中国普通老百姓的视觉要习惯它，要见怪不怪。经过上海世博的洗礼，中国的建筑设计界和亿万普通中国人已经做好了准备。

来吧，我们的视觉准备迎接一波又一波的新建筑冲击！

托尔普的设计理念是用55000平方米的建筑面积构造一个由6栋屋组成的社区，包括一座学校和休闲区（餐馆）。识读了这座公司大楼群（包括大量使用玻璃），便有助于我们走近上海世博的大部分展馆建筑语言。这是今天世界建筑的大趋势，明天的建筑也不可能挣脱这条运行轨迹。

在上海世博会中，该符号有典型的表现。

我们的时代精神就是保护地球生态环境，呼唤绿色。

这便是“生态建筑”这是另一条贯穿上海世博展馆建筑语言的红线，早在半个世纪前索莱里世界生态建筑之父便提出了“生态建筑”(Arcology)这个概念。它由两部分构成：

Ecology（生态）+Architecture（建筑）=Arcology

我们只有借助于这个公式才能识读上海世博展馆建筑的共同理念和空间几何语言，包括它们的花哨和古里古怪。

多年前，索莱里（今年91岁）便警告世人：

“城市吞噬着地球，大量耗能。照此发展下去，需要10个地球才能继续支撑下去。”

余工和我在讨论中都认为，这里有个更基本、更具有决定性的、令我们尴尬的公式：

地球总人口数 × 物欲的恶性膨胀 = 对地球生态环境的总压力

今天每位建筑设计师都更懂得该公式，并把它作为指导自己设计的最高准则，之后才是游戏，才是玩得心跳这条心理学原理。这才是好孩子建筑师。

用太阳能照明、取暖、制冷；用光电能系统生产清洁能源，是生态建筑的核心内涵，索莱里猛烈抨击了美国的物质主义至上。“任何东西都是可以出售的！”这句口号的后果非常可怕。

这位耄耋老人推崇中国的竹文化：用它造屋，造家具……完全环保。

上海世博会挪威馆的建筑不同于一般的钢结构。它是用北欧松木和中国竹子“撑”起来的馆。挪威人对松木作了高压处理，将它压缩，制成内部的框架结构。而中国竹子则被镶嵌在松木边缘。撑起挪威馆的15棵巨“树”呈高低不一状。每棵树均有固定在地下的“树根”和空中的4条“树枝”。以树枝的外端为附着点所支起的篷布，形成了外观高低起伏的展馆屋面。

挪威馆内，通过北极光、延绵的海岸、森林、峡湾和群山五个部分，展示了北欧特有的自然景观。

5. 自古以来，不论是东方还是西方，人们总是把大自然的元素（比如贝壳、叶子、其他动植物造型）巧妙地融入建筑语言符号系统。

大自然永远是建筑设计师的灵感源泉之一。这是不变的。在上海世博建筑中，“师从大自然”这条设计原理也有多样性的表现。

6. 自然地理（尤其是气候）参与决定建筑几何空间语言，包括形与色。非洲建筑的表现便很凸显。

7. 屋顶绿化和立体绿化。

这也是决定未来建筑几何空间的一个有力参数。

早在1959年，美国奥克兰市在一座6层楼的顶部便建造了一个景色秀丽的空中花园，从而拉开了屋顶绿化建筑思潮的帷幕。

德国特别重视屋顶绿化，在新科技方面处于世界领先地位，1982年德国立法强制推行。2007年德国屋顶绿化率达到80%左右，是全世界做得最好的国家。

在上海世博展馆中，中国国家馆、印度馆、沙特阿拉伯馆、新加坡馆、德国馆、墨西哥馆、瑞士馆、卢森堡馆和法国馆的屋顶草坪和空中花园赢得了一致好评。

目前我国，拥有潜在的1千亿平方米屋顶的生态资源。这将为我国建筑设计师提供了无限广阔的大平台。

以上绿色建筑和节能建筑都是21世纪时代精神的凸显符号。它在上海世博中有广泛的体现。

8. 历届世博对人类建筑文明的进程都是一次有力的推动。1851年英国建筑师帕克斯顿为世博设计的具有划时代意义的大型展馆“水晶宫”仅仅是一个例子。它开了一个好头。玻璃这种建材显示了它崭新的生命力。混凝土和玻璃共同使用，极大改变了以往形态的建筑模式。今天，浮法制造玻璃成了世界建筑用玻璃的主流。它不仅用在开口部，更用作外墙、作为隔断玻璃以及屋顶、顶棚和地板的玻璃。上海世博展馆处处都有现代玻璃这种建材的身影。

新建材的出现，常常是某种新风格到来的大前提。

据媒体披露，上海世博西班牙馆和英国馆双双荣获2010年英国皇家建筑师学会国际建筑大奖。（共12个获奖项目，上海世博便占两个。）

9. 新型建材和高科技在很大程度上决定了上海世博建筑的表皮，或者说是它的曲面等几何造型。这也是“玩”建筑几何体的大前提。这样，建筑设计师的想象力和创造力便得到了更广阔的空间，直到玩得心跳，只是别忘了回家的路，别忘了人类建筑文明由之出发的原点。

10.“将来（明天）的房屋会这样古里古怪，这样花里花哨吗？”——不少参观了上海世博会的人都在这样嘀咕，心里甚至有点发毛。

要分两类房屋：

A. 住人的屋（社区住宅、公寓）不会太狂，太邪乎，游戏成分少。就是说，上海世博会的建筑并不是未来可居住房屋的趋势。

B. 今后（明天）不住人的公共建筑（比如图书馆、博物馆、空港、火车站、剧院……）便会走花里花哨的设计路子。这种趋势是必然的。上海世博展馆已经作为一种凸显的标志出现了。

以上是对明天（未来）建筑的预测。

上海世博必然会引出我们大家（建筑师和普通老百姓）对未来建筑的遐想和思考，这是一件大好事，对我国和世界建筑的发展都是一次强有力的推动。

11. 世界建筑风格有全球一体化的大趋势。它是无法阻挡的，这便是“新国际风格”。

但传统的地域性和民族性元素依旧会有顽强的生命力。

我双手赞成、颂扬这种生命力的顽强表现。

地球生物多样性是我们这个星球的福。

同样，建筑风格和语言的多样性或多元化同样是人类文明的幸事。地球上只有一种建筑风格是地球的悲哀。全世界的人都说英语好吗？

12. 建筑是什么？

归根到底，建筑是人性的几何空间化。

人性的界限才是建筑语言的界限。一切越过人性（尤其是视觉）所能承受的界限的建筑都是病态的，病理性质的，寿命都长不了，都必须抛弃，抛进建筑垃圾堆。

病态建筑是反人性的，是恐怖主义的建筑。

未来的建筑啊，别走得太远！建筑语言是有极限的。符合人性便是极限。科技在进步，日新月异，但人性的变化却很慢很慢。建筑设计师要懂人性。不懂人性的建筑师不是好建筑师！

建筑设计师只为人性（生理和心理）的几何空间化（形于色）而存在。亿万普通老百姓只能在符合人性的建筑空间内安居乐业。

13. 各国展馆少不了隐喻。

在本质上，建筑语言符号系统中的隐喻是一首微型诗。

一首建筑诗则是一个大型的、持久的、连续的隐喻。

一年四季，不管刮风下雨，也不论是白天还是黑夜，黎明或黄昏，建筑诗都会同我们交谈或娓娓地叙说。

世博会上百座展馆需要千百万人去同它对话，加以评论。没有千百万人的评论与参与，展馆失去了存在的意义；没有展馆建筑，千百万人失去了珍贵的当代世界建筑识读的教材。

具体什么涵义？隐喻也很含糊。作为一座建筑，它给千百万参观者只是留下了一个巨大空筐，让人们的想象力去填满。这正是建筑空间艺术的解释学。千百万人成了解释者。上海世博推出了、创造了千百万人参与建筑解释学的机会。这是个大事件！

上海世博各展馆建筑归根到底是建筑师们想象力的产物，是他们丰富想象力的展示。但要得到千百万人的参与、解释才能存在。想象力只能通过解释者的想象力才能成为现实。

14. 展馆建筑多半为传统的几何体（立方体、长方体、圆锥体、圆形……），这是否意味着建筑直观几何语言存着极限呢？我们确信这样的极限存在。建筑几何语言并不是无限的。

不过今天来谈论极限，为时尚早，只是刚冒出了极限的苗头，不必焦虑。

估计三五十年后，极限现象会渐渐明显起来。这会鼓舞建筑设计师更热心去“玩”新的建筑几何体，这是余工同我的预测。

15. 在咖啡屋，余工同我神聊，特来情绪。

我们不约而同都谈起了生于1935年的英国著名建筑师福斯特(N. Forster)。北京国际机场三号航站楼、柏林德国会议大厦和上海世博会阿联酋馆都是他设计，出自他的灵感。

他有句格言：“The Only Constant is Change.”（唯一永恒的是变化）

不过余工和我最关心的是变化的方向，朝哪里变？

我们只能预测：人性的界限正是建筑语言变化的界限。超过人性所能承受的界限那种建筑空间是无法存在的，它只会有两种悲惨的结局：坍塌；或被健全的人性推到。

16. 好建筑是首惊风雨、泣鬼神的诗。

“城市，让生活更美好“在很大程度上取决于这座城市拥有许多首建筑诗在滋养、熏陶和拔高我们的灵魂，给我们以美感。

曾经设计了台北标志性建筑“101”和上海世博台湾馆的李祖原先生说：“是不是优秀的建筑，要看它能不能感人，如果站在它前面被感动得哭，那一定是好建筑。”

在这样的展馆面前，一批画家（余工是带头人）才把它画下来。画的过程是再创造，是种享受。

余工来自乡村的土地，他的父亲是乡村中学语文老师。于是我们很容易达成共识：

不错，“城市，让生活更美好。”但别忘了，乡村和土地是城市的根和基础。农业、畜牧业和林业支撑着城市的高楼大厦。

城市是横轴，乡村是纵轴，两轴垂直交叉才能成为一个黄金、神圣的十字，笛卡儿直角坐标系。它理应成为上海世博最高精神的一个简洁符号。它是个隐喻。

在本质上，这个十字隐喻呈建筑结构。

图书在版编目（CIP）数据

中国作家看世博 / 孙颙、陈歆耕主编 . -- 上海：文汇出版社，2010.9
ISBN 978-7-5496-0004-5
I. ①中… II. ①孙… III. ①散文一作品集一中国一当代 IV. ① 1267
中国版本图书馆 CIP 数据核字（2010）第 169330 号

中国作家看世博

主　　编 孙　颙 陈歆耕
策　　划 臧建民 陆　梅
责任编辑 竺振榕
装帧插图 蒋立冬

出版发行 文匯出版社
地　　址 上海市威海路 755 号（邮政编码 200041）
经　　销 全国新华书店
印刷装订 上海建工印刷厂
版　　次 2010 年 9 月第 1 版
印　　次 2010 年 9 月第 1 次印刷
开　　本 720×960　1/16
字　　数 239 千
印　　张 16.5（彩色插页 8 页）
书　　号 ISBN 978-7-5496-0004-5
定　　价 30.00 元